张志安
沈燕妮　/主编

非虚构写作

公众故事与作者访谈

上海社会科学院出版社
SHANGHAI ACADEMY OF SOCIAL SCIENCES PRESS

......20个**普通人**的奋斗故事

......20个记录者的**非虚构书写**

......个体命运的**改变**

......中国波澜壮阔的社会**变迁**

......关于真实,**艰辛**,**改变**,以及**梦想**

目录

作者档案 003

编者的话 011

访谈录上卷

九月 003

虫安 027

索文 035

曹玮 043

小杜 067

深蓝 075

青锋暮寒 085

知月白 095

傲土 099

田舍郎 109

访谈录下卷

三胖子 121

张青依 131

尹政梁 139

睢建民 153

偶尔 169

蔡寞琰 181

北落师门 193

温手释冰 209

思思妈妈 227

齐文远 239

选篇及编辑推荐 247

作者档案

上　卷

1. 九　月

笔　名：九　月　　　　　年　龄：八〇后
职　业：曾做过特稿与人物记者，现在澳大利亚老年护理行
　　　　业做行政助理
教育背景：硕士　　　　　从事非虚构写作年限：9 年
最喜欢的自己的作品：《过年洗澡》
写作对于自己的意义：一种主动参与时代的方式，观察并记
　　　　　　　　　　录那些被遗忘、被忽视的无意义的个
　　　　　　　　　　体们

2. 虫　安

笔　名：虫　安　　　　　年　龄：八〇后
职　业：全职写作者　　　教育背景：高中
从事非虚构写作年限：2 年

最喜欢的自己的作品：《刑期已满，我投奔了狱中大哥》

写作对于自己的意义：老天爷赏了一口饭吃

3. 索 文

笔　名：索　文　　　　　　年　龄：七〇后

职　业：公务员

教育背景：学得并不好，不好意思谈教育背景

从事非虚构写作年限：9 年

最喜欢的自己的作品：已经完成的一部小说《浮梁店》

写作对于自己的意义：首先，让一个平凡生活的人一体两面，生活多了一些潜藏的亮色；其次，中年男人有了私房钱，何其可贵

4. 曹 玮

笔　名：曹　玮　　　　　　年　龄：八〇后

职　业：自由职业　　　　　教育背景：博士，致力于终身自我教育

从事非虚构写作年限：9 年

最喜欢的自己的作品：《山长水远，鱼书有信》，收录于个人网站 https://fishletter.art

写作对于自己的意义：人类，自由，远方

5. 小 杜

笔　名：小　杜　　　　　　年　龄：八〇后

职　业：海外作家　　　　　教育背景：博士

从事非虚构写作年限：16 年

最喜欢的自己的作品：永远是下一篇

写作对于自己的意义：写作让我活得健康而自律

6. 深 蓝

笔　名：深　蓝　　　　　年　龄：八〇后

职　业：公务员　　　　　教育背景：博士

从事非虚构写作年限：8 年

最喜欢的自己的作品：《三大队》

写作对于自己的意义：我只是生活的记录者，试图还原它本
　　　　　　　　　　来的样子

7. 青锋暮寒

笔　名：青锋暮寒　　　　年　龄：八〇后

职　业：前法律人，现财政人

教育背景：中文专业，自学通过法律资格考试

从事非虚构写作年限：8 年

最喜欢的自己的作品：《未成年犯了罪，该受审的何止是孩子》

写作对于自己的意义：在办案中发现太多的悲剧本可避免，
　　　　　　　　　　这让写作、表达成为一种本能

8. 知月白

笔　名：知月白　　　　　年　龄：九〇后

职　业：做过编辑，偶尔写作　教育背景：硕士

从事非虚构写作年限：7 年

最喜欢的自己的作品：尚未完成的一部长篇小说

写作对于自己的意义：在很容易被模糊的处境下，清晰认识自己的一种方式

9. 傲 土

笔　名：傲土　　　　　　年　龄：六〇后

职　业：教育工作者　　　教育背景：本科

从事非虚构写作年限：：10 年

最喜欢的自己的作品：《老家》《妻哥家的羊肠焖肚子》《马老师：一个都不能少》

写作对于自己的意义：记录自己身边的故事，品读生活的酸甜苦辣，对我而言，这是一种自娱的方式，别的意义不盼不弃，有不惊喜，无不失意

10. 田舍郎

笔　名：田舍郎　　　　　年　龄：八〇后

职　业：做过很多职业，建筑工、锅炉工、保安、流水线工人，做得最久的是裁缝

教育背景：小学

从事非虚构写作年限：9 年

最喜欢的自己的作品：我喜欢后来写的

写作对于自己的意义：能让自己找到活着的意义吧。有了写作，我每天都可以过得很充实

下　卷

1. 三胖子

笔　名：三胖子　　　　　年　龄：八〇后
职　业：自由职业　　　　教育背景：本科
从事非虚构写作年限：5 年
最喜欢的自己的作品：《出人头地》
写作对于自己的意义：非虚构写作对我来说就像生活的一面
　　　　　　　　　　镜子，我从中照见生活本身，也照见
　　　　　　　　　　我自己

2. 张青依

笔　名：张青依　　　　　年　龄：七〇后
职　业：职校教师　　　　教育背景：本科
从事非虚构写作年限：5 年
最喜欢的自己的作品：《我的学生，都是上不了高中的职校生》
写作对于自己的意义：如同黑暗中一盏微光，即使微小，也
　　　　　　　　　　能让人温暖

3. 尹政梁

笔　名：麦仓　　　　　　年　龄：八〇后
职　业：高校教师　　　　教育背景：北京大学
从事非虚构写作年限：14 年
最喜欢的自己的作品：《山东封村日记》
写作对于自己的意义：写作于我而言，更像是一个说书艺人

坐在故乡的大树底下给南来北往的旅者讲述一个个遥远的故事。能把别人的故事讲述出来，本身是一件很幸福的事

4. 睢建民

笔　名：竹子　　　　　　年　龄：五〇后
职　业：退役军人　　　　教育背景：高中
从事非虚构写作年限：10 年
最喜欢的自己的作品：《我要带你回家》
写作对于自己的意义：我种过地、当过兵、打过仗、负过伤，是历经九死一生的幸存者，我希望将亲身经历过的事件积淀提炼，原汁原味写出来。回首往事，此生无憾

5. 偶　尔

笔　名：偶尔　　　　　　年　龄：八〇后
职　业：自由职业　　　　教育背景：高中
从事非虚构写作年限：7 年
最喜欢的自己的作品：《再见柳飘飘》
写作对于自己的意义：我经常奔波于不同的地方，会遇到一些记忆深刻的人，当他们盘旋在我的脑海里挥之不去的时候，可能就是需要我动笔的时候，直到把他们写出来，被读者看到并产生共情或启发，会有一种画上句号的释然

6. 蔡寞琰

笔　名：蔡寞琰　　　　年　龄：八〇后
职　业：律师，法务　　教育背景：硕士
从事非虚构写作年限：9 年
最喜欢的自己的作品：我还想再写下去看看
写作对于自己的意义：是治愈，是陪伴，亦是寄托

7. 北落师门

笔　名：北落师门　　　年　龄：八〇后
职　业：银行职员　　　教育背景：本科
从事非虚构写作年限：6 年
最喜欢的自己的作品：《全年无休的临时工》《一仆七主的行长大秘倒下了》
写作对于自己的意义：我的"第二次时光旅行"，期间反思自我，反思时代、环境对故事中人的影响

8. 温手释冰

笔　名：温手释冰　　　年　龄：六〇后
职　业：餐饮行业从业者　教育背景：中专
从事非虚构写作年限：6 年
最喜欢的自己的作品：《汉口二表哥的春天》
写作对于自己的意义：是一种治愈。人们在这个有着各种各样生存困惑的人间，可以有着真实与自由的表达，可以有着怦然心动的顿悟，从而有勇气继续行走在人间

9. 思思妈妈

笔　名：思思妈妈　　　　年　龄：七〇后

职　业：法律界民工　　　教育背景：本科

从事非虚构写作年限：8 年

最喜欢的自己的作品：匿名发的树洞文，吐槽的

写作对于自己的意义：就像个镜子，梳理着自己

10. 齐文远

笔　名：齐文远　　　　　年　龄：七〇后

职　业：曾公司职员，现自由职业

教育背景：本科

从事非虚构写作年限：9 年

最喜欢的自己的作品：每篇文章所记录的老时光，都在我心底熠熠生辉

写作对于自己的意义：留下一些有价值的文字，让自己内心平静和丰盈

编者的话

好的非虚构写作会提供公共连接的可能性

对谈人 | 沈燕妮

爱奇艺·身边工作室负责人
原网易·人间工作室主理人
曾任记者、编辑

对谈人 | 张志安

复旦大学新闻学院教授
复旦大学全球传播全媒体研究院副院长

数字社会、现实空间、心理空间和网络空间的复杂交织

沈燕妮：您怎样看待互联网对于生活的影响及当下人们的生活状态？

张志安：有三句非常生动的话，可以概括出大众传媒的变革对我们生活的影响，以及媒介技术革命发展的三个不同阶段：生活中有媒介、生活在媒介中、媒介即生活。

"生活中有媒介"，这个媒介主要指的是报纸、广播、电视这些主流媒体。在长达两三百年的时间里面，人对周围环境和整个社会变动的了解，主要是通过这些大众媒介完成的。媒介是我们观察了解社会的一面镜子，很多时候媒介也影响了我们对社会的认知，我们的"媒介拼图"越完整、越全面，对于社会的了解可能就会越全面。

但是到了移动互联网时代，手机变成了长在身体当中的重要一部分，手机背后是一个移动互联的世界，这个移动互联世界创造了人类大规模同时在线、同时交互的场景，人随时随地处于连接当中，使得我们从"生活中有媒介"进入到了"生活在媒介中"。

数字时代，或者我们讲"数字社会""信息社会"，在当下最典型的表现特征就是我们所生活的社会已经高度媒介化了。这种高度的媒介化表现为深度的网络化，我们通过手机、移动互联网跟整个社会进行了更广泛的连接，人与人、人与物都处于一种无处不在的连接状态当中，这种状态使得原来很多客观存在的物理、时空障碍都变得非常容易跨越，现实世界和网络世界的边界变得模糊。

而在不断连接的同时，人又在创造着一个现实世界的平行世界，由此引发了关于真实和虚拟的讨论。今天，我们其实处于一种真实即虚拟、虚拟又真实的环境当中。从空间的角度，原来人主要就是生活于现实的物理空间，我们日常所处的校园、街道、城市、国家等都是物理空间。同时，我们还会在意内心的心理空间，思考自己是否获得了内心的平静，精神世界又是怎样的境况。

但是，数字社会带来了一个新的空间——"信息空间"，或者我们叫"网络空间"。网络空间既深刻地改变了人的心理空间，又连接了现实空间，同时对现实空间和我们的心理空间进行了一种新的建构、影响、形塑着人的认知。数字社会使得我们每个人都生活在媒介中，但是技术的变革太快了，引发关注和热议的元宇宙和 ChatGPT 等都预示着人类正在奔向下一阶段的媒介发展和日常生活——全面数据化的时代正在来临。

当每个人都数据化，每件事物都数据化，所有日常生活的交往都通过媒介，以数据化、智能化的方式进行连接的时候，"连接"本身就变成了生活的重要存在形态。现在学术界已经有很多相关的探讨和研究。

而今天我们所处的数字社会、网络时代，正在从"生活在媒介中"奔向"媒介即生活"阶段，这种"加速"非常明显地体现在数字社会的方方面面。过去经常被提及的是一种人与人之间连接和交往的加速，但现在每个行业都在这种加速的状态里。

以媒体领域为例，内容生产智能化极大地压缩了图文信息、视频的制作成本和创作时间，使得各种讯息以最快的时间到达。所以在我们新闻传播领域中，"时间"本身变成了一个新的研究问题，其中最主要的课题就是研究传播的加速。

反观自身个体成长也是一样。重新回望少年时代，那时我们接触的信息是比较有限的，传播主要是通过阅读和熟人间的交流。在很长一段时间里，这个信息的接触方式都是一致的，你会感觉时间是相对缓慢地在流淌。可今天的孩子处于一个"信息海洋"世界当中，他们可以通过主动的检索获取信息，同时检索背后的算法推荐使得他们既可以在海量的数据里学习知识，又可以跟其他有相同兴趣的知识群体进行互动。

今天一个高中生脑子里所储备的知识量，可能比我们当年大学一二年级的时候还要多。因此你会发现不仅年轻人对知识的获取在加速，人的社会化的过程也在加速。

另外，整个社会的产业经济结构都因为数字化的手段在加速运转。比如国家现在倡导的"数实融合"——数字经济跟实体经济融合——就意味着实体经济的数字化，实际上就是通过数字化的手段来帮助实体经济快速地实现线上线下一体，以更高的效率让买家和卖家进行匹配,以更智能化的手段来进行生产控制和管理,所以电商、物流行业飞速发展,你会看到基于平台经济推动下整个社会都在加速运转。

而从日常生活的感性角度,我所看到的加速主要体现在人的情感交流方式上。

我们说从前车马慢,我父母那个年代或者更早之前两个人相爱,当他们相隔很远彼此写信的时候,一封书信的来往可能需要经过漫长的等待,人与人之间可能要三五个月才会有机会见面。相爱的过程是需要等待的,多么不容易。等待的过程有点痛苦,但是也能获得快乐。

而现在通过社交网络,人们可以快速地彼此了解,网络热聊、约会见面,感情的建立和推进也都在加速。所以我觉得,数字时代社会的方方面面,整个系统都在加速地运转,高效地进行匹配,然后精准地基于数据驱动,实现整个社会的智能化控制。

写作中的情感连接,从个体走向群体再走向社会

沈燕妮:从写作本身出发,您觉得数字时代的写作具有什么样的特点?相比之前的写作有哪些变化?

张志安:数字时代的写作,既有"快"的特质,又对"慢"有了更高的要求。

所谓"快",是针对写作的口语化。技术的发展使得写作的门槛变得很低,快餐化的写作呈现出井喷式的发展,人们在日常生活中随时随地都可以开始写作和记录。微博、朋友圈这种载体将我们原来所说的话转化成一种文字形式记录的写作;现在很多人还有一种习惯,即便和别人身处同一空间,也更倾向于用手机发送文字来沟通交流,而不会面对面沟通或打电话,似乎担心电话沟通的方式是一种叨扰,

会给对方带来心理负担。

　　从这个维度来看，我们用文字"写作"的频度相比过去大大提高，"写作"变成日常交往的一种常态，呈现出更多口语化和社交化的特质。写作变成了一种高频的社会交往，一种高频的日常行为。使用频度提高之后，人们自然而然地对"减速"有了更高的要求。

　　从另一个维度来看，人们对于在电脑前认真创作的非虚构写作，或者是长篇文章的质量有了更高的要求。在适应了快速写作思维之后，长文写作需要人们更多的沉淀和积累，这种文本区别于日常口语化的交往文本。那么我们到底要通过写作表达什么，就变得尤为重要。

　　过去的很多写作是私人性的，书信、日记，人们记录在本子里，并不需要马上跟别人分享。但现在人们也会有一种发表的需要，普遍渴望自己的文字能够被阅读、被点击、获得反馈，这种对写作即刻反馈效果的期待使得我们对故事的要求提高了。

　　故事到底应该如何来建构？故事叙事如何表达？如何有个人的语言风格，特别是这样的文本会和哪部分受众发生关系？过去我们写作的目标感不那么强，投稿被采纳的概率和效率都很低。而今天文章发表的门槛低，发表后的故事会迅速地跟可能触发情感共鸣的那些人发生关联，因此写作的对象感可能比过去更强了。

　　理论上，公众书写成了常态，每个人所面对的技术门槛都是比较低的。从微博时代到微信公众号时代，写作的技术门槛在降低，而这对写作者来讲意味着：要在这种井喷式的众人所进行的书写当中胜出，恐怕需要写作者有一种更高的自我要求。

　　所以我觉得，数字时代的写作从发表数量上在"加速"，从创作层面则在要求写作者"减速"去思考、积累、沉淀，写作的技术门槛在不断降低，但内容质量要求又在不断提高。同时，以写作所进行的交往变得非常高频，而写作促成的人与人之间的连接要求变得更高了。

沈燕妮：您提到的这些我们在非虚构写作平台的工作过程中都深有体会。我们的理念一直是每个人都可以来写非虚构作品，从投稿中我们也感受到作者们强烈的表达欲望。

但从目前的发稿情况来看，我们确实能很直观地感受到，读者对于稿件的质量、真实情感的抒发、选题的把握、作者呈现的细节精度等，都有了更高的要求和期待。

对于编辑来说，很多我们当天推送的稿件，编辑都是在不断地去捕捉、思考、揣摩作者所想要表达的更深层次的意图。但我们能从每天后台的留言中看到，读者们的眼光是很毒辣的，表达也是很直接的，很多人直言不讳地评论说文章某些部分写得太浅了，或者感慨作者还是太年轻了，或者是很直接地表达自己对文章的喜欢。文章作者与读者反馈互动的质量和频次都很高，有时这甚至是编辑都没有想到的情况。

张志安：这可能是一个栏目耕耘了很久以后，逐步从一个栏目演变成为一个社区或者社群，平台写作者和运营者、读者之间慢慢形成了一种信任关系，也产生了一种对作品的共同期待和反馈机制，彼此之间的情感连接比过去更紧密了，所以在文本之外又构成了新的个人的表达创作。这些被精选出来的评论，再通过读者们的点赞、转发、评论等互动方式，共同构成了这个作品完整的传播过程。

沈燕妮：是的，每个作品都不单单只是被发表出来，当有了更多人的阅读和回复，文本本身与阅读回复就共同组成了一个更完整的拼图。评论像是拼图最后的那几块，如果没有，似乎这个拼图就不完整了。

张志安：其中一个简单的解读方式就是一种情感结构。通常一个好的文本能够引发很多人的共鸣，是因为它触发了一个群体或者更广泛群体在这个时代或者社会当中某种普遍的社会情绪,它可能是焦虑的,可能是痛苦的,也可能是喜悦的,等等不同的情绪。而因为人们能够共情,所以人与人能够"共在",这种情感结构进一步促进了共同阅读、共同表达。

从这个角度来讲,它解释了为什么我们会说"文章的评论有时候甚至比文章还要更重要"。文章本身可能只是一个作者的个人故事和记录,但是当有很多人对文章进行评论的时候,群体的共同情感连接就产生了,这种情感连接能够从一个个体走向一个群体、走向更多群体,甚至再走向整个社会。

沈燕妮:对公众写作平台,在筛选稿件的过程中,您认为情感的共鸣是不是应该放在第一位?或者说,您自己对于一篇好作品的评价标准是什么?有哪些您比较看重的评价维度?

张志安:情感共鸣我们可以说是平台或作品的一种连接人的手段和形式,人们基于情感产生共鸣,才会有一种共同的阅读体验。但在情感的基础上,我还希望平台或者作品中具有超越情感的部分——人们对这个社会的认知和认识能否在一定程度上达成共识?

现实社会运转太加速,社会情境太复杂,这些不同的作品能不能让读者通过认识一个人,去认识一个阶层,认识一个群体,进而去认识这个复杂的、正在急剧变化中的社会,认识这个国家,认识这个全球社会中的中国和中国身处的全球社会。从这个角度来讲,我更关注作品在情感共鸣基础上认知共识的建立和社会意义的增进,只有在这种情况下,非虚构作品中超越个体性的、超越私人表达的公共性价值才会更大。

网络化社会,要反思"连接"的价值和"连接"的可能

沈燕妮:在您看来,数字时代、数字社会中有哪些值得记录和书写的?

张志安:我们刚才已经谈到了关键词,我觉得最值得书写的是"连"和"接"。

我们通常会把"连接"作为数字社会的一个主题关键词,在人们的天然想象里,"连接"是一个一体的表达和状态。实际上数字社会中很值得关注的问题是:"连"是否就意味着"接"呢?很多时候,"连"和"接"是分开的。数字社会中人们面临的很多具体生活问题也与此相关。

美国社会学家雪莉·特克尔在《群体性孤独》一书中提到了这个问题,比如现在人们通过社交网络很容易与他人建立联系,随时随地可以加上别人的微信或者关注别人的社交账号,但本质上人与人之间并没有因此从弱关系变成强关系。通过社交媒体平台账号我们给他人发消息,对方并不一定会回应,人与人之间并不因为彼此有了这种社交媒体上的联系,就能够真正地建立起内心的结合和真正的关系。

弱关系向强关系的转化,其实是一个需要通过各种社会资本进行跨越的过程。人们借助社交媒体平台添加了很多朋友,很多人的网友、微信好友可能有几千或上万,但是为什么很多人反倒感到越来越孤独?因为社交网络并没有在现实里变成日常生活当中对人情感的支援,或者让人有更强的自我的身份认同,更强的社会融入。从情感层面来说,人与人之间是"连"了但未必"接"。

与此同时,我们整个社会又不假思索地拥抱"连接"现代性。三年疫情,我们看到非常典型的是,有很多的老人、弱势群体好像被数字互联网抛弃了,他们没有办法快速地掌握健康码等各种数字化产品,

进公园、打车都变得很不方便。目前提倡手机的适老化改造，推进年轻人的数字反哺，目的就是帮老人去适应数字化的生活。

但整个社会在这样做的时候也忽略了一点——人们是否拥有不"连接"的权利，或者说这个社会是否永远有一部分人是无法"连接"的。即便使用智能手机，但并不会使用相应的功能，或许一些老人并不能像年轻人那样真的把数字化嵌入到自己的日常生活当中去。因此我们要去反思"连接"的价值和"连接"的可能，以及探索是否在一切皆连接的可能性背后，人们拥有不连接的权利。这也是非常重要的，对吧？对个人来讲，信息的连接未必带来现实空间当中的连接，也未必增强了自己心灵的情感连接。而许多老年人对社会中这种数字手段的连接依然存在盲区，也就是我们常说的"数字鸿沟"。

其实还有一个非常重要的议题，即数字化连接所带来的隐私边界问题，关于公与私的边界的讨论，特别是涉及我们的家庭和私人空间。

今天进入家庭，我们在任何一个空间中的一举一动，其实都被一定程度地记录下来。进入到亲密情感关系的互动当中，很多时候手机对我们注意力的夺取反倒成了人与人之间沟通交流的阻碍，影响了我们在现实生活当中面对面的亲密交往。

这些公和私的边界、人和人之间距离感的改造，都是数字社会带来的。我觉得从更宏观的国家角度来说，数字中国、数字融合、产业发展、平台经济参与全球竞争等话题，其实很多是精英参与其中。对于更多普通人来讲，他们最真实要面对和探讨的一个问题，是数字社会如何影响了自己连接的现代生活，十几亿人都受到"生活在媒介中"的影响。

还有一类故事应该是比较稀缺的。我认识一些互联网的创业者，他们在过去10年、20年的时代大潮下都经历了内心的跌宕变化，曾经壮志凌云，但也曾经饱受争议。他们的业务依然扎根中华大地，但同时也不把鸡蛋放在一个篮子里,正在推进业务的全球化。个人的财富自由已经实现了,他们自己仍在中国一线城市带领团队和管理公司,亲人则未必在国内。

一些互联网创业大佬在经历了这 20 年的数字化变化,财富自由之后,面对新的人生价值和新的人生安排,我很好奇他们内心是怎么看待数字化的问题的。那一代的互联网大佬,他们现在基本上都纷纷退居二线,从事公益或隐身于幕后。但是很可惜,这样的"中国硅谷的企业家故事"要让他们自己来写的概率比较低,但会不会有一些 IT 行业的作者或者报道从业者,能够来写写他们的故事?一个很好的选题是"那些互联网时代消失的 IT 英雄"。那一代创业者曾经在时代的风口浪尖、镁光灯下,然后现在退去,那么这些幕后的创业者,他们今天在干什么呢?他们生活得怎么样?又是怎样看待数字时代与自我的?

还有另外一个我很关心的选题是,聚焦那些突然间被网络流量关注,继而改变了人生的普通人的生活。有些人是被网暴退群了,有些人是突然间获得流量并在短期内成功变现,但很快又失去了流量,陷入落寞。这些普通人是如何被卷入流量,面对流量,以及如何处理当时的情绪的?他们是如何处理兴奋,又如何处理寂寞的?被流量推起之后,他们往后 5 年、10 年是怎么走的?我觉得这个群体也非常有意思,很值得关注。如果他们能够拿起笔来记录自己被流量裹挟,又被流量抛弃的这个过程,其实也是这个时代非常重要的故事类型。

沈燕妮:还有过去 20 年中涌现出了一代代的"网红",有些是走到现在的初代网红,还有很多每一年都会涌现的让大众耳熟能详的名字,但是他们好像过了某个事件之后,就在公共空间销声匿迹了。但这些人肯定还有自己的人生道路,我也很想知道他们的故事。这些让人留下过深刻印象的网红,或者你自己经历过的网红生活,都是很值得记录的。

张志安:但这种议题的设想也带有我们自身的偏见和认知的局限,其实最好的方法是没有边界。刚刚我们提到数字时代中人们生活的"加速",那么我们去思考背后到底是主动的加速,还是被脚下的这个跑步机所带动的加速?在"加速"的过程当中,我们是否还有停下来歇一歇的可能?这个速度是否是我们内心可掌控的?真正去挖掘你就会发现,每个人都逃不开这个时代主题。

这样的写作其实也在为历史留下重要的档案。大家可以设想100年、200年之后,人们重新看中国这样一个被互联网所加速的社会,除了大事记或有关英雄的记录之外,互联网是怎么改变普通人的生活方式,改变普通人的生活观念的?

这种生活史的记录对未来的时代理解今天非常有意义,我们恰恰需要通过公众书写,把日常生活当中这种微观的政治和微观的文化记录起来。这也是若干年之后,若干个世代以后,人们重新认识当下的数字社会非常重要的一份记忆。从这个角度来讲,这种日常生活史的记录有其很重要的时代记录价值乃至史学价值。

数字劳动从业者的故事,值得书写和关注

沈燕妮:数字社会中的行业变迁、线下传统实体行业的数字化转型及这种转变对于我们普通人生活的影响,也是希望更多的从业者能够去记述、表达的一个话题。对于这个话题,您认为有哪些值得深入挖掘和思考的方向呢?

张志安:这个话题如果从职业角度出发,确实很多人深受其影响。比如因为线上电商的发展引发了大量线下实体店的倒闭,那么这

些店主是如何在转型过程中重新把产品放到线上销售的？过程中出现了大量的电商主播，电商老板的生活又是如何被淘宝、拼多多、抖音、快手等平台所影响的？他们的生活和工作发生了怎样的变化？

同时因为线下实体店的衰落，城市的公共空间也发生了变化。实体店并不仅仅具有购物的功能，它还有审美、消费、公众进行社区讨论的作用，人们会走出家门进入这些实体空间。而今天因为线上数字化手段的普及，城市里的这种线下实体空间变得越来越少了。这也是为什么有很多城市还会通过公共财政支持手段不断地建设线下实体书店等实体空间的原因。

还很值得关注的是数以千万计的数字劳动从业者或规模过亿的互联网平台相关从业者。我们谈到"数字劳动"一般有两种类型：一种是劳动数字化（媒介化），是指拥有传统劳动形式，但其背后的组织手段是数字化的，比如外卖小哥，还有那些在不同平台上切换接单的网约车司机，表面上他们从事的劳动形式跟原来一样偏体力劳动，但是他们工作中的时间在加速，送每一单的时间从 45 分钟到 30 多分钟再到 28 分钟；还有一种就是数字化（媒介化）劳动，是指完全依托于平台展开的数字化劳动，比如短视频制作者、主播等内容生产者，他们的劳动方式本身已经被数字化了。

不论哪一种类型的数字劳动从业者，这个群体的故事都是非常引人关注的。但总体来讲，数字劳动从业者的能见度还不够高，他们职业权益的保护、职业身份的认同、职业社群的互动并不广为人知。我们更多看到的是个案的书写，而且这种个案往往会比较悲苦或者说故事的主人公命运会比较灰色。但其实我们应该看到数字劳动群体创造了大量的灵活就业，这是一种新的工作形态，这个前提也是值得关注的。

除此之外，大家也非常关注在大厂工作的年轻人，关注所谓的"35岁现象"。不少大学毕业生除了去政府部门、央企、国企之外，会非常优先地选择去大厂工作，因为被高额的薪水所吸引。但他们中的一些人又会陷于"996"的加班甚至是付出健康的代价，人到中年可能又会面临大厂现在经常有的每年10%或20%的战略性人员或业务调整。这些年轻人比较快速地积攒了相对的财富，进入了中产阶层。但平台企业必须顺势而为，根据市场运行状况进行"瘦身"或战略性调整，可能又会让从业者好不容易维系的大城市中产生活，有一种往中下层转化或堕入的可能性。

传统行业的跳槽也是存在的，只是这种跳槽带来的生活境遇和收入变化不会像互联网行业对人生活影响那么大。互联网行业的快速迭代，行业里知识的更新速度，以及人到中年以后所面对的能力和体力的下滑，带给人被淘汰的威胁感会更高，从业者可能会感受到岗位转换或者行业转换带来的更大的不确定性。经历移动互联网高速发展、享受到红利的互联网大厂员工，他们当中的一部分人可能更快地感受到了行业迭代的这种不确定性，以及对他们生活造成的冲击，而这种冲击和感受本身就是非常值得记录的时代图景。

面对这种变化，他们终将需要有所适应。在互联网上他们往往不会得到太多的同情，普通公众依然把这个群体当成社会的既得利益获得者，所以当他们的热闹过后、收入下跌的时候，草根依然会觉得你们是高薪阶层。从这个角度来讲，这个群体更需要自我疗愈、自我适应和自我调整。

我最近看到了很多相关主题的非虚构作品，其中展现了很多大厂员工在经历裁员之后的韧劲和自我适应能力。我接触到的包括我的学生，也有从大厂回流到传统事业单位工作的，都还是有比较高的韧劲和适应能力。也有极少数特别难以适应这种生活变化的，比如某知名985高校的硕士，还是位前记者，曾经也在互联网企业工作，最近在送外卖。这个故事引发了大家的关注，但我觉得它是极少数个案。

观察这些行业的变化，我深感中国各个行业真正的数字化转型还没有完成。所以这些在早期数字化行业变革中积累了一定专业能力的人，他们的数字化能力适当降维，在很多的传统行业依然是有用武之地的，甚至比原本的传统行业从业者更有竞争力。一份中产的生活对他们来讲并不难，只要能够适当地调低预期，甚至不一定要扎堆在北上广一线城市，那么重新适应也并不难。

涌向北上广，真正能够进入到互联网产业核心地带工作的人仍然是少数。大部分涌向中国一线城市的还是二代或者三代的农民工，其中很多人从事着相对低端的服务业，或者从事收入尚可，但以身体透支、保障不完善为代价的工作。他们构成了低技术门槛的数字劳动者群体。

以我自己的接触来讲，我打车时经常会跟网约车司机做一些交流，我发现他们所面临的城市融入比他们父母那一代更难。一方面，他们日常生活已经深深地扎根城市，完全离不开城市的生活；另一方面，他们的收入不能支撑他们在一线城市真正地扎根，比如买房和落户。

一代农民工主要在城市打工，但他们还是要回到故土；而二代农民工已经不想回去故乡了，所以他们就会变得更加痛苦。故乡回不去，城市又留不下来。所以这一代被数字生活改变的年轻农民工群体，我觉得他们中的很多人可能会面对更尴尬纠结的生存处境。

系统的写作才会有系统的触达

沈燕妮：按照您所说的，我们再往下延伸一步。城市是由人组成的，一代人所面临的问题和感受，很大程度上直观地影响到城市的形态和城市社群的形态。随着数字化的发展变革，您认为城市会被怎样改变呢？

张志安：城市的改变在中国过去改革开放的几十年里面，都已经非常直接地表现出来了。整体的表现特征就是加速的城镇化，特别是中国中小县城的城镇化速度大大加快。

中国的城镇化经过了几个阶段：第一个城市化阶段是学苏联，主要是把北上广这种大城市、东北的工业城市建设起来，更多是能源驱动、国家发展的一种方式。紧接着第二个阶段，大城市的发展被适当限制，中小城市得到了进一步发展，极大地推动了乡村城镇化的发展。第三个发展阶段发生在过去的十几年间，主要是通过长三角、珠三角、京津冀这些城市群来带动整个区域城市的发展，推动整个中国区域经济的现代化和中国式的现代化进程。

你会发现，区域城市群对于年轻人的吸引力越来越强，人们越来越多地汇聚到了区域城市群，形成了一种跨城的生活。以珠三角为例，可能家里条件比较好的就在广州彻底扎根，吃住行都在这里，但家里条件差一点的，可能就奔波于东莞或者佛山。上海跟周边的长三角城市一体化也是这样的。今天城市的发展通过代际的变更，年轻群体的涌入，某些保守、排外的特质正在被逐步去除。

以深圳这种"来了都是深圳人"的理念更新，城市变得更加开放。这个城市的常驻人口年龄结构极其年轻，所以总体来说城市开放度是增加了。但你会发现在不少城市里面，社群和社群、阶层和阶层之间的内部相处和隔膜其实反而比过去变得更强。比如在三亚、珠海，穷人和富人、东北人和本地人之间就体现着这种情形。他们往往形成了移民社区或者迁徙部落，这是数字社会交通便利所带动的。

过去我们很难想象海南三亚变成"黑龙江省三亚市"的现象，广东的很多地方也陆续在发生这个真实的变化。迁徙、流动，不同族群间的区隔，我觉得比过去有所增强。从这个角度说，中国的发展就是矛盾的，我们既感觉到它更开放了，也会感到在同一个城市空间里面的族群变得更加隔离。距离好像是因为城市开放了而变得更近，但实际上因为人们生活方式和阶层的差异，人与人之间反倒又变得更远。

沈燕妮：确实如此，数字化技术使得我和老家的人变得更亲近，可以随时分享交流，但未必能够使我和邻居或住在同一个街区的其他人更亲近。人们是更有选择地把自己想要维系的阶层和关系固化了。

张志安：社交网络连接最好的一种替代，就是使得我们跨越了原来所处实体空间的距离来保持原有的人际关系。过去在城市里打工的人跟家乡的连接是非常松散的，人们通过打电话，一年一次的春节返乡来维系感情，保持连接。今天我们随时可以通过微信视频来进行连接，这种连接使你在跨地域时融入城市的陌生感减少，因为你发现自己依然跟家乡共在，但带来一个问题：这是否也会影响你线下的城市和社群融入？你或许不太愿意跟其他人相处，因为你会非常容易继续跟你的老乡保持这样一种联系。

我有一个学生，她现在在英国读博士，曾经研究过回到家乡湖南乡村做电商直播的网红群体。一些年轻人在深圳学会了数字技术手段，学会了直播，回到湖南乡村，住在县城里，每天回去直播爷爷奶奶和自己熟悉的故乡，收益很可观。然后他们又把当地的农产品通过电商来推广、售卖。买他们产品的人很多，不少人购买不是出于对农产品本身的需要或者认为价廉物美，而是出于乡愁。他们在深圳打工，通过购买家乡产品，看到家乡的直播，他们会感到很亲切。

数字连接的手段很多时候是基于不同的社群，形成了一种个人的或者特定群体的信息结构。精英、大众知识分子、草根、白领、公务员、老年人，他们在社交网络中的信息结构具有很大的差异。这种差异化的信息结构或是社会关系网络结构，很大程度上取决于他们使用社交网络的功能和模式。

我们很希望通过非虚构故事去看到个体之间的数字生活差异，同时捕捉这些个体背后的群体的信息使用结构，或者是基于社交网络、社会资源网络的社会关系模式。我个人特别期待这类作品，希望通过透视一个个普通个体故事，去展现同样生存在数字社会里的群体的信息结构和社交生活差异。我个人感觉这种差异是极大的。

比方说就我接触到的公务员和政府官员们，他们不少人的朋友圈要么是空白的，要么只转发时政新闻，他们在社交网络上个人的能见度是极低的。因为个人能见度越高，越展示私人生活，他所面对的风险可能也越高，所以他们的社交形象管理是比较神秘的。

同时，我们也看到媒体人这个群体普遍处于焦虑中。他们所在媒体自建客户端平台的内容传播影响力在下降，用户数量在减少，于是社交网络几乎成了他们争夺作品影响力的唯一来源。所以不管是出于主编强迫要求转发，还是自己主动转发，媒体人的社交平台充斥着他的工作信息。

老年人更是如此，微信有"看一看"这个产品功能，能够精准识别受众。一些老年人生活中接触到的高频短视频内容，基本上都配有比较大的字体和字幕、比较响的声音。他们沉浸的内容主要有两类：一种会比较关注宏观的威胁，即国家跟国家之间的威胁，可能会激发他们的民族主义情绪；另外一种是比较个体性的死亡和对生命的威胁，往往让他们活在焦虑或恐慌心理中。而这些内容的获取就在老年人的世界里，很多人是几乎完全接触不到的。

我也关注到少数利用朋友圈做微商的人，他们到底是怎样对那么多的熟人推荐自己的产品，是怎么来使用社交网络来为工作进行流量转化的？不同地域、不同阶层、不同年龄、不同群体，他们在数字社会展现出不同的信息使用结构，而结构背后回应了他们各自的连接关系以及跟这个时代之间的勾连。

我这两天读到一篇文章很有感触。很多人在过去三年由于各种原因失去了亲人，其中有 10% 的人是很难走出失去亲人的创伤的，这样的作品增加了我对于那些个案背后某个群体的总体性了解，对我们认识社会的多面性、复杂性非常有帮助。

基于互联网，其实我们越认识社会的复杂，越能对他人保持同理心，越能激发我们内心的柔软和善良，特别有利于克服我们内心的偏见，或者是不假思索地给出判断和结论。这使得我们在私人相处中对他人更加宽容，更懂得彼此理解；而从公共性角度也使得我们对社会的参与、治理保有反省之心，是在人性复杂性、社会多样性理解基础上的一种建设性的考量。这样的非虚构写作可以在个人困扰和公共议题之间建立关联。

表达本身是建立对话，或者说建立连接、建立共鸣、建立认同的基础。很多现象、感悟如果没有系统、生动、完整地表达出来，很难被别人深刻地、深入地感知到。认真的写作才会有认真的回报，系统的写作才会有系统的触达，深入的写作才有更深入的交流，我希望在公众进行的非虚构写作领域看到更多认真、系统、深入的作品。

写作时要思考，我具有一种怎样的社会连接的可能？

沈燕妮：您期待看到什么样的非虚构作品？您会更注重一个非虚构作品的哪些方面？

张志安：从阅读体验来讲，作品的语言、创意、叙事结构都是比较重要的。但我感觉比这些更重要的，是故事的内核。所谓的"内核"指的是这个故事给人带来的启发是否具有独特性。

因为提到非虚构写作，或者说特稿的作用和价值，通常有三个指向：

第一个指向我们复杂的人性，好的非虚构作品应当让我们对不同的人有了更加复杂的理解；第二个指向独特的命运，很多人会遭遇离奇的、多舛的、反常的社会经历，记录下来以后会让人感到非常地好奇、震惊；第三个指向人类的文明或价值，它会在这个意义上更有启发。其实不管是复杂的人性、独特的命运还是人类的价值，我觉得最终还在于这个故事所能承载的启发性和反常性有多大。

我更希望看到一个新的故事，这个故事不管是从它的形态还是它要表达的价值来讲，是有一定的新意的。它不是对过去我们熟知的世界、熟悉的经验事实或者价值的简单套用和解读，不是那种让你读完后又再次印证了自己原有认知的作品。我期待的好作品是能够打开一种新的认知，带来一种新的启发和想象的作品，可以是对熟悉事物的一种不寻常启发，也可以是对不寻常事物的一种寻常表达，所以我还是蛮强调故事的"新"的。

进一步阐释这种故事的"新"，我认为过去新闻价值中有时新性、趣味性、重要性的要求，这些有些适用于非虚构，有些不适用，但有一个非常重要的标准，我觉得是适用的，叫显著性。显著性简单来说，过去指的是一件事情或者是一个现象外在能够让你观察到的状态，就像100人的舞蹈不如10 000人的舞蹈那么震撼，一栋楼的倒塌不如一座城的倒塌来得震撼，这是外在的。但今天我们对显著性的理解还在于这个事件本身所具备的那些要素，是否能勾连起人们普遍的精神和情感共鸣。

从这个角度来讲，个体貌似从社会地位或者影响力来讲没有那么重要，但是却能够带来一种显著的效果，故事当中所包含的那些要素能给人带来一种亲临、沉思、拍案而起等基于情绪影响而带来的启发。所以我希望看到的非虚构故事的"新"，主要是指故事是否具有个体表达背后的一种显著意义。

这种"新"有三个层面：首先是新的信息或者新的故事，读到一个行业里没看过的个案，会让人耳目一新；其次是一种新的启发，作品中蕴含着一种新的价值，读过后会让人对一些问题有新的思考；最后是新的知识，你原来对这个行业有所了解，但读完这个故事后，你可能对背后的群体有一种新的认识。

所以不管是新的故事、新的信息、新的知识，还是新的价值或者新的意义，都在于作品能够让读者有一种新的收获。所以我讲的这个显著性，倒并不是希望这种个体写作运用很多夸张离奇的内容，而是追问一句：在写作这个故事的时候，我具有一种怎样的社会连接的可能？我觉得这是最关键的，这个连接就经由"我"去连接"他"，再去连接更多的"他"。这个连接放在数字互联网时代，是一种信息的连接和互通；而放在非虚构写作当中，是单个文本的表达和这个时代之间的关系。好的非虚构表达就是要提供公共连接的可能性。作品是在讲述个人的故事，但是又不只是在说具体的这个人，是在说这个社会、国家、时代。

而当我们说公共连接的时候，并不是要给非虚构写作者背上多么大的心理负担。当你写作的时候，总是要想到作品本身能够多大程度上激发多少人的共鸣，其实最简单的方法就是你今天写作是否真诚地打动了你自己，多深入地打动了自己。你只要把自己被打动或者想要写作那一刻的冲动，最真诚地表述出来，这种真诚就一定会被更多人感受到。

所谓连接，作者自己的情感、价值和观念跟这个作品之间的连接是第一位的，有了这个基础，作品才有可能更广泛地跟读者连接，它并不是一种刻意的、功利化的过程。连接社会是外在的，有时它甚至是一个自然而然的意外结果。连接自我才是更为本质的驱动，有更深入的自我对话，才会有更深刻的社会共鸣。

访谈录——上卷

九 月

写作于我是一种主动参与时代的方式

【作者档案】

九月，八〇后，曾做过特稿与人物记者，现居澳大利亚。

从事非虚构写作年限：9年。

问： 您最早开始写作是什么时候？当时是什么契机呢？

答： 我正式写作是在2015年。当年的7月，家里处在非常动荡的时期。一方面，我在南京大学的学业处于极度困境中，马上迎来研三，而我并不喜欢所在的专业（应用语言学），过去两年一直想重新换专业（英美文学）和导师，又面临即将毕业找工作，内心很挣扎，前途渺茫。

另一方面，父亲第二次遭遇重大股灾，借来的十几万炒到了45万，原本计划用来给老家盖房，然而很快全部跌穿。父亲本人又不幸出车祸，被小车撞倒需要就医。其时母亲给亲戚打工，因生意不好需要退租，全家人于是搬回老家。弟弟在家里赋闲，也没有工作。远嫁台湾的二姐和家人回来探亲，父亲这边所有的亲戚都聚齐了。

在这些因素下，我在那个夏天回家待了几天（上大学以来，我第二次在暑假回家）。各家有各家的矛盾和困难，整个家的气氛很萧条，我的心里充满了郁愤。

问：从开始写作以来，您的写作内容都是围绕什么？以您自己的感觉，写作过程中的内容有哪些变化？这么多年过来，您在写作过程中的心态有哪些不同？

答：我所写的，是不得不书写的、总是被忽略的个体现实。这几年来，我一直在探索"家"同时作为整体以及个体的存在现实。从四口之人的小家来说，它的存在已经很怪异，而同时每个人也深陷其中，难以挣脱。我们既因为血缘和亲情互相维系，又因个体的差异和冲突而分崩离析。这种被反复捶打却始终没有彻底散架的家的脉络，在我所成长的20世纪90年代至今的时代变迁中尤为清晰。**我们的流动并非是农村到城市的单向性的流动，而是一次次的挫败和流放，一次次前赴后继地投降又出发、继续寻找出路，一次次地同内部和外部世界对抗。**

写作内容上，曾经我一直想书写父亲（哪怕他是一个彻头彻尾的失败者），想借此了解他的一生。后来写作的重心逐渐从父亲的故事转移，到母亲，到弟弟，到我们每个人的关系，到四口之人的小家以及整个大家庭（父亲五兄弟姐妹＋母亲七兄弟姐妹）的破碎，到村庄、城市、工厂等不同社会区隔对个体和家庭的影响，以逐渐展开一幅破碎的、交叉叙事的时代图景。

写作的心态上，刚开始写作是很挣扎、焦虑、郁闷的，是握紧一种使命想要讲述家人的故事的心态。然而又总是自责个人能力有限，不能尽快地更好地完成一些故事，积累一些素材。同时总是为生活所迫，到处移动，要吃饭，要生存，要挣上一条出路——至少为我和弟弟，而如果够幸运够力气，再救出父母。**几年下来，我的心态平和了**

很多，对待写作也像对待生活一样。每个人有不同的造化能力，我们还活着，还有人在努力，故事也都会寻找到机会被说出来。

问： 是什么动力支撑您持续写作呢？

答： 这个时代有太多被忽视的人和事，被忽视的真实。个体总是被群体、时代、主流的环境所遮蔽，而失败的、困顿的个体尤为如此。可是当这么多失败的人放在同一个大家庭里，它是不是能说明一些问题？问题也许不仅仅出在个人身上。我想讲出发生在我身上的、我身边的这些真实，这些人的一生不是毫无意义的。

问： 您有经历过专业的写作训练吗，能分享下当时的经历吗？您觉得此类经历对您自己的写作有哪些影响和启发？

答： 谈不上专业的写作训练，从中学开始就很喜欢语文，喜欢写东西，教过我的语文老师都给过我一些鼓励和肯定。青少年时期的家庭环境让我更加想借阅读和上学逃离出去，常常把日记当朋友，不管是怎样的自己和想法，都写尽真实。平时也喜欢做摘抄、写感想，大学和研究生阶段的课程都以英美文学方向为主，喜欢读小说、看故事。明白写作可以是人生的另一种可能，可以成为一件伟大的事。

问： 您是通过什么途径知道非虚构写作平台的？第一次投稿是在什么时候？还记得当时是怎样的心情吗？之前有过其他平台的投稿经历吗？

答： 2015 年，我关注到微信公众号上关于股票故事的主题征稿，在当年 7 月中旬第一次投稿。我知道这是一个开始，故事迟早要被说出来，就想着不管心里有多少的郁积，不管眼里涌出了多少泪水，一定要把这个征稿完成。之前没有在其他网络平台投过稿。

问：您第一次投稿时是怎样的沟通过程？对于稿件，编辑给了您哪些建议？沟通过程中，您有哪些印象深刻的事吗？

答：与编辑对接之后我修改了一个多月，从标题到内容取舍到素材的前后安排，改动不算小。原文中涉及的主体太多，故事不集中，于是我在编辑建议下，删除了包括四姐、大姑、我自己的故事部分。通常编辑都会提一个修改字数要求，比如改到9000字以内，最后刊发文字大约7000多字，分成两个标题三个版本发表，标题上我更倾向于《一个农村股民的生死劫》。但我觉得开头的叙事有些不完整或者说混乱，语言上也有种怪味道，仿佛是特意为了让读者理解，而不是让故事自己说话的感觉。

我记得刊发的前言中称我父亲是"凤凰男"，我认为这是一种不恰当的标签化。**我想尽力用故事去解释一个人的复杂性。**在同编辑沟通的过程中，因为时间太长（7月投稿，9月发表），我从事实上的期待逐渐变成了被动地接受，想着只要故事说出来就好，而且还有稿费。

问：最初投稿的时候，您是怎样理解和看待"非虚构写作"的呢？现在又是怎样看待和理解的呢？过程中发生哪些变化？有哪些具体的生活经历和写作过程对您产生了这些影响？

答：我比较擅长画面式记忆，很容易陷入事件的发生和情感中，所以我更擅长非虚构而非小说。我觉得这是一种记录真实的途径，而**真实是有力量的。**当时，我抱着一种坚持，并把它长期当成我的格言："追

求真理这事我看不到结果，而追求真实依然有迹可循"。这就是我最初理解的非虚构。

现在我认为，非虚构是有局限性的。当非虚构写作受到记忆偏差和素材不完整的影响，后续受到编辑长度和角度的影响，所呈现的仍然不是完全的真实。加上生活动荡、长期奔波，出现的干扰太多，我无法在短时间内按照故事自我发展的需求，掌握全部的素材，所以有时候我只能攫取一些片段、一个角度，尽力再挖出一些素材，做短篇的尝试，以后或许想尝试轻虚构以及作为系列的短篇或者长篇。

文章发表后，我总是不太满意。因为作为短篇，我只能呈现人物与主题相关的一些方面，非自愿地造成了读者对人物的一些理解偏差。对我影响最大的依然是第一篇文章，它开了一个头，让我坚持写下去，哪怕误解和苛责故事的声音很多。几年下来，我经历了很多，从情感上的依赖和背叛、物质生活的困局、对传统记者行业的亲身体会，到从零开始出国打工，我慢慢学会和生活的动荡艰难平和相处，慢慢在有限的生活条件中创造出微小的新的可能性，以及持续创作。

问： 后来为什么再次给平台投稿？

答： 故事总在那，新的故事还在继续，总要找到机会发声。生活并没有在上一篇故事的轨道上继续，而是不断地周折、突变、曲折离奇，人性像个万花筒总在变换。此外，非虚构平台的不片面追求猎奇和流量，也是我所需要的。

问： 我们注意到您的写作主要是围绕家庭，关于您父亲的，为什么会关注到这些经历或故事，并想要写出来呢？

答： 发表的故事从个人经历出发，涉及农村两三代人无所依凭的处境，捆绑式的代际和家庭困境，以及城市化进程高歌猛进的大环境下，微型、非典型性农村的真实写照等。

写作的使命降临到每个人的时机不同，而我最初的文字，必定是关于父亲的。光是父亲这两个字，有时一想起，就让我喉咙哽咽，无法说出话来。我早在读书时就深深地感觉到，我无法用几个简单的词、几句话向别人提起我的父亲。它们总是互相抵消、互相打架，最终让我无法言说，让我躁狂和发疯。直到第一篇文章，我找到了一个出口，写出一个被所有人责骂的父亲。可是我知道这只是个开始。

所以当我越来越成长，当所有人都放弃父亲的时候，我并没有放弃。我直觉地知道，还有很多故事没有说出来。父亲的心声极少向我们打开过。他的一生是失败者的一生，但又不是简简单单这三个字能概括的。关于他的性格、他身上的复杂性，我也是度过了痛苦的青春期后，才逐渐地想要去理解更多。同时，我饱含泪水地体会到，环境和家庭的偶然性对人的成长有着巨大的影响，从父亲一代到我和弟弟一代，这种持续的困境无法让我停止去思考，去犯错，去走他们（父母）没有走过的路。

悄悄出国打工这一年多来，我的父亲老了，沉默了，股票对他的意义也变了。他不再像两年前那样随时随地对我吐露，他失去了返老还童后像孩子一样对子女的依赖感，只是麻木地随着日子变老。我希望生活给我一点时间去获得物质和精神上的丰富，给父亲一点努力活下去的希望，去跨越目前两代人失语的交流困境。

问： 您是因为写作而会去主动回忆或关注很多自身经历和身边人的故事，还是只有在经历某些特别的事情、听闻身边人的经历、感受到某种特别的情绪后才会去记录和书写的呢？

答：我的写作需要冲动。我是偏向情感型的写作者，从第一篇文章就可以看出来。现在的我多了很多平和生活的经验，文字不再那么外放，但写作对我来说仍然在很大程度上是一种情感和信念的支撑。我知道很多的故事一定要写出来、说出来，问题只在于何时何地，先写什么后写什么。我有因为机会不错的写作大赛去写作，有因为生活中的剧烈变动而写作。即使不是成熟的冷静的书写，我也一定要记在手机上、电脑上、日记本上，因为当下的思绪太强烈，非文字无以依托。

还有一个写作的缘起是故乡。每次我回到老房子，回到我出生和成长的那个地方，和我的父母、村邻一起相处，我就无法克制地想要告诉人们这里发生着什么，或者没有发生过什么。相反，**城市有时反而是一个扼杀创造力的温床，隐藏起我们自出生以来各自的差异性。住在外观一致的公寓楼里，被分配在安分的工作隔间里，购物、休闲、工作，聊着同样的客套和八卦。**所以在广州做记者的三年多时间里，我很少有关于自己的写作。但在广州生活的这些年也见证了我在个人情感上遭遇的剧烈冲击，这在我的长期写作清单里。

另一个现实因素是，我的生活长期不稳定，我没有固定写作的平静时间和经济能力。比如 2021 年头三个月，我酝酿着很多篇想写的东西，但我没能写上一点东西，因为生活太奔波。我要坐很久的公交车去诊所治疗、每天刷手机换工作、算逾期利息赚钱还钱等，思绪无法集中。

问：作为一个非虚构写作者，您会怎样看待自己叙述中的真实性？对于所记述的事情，尤其是自身回忆或多年旧事，您会怎样保证其中细节的真实、还原呢？在沟通的过程中，编辑对稿件的真实性有哪些建议和要求呢？

答：我算是个事实上的洁癖者。很早我就对真实执迷，哪怕它在其他人眼里是"不合时宜"的，甚至污浊的。我记得刚上初二时写了一篇日记，写我路过菜摊，看到被剥了皮血淋淋洗过的青蛙，我坦言并没有同情它作为"益虫"的下场，因为我在农村，捉过青蛙，我们就是这样剥了皮炒了吃的，而且把它当作一道难得的补品佳肴。老师表扬了文章的真实性。**我现在觉得，我还是这样去看待真实的，哪怕它是血淋淋的、脱皮露骨的。真实的东西不需要去改造，已经足够具有力量。**

关于真实的还原，我是个不屈不挠的守旧者。只要是我觉得有意义的，让我充满了回忆的，我都会留下来。小学时同学借我的笔、递的纸条，我都留了很多年。但是随着我离开家乡生活，家里属于我的东西越来越少。家里空间不够，父母陆陆续续将我的课本和一些笔记本当作废纸卖掉。有时候家人都在外地，房子空置，很多东西也会不知去向。如今家里已经没有我的生活物品，我的全部行李，就是我在国外悄悄生活一年带着的两个行李箱和背包。但有一些东西我始终保护着，就是日记本。它们在最困顿的时候陪伴过我，是我成长期最重要的财产。不论迁移到哪个地方生活，只要有空回家、回到老房子，我一定会检查下这些日记有没有受损。而把它们保护起来，就像守护我的过去。

这么多年，我从来都不删除与家人有关的手机微信聊天记录。有时候给家人打电话，甚至也会录下音保存素材。因为我知道我除了是当事人，也是第三方的记录者。

这种冲动一直都在。不像其他人一路走一路丢，我总是背着过去前行。我的劳作了一世的爷爷辈，我的一生不得志的父亲，总在飘摇的我和弟弟，还有我们大家庭中那些疯癫式的兄弟姐妹们，我的经历各异的童年伙伴们，我再也没能联系上的小学同学等，他们的故事需要有人倾听、理解，甚至想想办法。这些印记就像烙在铁板上，是不会消失的，阅读、电影、一闪而过的场景都会把最深的记忆召唤出来。

写作时，我会找出手头上有的这些印记（尤其是微信记录），如果素材不够或者不清晰，也会多方寻找信息验证，对于或有记忆偏差的"常识性"事实，也会上网搜索依据（比如父亲给我讲的盖房的过程，一些农村用的行话）。当然有时候，因为我太投入其中，可能会把自认为记忆中的一些边角当作完全的真实，而没有去验证和补充，造成时间线不够清晰等。作为局外人的编辑往往更容易发现它们，通常会向我核实。

我的故事不只是我一个人的。我的一生不仅是为我自己，也是为不被关注和理解的少数个体。在学习、工作、不断的迁移中，我拥有了各种身份标签，可是我仍然愿意待在底层（其实并不容易达到），愿意做一个写作上的牺牲者。

问： 完成写作后，您笔下的描述对象，像您父亲，描述对象会看您发表的稿子吗？他们怎样评价您笔下的他们和您的作品呢？除此之外，您会出于写作需要而对身边人进行访谈或是询问事件细节吗？过程中有遇到过哪些困难？您有哪些类似的经历可以分享一下。

答： 我所写的家人的故事，都会在发表前给弟弟看。我们只相差5岁，很多经历他不再记得，但我们共同也分别经历过这个家的方方面面，能互相理解。但是，我从来没有给父母看过我发表的这些故事。只有第一篇文字发表时，我跟父母提起过，父亲的第一反应自然是问有没有稿费。我没有告诉他那些伤人的评论，也没有让他知道我在留言中回击读者的不解。当凤凰卫视《冷暖人生》的节目组让我邀请父亲做客采访，并要求在老家拍摄时，父母都怕了，他们的理由是家里太破了，连坐的地方都没有，让别人来看来拍太出丑。后来，编辑又联系我说有一位读者想捐款，我和父亲商量后，我们觉得自己还有手有脚可以凭劳动挣钱，就没有接受。但是，很快我们就后悔了，而那位读者也再找不到了。

　　的确，每次写作我都会想办法寻找更多的故事素材。对父母，我不会说是采访，而是旁敲侧击或者找话题聊开，得到我想要的信息。因为这样做了太多次，母亲都会很好地配合我。父亲过去好几年会主动在微信上或者打语音电话跟我诉说他的生活，这成了我几篇故事的素材。而如果我有目的地想要问他一些过去的事情，则更需要技巧，有时候甚至需要刺激他，但去年以来他已经越来越避讳谈自己的生活。自那篇炒股故事以来的几年，每次我回到家里，父亲仿佛总是充满了愧疚和无能感，胆小得连我的眼睛都不敢看。我已经很久没有和父亲对视过了。

　　这几年里，每次家里或村里有重大事件发生时，比如分房子、盖房子、老人（去世）等，我都让他们（我和弟弟总是称父母为他们）一定要多拍照片、拍视频发给我。有时候他们很不屑，觉得这些东西拍下来有什么用，有时候也拍得很不好，但还是半推半就了。2019年家里人没等我回去就把老房子推倒了，我给母亲发了狠话：以后还想让我继续贷款盖房，那就把拆房盖房的过程拍视频拍照片给我。这个任务最终交给了父亲。我用这种交易的方式让他们替我保存记忆。

　　弟弟在这方面虽然也没有主动性，但我让他去做的时候，他一定会很好地配合我，比如村里的土房子残景都是他拍的。我把相机留给了他，除了家里村里，我也让他多记录自己的生活，比如在工厂、在不同的城市。最近，他主动跟我讲起并记录独自外出寻工在建筑行业当学徒的经历，让我觉得很欣慰。如果有时间写，这将是我的下一篇故事。

　　问：一般来说，您自己完成一篇稿件大概需要多长时间？您会有一些特殊的写作习惯、写作前期准备或是写作环境要求吗？

答：我一旦有了写稿的冲动，就想着一定要抓住它，完成它。我喜欢不受打扰、沉浸式的写作。在安静的、简单的环境下沉浸下去，饿了就吃些巧克力棒之类的能量食物，灵感中断了就躺会。在做记者写几千字的人物故事时，我通常整理完后待上一整天，除了简单地补充能量和休息，其余时间都在构思和写作，直到完成。如果写作计划很长，就会遵循比较规律的作息，保证有充沛固定的时间写作。

我也喜欢手写打草稿，我的字体随着情感和心情起伏会有很大的变化。就像这些年，我的日记本上的字体也一直在变，这种落在纸上的感觉帮助我抓住灵感和思路。有时候也纯粹用电脑写作。

我最长的一次写作持续了一个月，每天去南大的图书馆，按时吃三餐，写作时关闭手机，洋洋洒洒手写在很多 A4 白纸上，然后再誊写到电脑上。这篇剧本故事并没有发表，算是自己的一个尝试。写作时间最短的是《有钱没钱洗澡过年》那篇（2016 年 2 月 23 日发表），在学校洗完澡后我突然有种很强烈的冲动，于是马上坐在自习室列提纲理清思路，应该是在一天内就完成了。

问：您印象最深的一次写作经历是什么？为什么这么难忘？

答：毫无疑问，是我 2015 年投稿的第一篇文章。那种强烈的呼之欲出却又越挖越深越陷越重的感觉，那种奔涌着泪水握紧拳头咬紧牙关坚持讲述不能让任何事情干扰的强烈写作欲望，让我在研究生公寓独自待了 5 天，煮没有油盐的红薯粉充饥，低头走路、独自吃饭、避开社交。我知道自己在完成一项存在的使命，所以我的原始标题是《存在》。我知道，从这一篇起，我要开始讲故事了。也感谢它，我有了把写作能力写上简历的机会，也阴差阳错地做过人物记者，这么些年还在继续写自己和他人的故事。

问： 不论是对于某一篇稿件的书写还是对于您的整个写作经历来说，您有遇到过哪些写作方面的困难或是陷入某种困境吗？当时是什么情况？是什么感受？您是怎样应对的呢？您现在还会有类似的体验吗？

答： 我曾经想过很多次，如果能给我一两年完整的时间多好啊。不用担心我的前途和吃饭问题，不用忧心焦虑给弟弟找工作给家里收拾烂摊子，回到家乡为大家庭的人们做个长久的访谈记录，写出关于一个家族的报告文学。

我时常恳求，生活不要让父母和家人们老得太快。村里的老人不断地去世，人们知道的故事越来越少，母亲越来越沉迷抖音和刷剧，父亲越来越麻木沉默，亲戚们交往越来越少，好像要把我想抓住的过去和未来全都拖入土冢。

我也时常希望我自己能够自律，更多地阅读和思考，而不是放纵在轻松、无追求的互联网感官世界。我怕我的身体坏得太快，怕我的感受和记忆能力退化太多，怕故事没能更好地说出来，而我想写的东西那么多。如果不能在短时间内完成，我只能像这几年的尝试一样，保持记录，抓住冲动写一些短篇，多花时间构思更长篇的内容。

问： 能分享一些您的写作经验或是写作技巧吗？

答： 多读书，多记录，保持"眼睛还是眼睛，耳朵还是耳朵"的观察力、感受力。生活是写作最好的历练，哪怕是微小的、动荡的、人皆以为耻的生活，请将它们沉淀下来化成文字，化成力量。

问： 您会回看自己以前的作品吗？您怎样看待和评价自己的写作和作品？您认为自己是一个什么样的写作者？

答： 偶尔会看，但不是作为欣赏，而是像在看别人的故事，想知道当时的生活状态、写作冲动和心态，或者是为了找素材、刷评论等。

几篇故事下来，内容似乎有些重复。其一，目前没有足够的能力和时间设计和准备长篇写作，积累沉淀太少，新的产出太少，单篇来看还是过于单薄，人物性格和矛盾的揭示过于简单。如果把几篇合成一个系列，尚可以交叉印证、互相丰富，但这不是阅读的最佳方式，读者也不会有这样的耐心。所以我不是很满意几年下来断断续续的这种写作状态。其二，既有的写作似乎总是靠刷冲动、刷已有的素材，阅读和思考的深度都还不够，感觉在语言上没有活水的注入，快要被榨干了。

我是一个不得不为自己和他人书写的人。**生活难以承受之重时，保持记录，用文字化解胸中郁闷；生活难以承受之轻时，用文字添加重量，扛起责任。**

问： 您认为一个好的写作者需要哪些能力？

答： 我曾有一些天才型的写作朋友，她们的经历和文字总是让我惊叹。可是生活的支离破碎太容易让人放弃精神上的更高追求，而在物质游戏中放逐自己。我没有她们的这种天才，我只是在支离破碎地坚持写，直到写出我认为的美好、复杂。所以，**如果从事写作，哪怕是业余职业，我觉得首先要有一颗坚定的心，不害怕困顿、不浪费天分、不放弃努力。**

其次，写作是一门厚积薄发的事业，很有可能我们在电脑里存了很多的素材，却总是找不到思路，或者已经写过一些，却总是难见天日。不管是非虚构还是其他体裁，写作者都需要持续的专注力，持续地观察、思考、阅读和积累。文思泉涌、下笔如神是天才的事情，大多数人还是需要靠努力才能写出一点真正的好作品。

最后，新的写作者总是很难凭纯粹的文字去挣上一点钱，但时代也给了我们很多的生存机会。电影剧本大赛，原创非虚构大赛，甚至视频口述故事征集等，多抓住和尝试这样的机会，说不定能找到适合自己的写作方式和平台，获得一些信心和回报。非虚构在这几年的兴起就给了我发表文章的机会。当然，快餐式的流量文章也层出不穷，出书变得越来越容易，应当避免为了迎合市场而写坏了笔头、用空了心思。

问：作为一个非虚构写作者，写作对您来说意味着什么？

答：我的个人微信公众号的签名是"一起参与九月的小生活与大世界"。写作是我参与时代的方式，顺着滚滚前进的时代车轮碾过的无名的印记，观察并记录那些被遗忘、被忽视的无意义的个体们。背离宏大叙事的支配性，主动去记录渺小、无为、差错和漏洞。选择写作意味着我选择了做一个无用的人。

问：写作给您的生活带来了哪些影响和改变呢？

答：刚开始写作时，我不希望有人记住自己，于是想了十个不同的笔名，每投一次稿就用一个新的。除了非虚构，我也七七八八投了一些奇怪得不像作品的文字。我不想形成一种固定的故事范式和写作风格，因为我知道生活给我的从来不是单一的。就像父母觉得让别人来看我们的家是一种丢丑，我不希望以后别人提起，觉得我只会暴露自家的矛盾、揭自家的丑，甚至在一些好事者看来无非是卖惨。

在非虚构写作平台发表了四五篇文章下来，我渐渐习惯了用"九月"这个笔名,有时候读者也会评论,我以前看过你的文字,你终于更新了之类的。我希望过一段时间,也会有读者留言,没想到这居然是你写的。我想用文字去丰富自己和读者对生活的理解。

发表文章带来的物质层面的收获是微乎其微的。**我依然会充满困顿,但是在合适的时机写下并发表一些文字,这让我对持续记录保持了信心。我开始抛弃那个藏在不同社会身份和标签下的小我,不再惧怕过往的复杂性,甚至主动把它们揭示出来,**放在自己的个人公众号上。持续写作也让我更加坚定和清晰,在写作的道路上,未来我应该怎么走。

问: 您心目中一个好故事的标准是什么?

答: 如果是非虚构,我认为不猎奇、不过度渲染、不满足于表层的光怪陆离,在文字和思想上挖掘出深度和复杂性,是我愿意关注的。

国内的非虚构平台有不同的倾向,有的偏重中产小资气息,有的喜好国内外猎奇故事,有的整合日光下的无聊叙事等。**非虚构关乎每个人的日常,日常的欢喜、痛苦、平凡、深刻,但这样的日常和角落应该尽量被挖掘得更深,简单的文字和小故事也能见自我、见人性、见天地。**当然,我自己也在探索中。

问: 作为一个故事的讲述者,您怎样看待故事和您自身之间的关系?以及在您看来,故事对于您自己、读者和社会的作用是什么?

答: 作为讲述者,故事中处于过去时的"我"必定已经不同于书写时的我。讲述者是一种联结,懂得何时该驻留在过去、何时该观照现实、何时该启程,对静态的回忆和素材不断再造,让它们焕发生命的力量。

而当我完成一个故事,再作为阅读者来审视,我又不同于讲述者了。我也从故事中一次次地获得再生,这种动态的双向关系使得讲述者和故事的合作关系继续下去。

个人故事是一个个小历史,它们的重要性不亚于宏大叙事。 对我来说,将它们讲述出来是一种使命,是早在痛苦的少年时期就隐隐藏在脑海中的秘密。对于读者来说,或许可以认识一种不同于想象中的现实,比如大时代大叙事下不同的微小的个体,从而从故事中汲取一些力量,获得一些反思,甚至开始留心和关注总被忽视的一些角落和个体,去探索更多的真实,完善我们对自己甚至对社会的认识。而当这样的个体故事积聚了足够的力量,我想,或许真实的社会力量也会参与进来,帮助我们塑造新的个人历史。

问: 以您的写作经验,您试图通过作品表达和展现什么呢?可以结合您的某些作品具体地谈一谈吗?

答: 我发表的非虚构作品有:《一个农村股民的生死劫》《有钱没钱洗澡过年》《爸,去工作吧,别再等牛市了》《30岁,我劝父亲离家远一点》。这些文章从标题来看,就已经能让读者判断内容,而这不是我想看到的。我想要的是一个标题简单的长篇,比如《家》,而里面的内容可以不断更新读者对人物、对农村、对故事的认识。我想打破关于农村、关于原生家庭叙事的陈旧认识,因为我经历过所有不同的阶段,隐隐地体会过内生的复杂性,它们不是一个短篇能够承载的。

问: 您所写的故事中,您自己最喜欢的是哪一篇?为什么呢?

答: 这里面,我最喜欢的是《有钱没钱洗澡过年》,里面没有明确的人物特征，而是记述二十年的洗澡记忆。有农村生活纵使困顿依然温馨的场景，有不同于其他篇的父母形象，有我和弟弟在年少时期的参与，这将为以后的叙事埋下一些伏笔。而我也比较喜欢当时洋洋洒洒的文字，因为还在念书，外界干扰少，文字和心思都比较纯粹。

我曾把它发在个人公众号上，写了如下后记："处在不同的人生阶段，人的心境总有变化，记忆力和思维也总在衰退。在媒体工作三年后，我再也写不出这样的文字了，再也记不清一些细节了。可是我还有太多的故事没有写，不能忘记得太快。而阅读是将过去的星星点点唤醒并再次勾连编织的唯一方法，就像那些一生都在追忆似水年华的人，我在朝前走的道路上仍然试图背着过去。关于洗澡还有一个未曾书写的细节是，小时候父亲总会穿个裤衩靠在门前的水龙头旁，在我们的眼光底下清洗全身。我们的性别观念就是在这种缺乏引导并总在和物质较量的童年中，在懵懵懂懂的将就和模棱两可中，在日后许多痛苦的冲突以及自我的退缩与试探中慢慢悟出和形成。我人生的另一半主题'性'，也将由这篇文章开始，慢慢探索并充满挑战。"

问： 您会关注读者对您作品的评价吗？为什么？有哪些难忘的评价？这些评价会对您的写作产生影响吗？

答： 发表之后，我会看下阅读量和评论。我记得第一篇文章发表过后，很多人指责父亲。我曾在平台上回应一些评论，但是之后就没有那么在意了，因为我知道每次发表过后都会有很多不同的声音。几篇下来慢慢也会有一些理解的声音，可以看出非虚构写作平台的读者群比较广泛，有不同阶层的背景。所以最好的回应是持续写下去，让读者看到人的简单和复杂，看到生活的龌龊和坚韧，也反思自己的一些想法和看法。

问： 在您看来，您的个人经历对您的写作带来哪些影响？相比于其他写作者，您觉得会有哪些独属于您个人的风格或特质？

答： 过去的经历，在写作中我可能才涉及不到十分之一吧，基本上是围绕父亲炒股展开的，但在这之外还有很多的隐藏和延伸。有些人会把这样的经历当作垃圾一样清理掉，活在当下，但我有着强烈的考古恋旧情结，现在也会不断地回溯过去，把过去经历的沉淀下来。

刚接触写作时，我想讲述的东西太多，迟迟找不到出口，所以我不知道该从何写起，除了一本本堆积的日记，我在25岁前并没有公开发表的作品。而一旦付诸文字，总是积蓄太激烈的情感，25岁的我就像40出头的父亲，不认命，抓住根稻草就想押上全部力气。如果说有什么特质的话，那就是追求真实。我还有很多的故事没写，我想把读者认识的九月和九月的世界丰富下去。

我的那些日记还在，我可能想尝试一些新的写作方式，例如将静态的"过去"拼接到写作时的"现在"。就像以前我喜欢翻看自己的日记，再在旁边留下新的文字。

问： 媒体人的从业经历对您的写作有哪些影响？

答： 误打误撞进入媒体行业，又幸运地成为人物记者，冥冥中或许是缘于对写作的执着。三年半的时间里，我做过国际新闻编辑，人物记者，以及短暂的时政外事新闻记者。最重要的经历自然是做人物记者。我跑了中国几十个大大小小的市县，有新疆、甘肃等地区，也有毕节、汶川等明星地区和一些少被关注的地区，接触过生活艰难的残障人士，也接触过富豪明星、诺贝尔奖获得者等。

先说好的方面。感谢这份工作给了我接触社会不同阶层的机会，让我初步了解了不同地区、不同群体真实生活的复杂性，以及讲述的技巧性。作为非传媒专业出身的记者，我的采访和报道写作能力在实践中得到了历练。鉴于传统媒体对真实和细节的要求，我在采写中，文字组织能力、多方获取信息及验证的能力、善于发现选题和寻找到关键联系人的能力等都得到了激发和锻炼。而人物记者不同于日更的跑线记者，有相对独立的创作氛围，构思和写作时间更长，写作方式也不是固定单一的，不用沉湎于官话、套话，不至于写坏了笔头。

我的工作环境总体是单纯的，虽然接触到不同阶层，但并没有特别复杂的利益纠葛，仍然在很大程度上是一个写作者。工作之外，我很少与采访对象方（主要是公关）有深入的联系，个人也不喜欢微信社交，在个性上仍然算是抱朴守拙，之后再开始个人写作也没有那么难。

再说其他方面。记者的身份让我看到了不同的真实，尽管我们看到的、说出的不是全部的真相，但我心里却埋下了探索个体真实的种子。而我也认识到在体制内媒体工作对我个人而言的局限性。

体制意味着权力，可以接触到不同群体，也拥有微小的话语权，但体制也意味着守则，哪怕它包容着虚伪的正义、放大的善和普遍的无聊。我们总是关注已经被圈定的群体，对这些群体中的代表人物重复报道、跟踪报道，并锁定特写的方向、角度、正确性，而更多的普通人就这么无名地、无意义地过着一生一世。越去采访名人明星、热点人物，我越是觉得空虚无力。每次一有名人去世，媒体圈就异常兴奋，甚至不惜搅扰逝者的家人朋友，这让我觉得很悲哀。而少数被关注的底层和个体也被媒体圈渲染上了不真实的单一特质，并被过度关注和放大，且总是讲述个体为家庭、为社会完全的牺牲和贡献，而忽视个体的生存意义和自我价值。这在媒体内部也引起了私下的分歧。另一方面，被采访者也被调教出了面对媒体应有的态度，甚至连未成年的孩子都知道，在镜头前哪些可说哪些不可说，希望别人听到些什么，我认为这是某种深刻的悲哀。

我认为自己最接近记者的具有社会价值的采写，是为白血病患者、逝者李真写的特写故事《李真的世界》，虽然最后它被剥离为母子顽强抗争白血病的简单亲情故事，以及在这个过程中的奋斗与挣扎，但对我个人而言，我了解到了个体故事的丰富性，个体问题背后某些复杂的社会机制，知道了文字和报道能做的事情很多，作为记录者也该对自己、对追求真实有更高的要求。

这些看似辉煌的媒体经历，促使出身和成长在底层的我无意识地更加亲近底层、关注少数群体，并逐渐走出体制报道的困境，把矛头对准真实的人性，探索讲述故事的其他可能性。

问：您个人喜欢什么样的写作者呢？可以分享一些具体的写作者及相关作品吗？他们个人或作品中是什么打动和吸引了您呢？

答：我每个阶段碰到的、喜欢的好作品总是在变。中学时能看到的课外书少，记得语文课本上一篇欧·亨利的小说《麦琪的礼物》我都反复看了十几遍。也追过像《那小子真帅》之类的青春文学，也喜欢在市里的新华书店看让我泪水纵横的国内经典，再长一点追大部头的西方小说，再到大学期间特别迷恋王小波，以及阅读英美文学。如果哪个时间段我一直看某个人的作品，就很容易被他的文字带着走，写出的一些文字好像也类似他的风格。

2020年是我在澳洲打工度假的第一年，这一年我最喜欢的作品是黄永玉的《无愁河的浪荡汉子》。他笔下的湘西经历和朱雀城，充满智慧和童趣，他将故事和各种历史、典故、乡间记忆信手拈来的本事，体现着很深的人文功底，让我极为佩服。

问： 分享一些近期您比较关注和感兴趣的写作者/作品吧。

答： 近期开始较有系统地阅读和收集素材。主要关注女性主义类著作如《那不勒斯四部曲》，还有《橘子不是唯一的水果》《写在身体上》等，也在通过介绍作家及其代表作，积累阅读书目和素材。今年回国后，我把过去的日记和素材带来澳洲，准备着手整理。主要是为未来有关性别的写作打基础。

问： 您想要/会考虑成为职业撰稿人/写作者吗？为什么？

答： 我目前在西澳珀斯定居，一直想要在中文新闻荒漠的西澳做一些有趣深刻的人物故事，也在思考一些选题。

比如澳洲的零工经济。在澳洲，只要有一技之长，就饿不死。会养猫猫狗狗，一个圣诞和元旦的学校公共假期就可以赚3万元人民币，这是我本人的经历；会做凉皮，光是靠线上售卖手工凉皮，可以发展出几千人的粉丝"私域"，一周售卖几百份；有人动脑子卖二手车、修二手车，走起了全包"一条龙"服务，"贵"在安心。诸如此类的小零工，在澳洲十分普遍，华人的聪明才智和特长尤其能发挥。工作模式也相当灵活，可以一周只上两天做做兼职，可以按需上班做临时工，也可以全职享受病假、年假和加班费。我希望能搜寻采访不同类别的零工，做一篇有故事广度的人物集锦。

还有一个选题，是最近两年我在养老院上班，接触到了许多性格各异的老年人。在这里，70岁还是年轻人，80岁以上才有资格说"自己老了"，百岁级别的"王者"从来不缺。我也计划采访几位自己遇到的极有个性的老人：比如79岁的著名全科医生S，曾任全澳医疗行业主席，主导西澳的安乐死法案，为人十分风趣幽默，79岁仍在爱情的滋润中,并常年参加澳洲职业曲棍球比赛;比如打扮靓丽、每周出去购物的 E 女士,70 多岁仍然守护爱情,每周坚持看望老伴、帮助其做运动康复训练;比如曾在联合国演讲的 H 女士,澳洲土著,凭借个人聪明才智和努力获得博士学位并做了博士后,成为社会活动家、学者,但后来不幸中风全身瘫痪,只能坐轮椅出行,目前在养老院仍坚持学习研究,并偶尔在家人陪伴下参加社会活动。这样的故事在养老院里比比皆是,我希望写出来能引起大家的共鸣。

问: 写作会占用您的大量时间吗?您怎样平衡生活中的写作时间?

答: 我算是比较容易进入写作状态的,只要我觉得这篇故事是我近期非完成不可的,在身体条件允许、不影响工作的情况下,我会尽快抽出时间构思和完成它。有时候半夜想到了一些好的思路或者文字,我会腾地坐起来赶紧记下。理想的状态是一个月完成一篇非虚构作品。

问: 近期您有哪些写作计划吗?有哪些关注到的或是感兴趣的写作话题吗?目前会尝试写些什么呢?未来会尝试写些什么呢?

答: 今年 2 月底我回国了一趟,刚完成一篇《麻将》小文,以老家邵阳麻将的变迁折射家庭、院落、市区的一些变化。随着新房子的建成入住,对父母的写作会暂时告一段落,但我也收集了关于家乡亲人的素材,计划写一写他们的故事。

由于经济压力,目前我主要尝试的是能带来稿费收入的短篇故事,思考了一些能同时关照中外文化和社会差异的选题,也在摸索人物类中短视频或纪录片。同时在探索国外网文平台,把自己的一些故事写成英文发表。未来想要创作的仍然是一直悬在我心里的几个故事:关于以自身为原型的女性成长类作品，可以是非虚构或者小说，关于以弟弟为主题的打工叙事和性别少数群体的成长互助故事，以及"寻找我的小学同学"这样一个具有参与性和讨论性的话题，我认为甚至可以做成纪录片形式。

问： 您有什么话要对编辑部说吗？

答： 这几年，编辑部给了我一些支持和建议，也给了我信心继续创作，当然还要感谢不低的稿费。我们都喜欢听别人的故事，但是故事却总是不容易说出来。就像我的父亲，如何让他说出他的一生是我还在探索的事情。我也听到过很多人的故事，可是他们不知道该怎么表达，我想替这些人讲出他们的故事。也许是在国内，也许是在国外。也许是用中文，也许是用英文。

问： 对于刚开始尝试或者想要尝试非虚构写作的作者，您有哪些建议吗？

答： 我已经鼓励过我们家的老弟、老爸、四姐，都拿起笔，拿起手机，以写作或者录视频的方式表达自己想说的故事。

每个人都有故事，每个人也都能够写作，每个人都可以成为非虚构写作者。就像我经常鼓励我老弟和老爸的那样，**不要害怕你的生活太平凡、太普通，觉得没有人会去看、去关注。这么想，或许是因为不知道世界有多大，他人有多不同**。你不知道怎么写，那么我来帮你写。总有一天，我会告诉老爸，我写过一些他的故事，我在国外生活过几年，帮助他打开心扉。也不要害怕文字不好看，好的文字该是什么样，从来没有统一的标准。也不要害怕写错别字，害怕犯语法错误，那是你的生活特征。请把故事继续下去，把难题交给我。很欣慰，老弟终于写了一些在工厂生活的文字。

如果是专业的非虚构写作者，我认为一定要有真诚的包容心。**很多非虚构写作者都会从自身或身边人的故事开始。请包容过去的自己和他人，包容错误和耻辱，这才能让人不至于对某些黑暗、怨怼过于执迷，才可能说出故事，甚至将故事挖掘得更深，让故事成为度己度人的桥梁。**

除了写作自身故事，我们也会遇到不同的阶层和对象，可能10个人里有9个人对你说，他/她这个人很坏很不好，不要靠近，但你要主动去探索，真诚地与人交流，不要抱定预先印象。

另一方面，**故事的复杂性也注定了非虚构写作者自身要有持续的积累，从不同的作品中汲取经验和养分。**生活的困顿苦闷不要着急，写作的难题也不要怕，每个阶段都是人生的馈赠，坚持下去，故事会找到机会说出来，生活也会在合适的时候给予回馈。

问： 对于未来您有哪些规划和期待？

答： 期望在非虚构写作上有长期建树。对个人史的选题坚持和持续付出，每年能够写出一些短篇或者长篇作品。同时也能关照社会现实，写出一些在地探索的人物故事——例如前面提到的选题。

虫 安

写作是老天爷给我赏了一口饭吃

【作者档案】

虫安，八〇后，全职写作者，著有《教改往事》《刑期已满》《暗数杀人笔记》。

从事非虚构写作年限：2年。

问：之前的访谈中您提到自己从初中开始就坚持写日记了，坚持了多久呢？当时是什么契机开始写作呢？后来入狱，您也在坚持记日记吗？那时写的内容是什么呢？

答：日记从初中一直写到出狱，坚持了十来年。写日记是初中语文老师布置的任务，语文老师认为我有文学天赋，鼓励了我，我又没别的优点，就靠写日记来"自我奖赏""自我肯定"。入狱后也一直写日记，日记承担了越来越多的功能性。一方面觉得自己的人生需要这种仪式感的记录，另一方面也是一种情绪排解。监狱日记的内容直接对照当时自己无处排解的欲望，写一些想吃的，写一些对警官的牢骚话，还有一些情色回忆录。

问： 从开始写作以来，您的写作内容都是围绕什么？以您自己的感觉，写作过程中的内容有哪些变化？这么多年过来，您在写作过程中的心态有哪些不同？

答：我写作的内容大多是小人物的人生故事，或者说是末路人、瑕疵人的人生故事。 写作内容和素材一直都尽力从被书写对象的口述中获得，这种当事人的口述过程我认为非常重要，是当事人自洽的一个过程，某种程度上替我完成了一部分文学创作的工作。现在开始尝试写小说，这需要大量阅读来支撑。写作心态从一开始的"自我取悦"慢慢变成了一个职业作家的心态，一个作品会有更多功利角度的考量。

这种"自我表达"更多是一种天赋，在非虚构写作平台发稿被验证之后，我慢慢走上了职业写作者的道路。在这个情况下，我不能仅仅依赖天赋。去写更多"成熟的"作品，这个过程中其实会有一定的妥协，会想要有一个更大范围上与读者的共振。

问： 是什么动力支撑您持续写作呢？

答： 写作显然已经改变了我的命运，让我获得了前所未有的认可，文本价值的变现也形成了一套自我奖赏的机制，让我不断想写出惊世之稿。

问： 您是通过什么途径知道非虚构写作平台的？第一次投稿是在什么时候？还记得当时是怎样的心情吗？之前有过其他平台的投稿经历吗？

答： 网上的征稿信息。在 2016 年 8 月份。抱着试试看的心态。从未投稿过，在 17K 小说网站发表过几万字小说。

问： 最初投稿的时候，您是怎样理解和看待"非虚构写作"的呢？现在又是怎样看待和理解的呢？过程中发生哪些变化？有哪些具体的生活经历和写作过程对您产生了这些影响？

答： 我理解的非虚构就是一段诚实讲述的故事，没有弄虚作假，但何为虚何为假，每个人都不同。我奶奶以前常和我讲水獭吃小孩和小鬼坡的故事，她很迷信，但我认为她讲的鬼故事就是她认定的非虚构。她没有弄虚作假，她的故事核就是对孙子的一种关照和关爱，故事功能是让我远离水塘，远离危险点。

问： 您所写的故事主要是关于什么内容？为什么会关注到这些经历或故事，并想要写出来呢？为什么会关注到狱友们的经历？或者说，是什么因素、怎样的故事激发起了您的写作欲望？

答： 我有两个系列作品，一个是《刑期已满》，写出狱后的狱友们，还有一个是狱警视角下的《教改往事》，现在都已经集结出版。这些故事的核都是"人本善"。监狱故事如果写恶人必恶，我觉得没有什么书写的意义，恶人必恶是不动脑筋的想法，把人想得太简单，在罪人受完刑罚之后，**我觉得需要站在相信"人"的角度去理解罪恶，理解罪恶与环境，这样的书写才有意义。** 而且我观察到中国的监狱大多是底层人犯大错，真正的恶人是能人，能人作恶可以不进监狱的。

问： 您是因为写作而会去主动回忆或关注很多自身经历和身边人的故事，还是只有在经历某些特别的事情、听闻身边人的经历、感受到某种特别的情绪后才会去记录和书写的呢？

答：有自己的亲身经历，有专门去采访，也有道听途说的。

问：作为一个非虚构写作者，您会怎样看待自己叙述中的真实性？对于所记述的事情，尤其是自身回忆或多年旧事，您会怎样保证其中细节的真实、还原呢？在沟通的过程中，编辑对稿件的真实性有哪些建议和要求呢？

答：相信一个故事我才会写一个故事，很多故事带给了我一种表达欲。我不是新闻记者，我也不具备真相调查的能力，而且这会伤害到我的狱友。狱友讲述的故事如果打动了我，我觉得也是他们完成自洽的一个过程，即使你怀疑他在吹牛逼，但生活中还是有些牛逼吹得蛮精彩。这种情况其实形成了一种新的真相，看自己如何选择。编辑会有很多核查手段，核查不通过的就会拒稿。我被拒稿挺多的，但不影响我写我自认为的非虚构。

问：我们很好奇，完成写作后，您笔下的描述对象会看您发表的稿子吗？他们怎样评价您笔下的他们和您的作品呢？

答：会看，会比较兴奋，会转发，我觉得会给他们一个主角的中心感。我一直觉得我在写的人和我之间更多是一种双赢的关系。他们中的很多人讲述的故事，也许会有吹牛的成分，但是我不会采取一种态度去怀疑他、质疑他你说的到底是真的还是假的。我会理解他所有的讲述，包括吹牛，这是他本身的一个"自洽"，这个过程我不仅很尊重，也希望看到他们的自洽。在这种自洽的过程中，也让作者完成了一个故事逻辑的修复，所以我更多站在他们的角度。文字性的内容呈现，既满足了他们的表达欲，同时也让我拥有了一个好的故事。

问： 一般来说，您自己完成一篇稿件大概需要多长时间？您会有一些特殊的写作习惯、写作前期准备或是写作环境要求吗？

答： 一个月一篇，有的需要更久的周期。我需要咖啡，也需要换换写作环境，半天在咖啡店半天在网吧，绝不能挨着床边写。我需要有集体秩序感的场所，但也不能太吵，通常去生意一般的网吧。

问： 您印象最深的一次写作经历是什么？为什么这么难忘？

答： 在网吧写稿，警察突然把我带走，7000字稿子没保存。

问： 能分享一些您的写作经验或是写作技巧吗？

答： 需要等，写作就像开店做买卖，守着候着，不管有没有生意，某个时机一到，你就一切都顺了。

问： 您会回看自己以前的作品吗？您怎样看待和评价自己的写作和作品？您认为自己是一个什么样的写作者？

答： 会看，我觉得我是一个有素材组织能力的作者，能写蛮出彩的故事，能理解人性是怎么一回事。

问： 您认为一个好的写作者需要哪些能力？

答： **需要扎实的知识结构、敏锐的感受力、一定的故事能力。关键需要毅力，一年写不够五万字的作者不叫作者。**

问： 作为一个非虚构写作者，写作对您来说意味着什么？

答： 根上来说自我取悦，也是老天爷赏了一口饭吃。

问： 写作给您的生活带来了哪些影响和改变呢？

答： 答此问题的时候，我正在去黄山勘景的路上。一个作品要拍电影了，国内一线明星。我二次进入监狱是拍自己的作品，以剧组顾问的身份，这种体会很难准确描述。写作把我的人生推向了另一个高度。

问： 您心目中一个好故事的标准是什么？

答： 能传播，又能让读者看见"人"的复杂性，看完之后能让键盘侠慎重地敲点鼠标。一旦发表，这个故事就不再属于作者。

问： 作为一个故事的讲述者，您怎样看待故事和您自身之间的关系？以及在您看来，故事对于您自己、读者和社会的作用是什么？

答： 我构建故事，故事也在重新构建我。一个故事的根在于"自我取悦"，但一旦故事创作完成，故事和作者的关系就不大了，故事有自己的命运。一个作者在写作前预判故事的社会作用，我觉得这个作者太自大，太自我感动。一个故事如果没达到"自我取悦"的程度，它什么都不是。故事的社会作用是故事本身的命运决定的，跟作者关系不大，如果发生了一定的社会作用，作者要感恩，不要觉得是自己的才华。

问： 您会关注读者对您作品的评价吗？为什么？有哪些难忘的评价？这些评价会对您的写作产生影响吗？

答： 会。需要认可。写作也是一种表现欲，技术上先自我取悦，然后抛出去取悦别人。

问： 目前您也进行了很多的虚构创作，在您看来非虚构创作和虚构创作有什么明显的区别吗？

答： 区别还是很明显的，这是两个东西。非虚构创作是自己经历的，这个经历可以是我自己的，也可以是信任的朋友的经历，所以不管是写故事还是写非虚构，在我认知的范围里已经是被验证的。小说完全是需要作者去建构出来的一个世界，但是非虚构的事件本身已经存在了，只是作者采取一个自我的方式表达出来，这个"自我表达的方式"的尺度对于媒体人和素人作者不一样，但都是以真实的事实为基础。

索 文

写作让我的生活多了一些潜藏的亮色

【作者档案】

索文，七〇后，公务员。著有非虚构作品集《胖子美食家》，小说《浮梁店》。
从事非虚构写作年限：9 年。

问： 之前的访谈中您提到自己最开始写作是在玩论坛、BBS 的时候，当时是什么契机开始写作呢？从开始写作以来，您的写作内容都是围绕什么？这么多年过来，您在写作过程中的心态有哪些不同？

答： 写作始于群体氛围，遇上了一群文艺青年。写作内容以个人为圆心，族群为半径，大体跳不出这个范围。内容的变化不大，心境的变化很大。见识无常知敬畏。

问： 是什么动力支撑您持续写作呢？

答： 思念、寂寥与无所依凭。

问：您第一次投稿非虚构写作平台时是怎样的沟通过程？对于稿件，编辑给了您哪些建议？沟通过程中，您有哪些印象深刻的事吗？

答：印象较深的是沈燕妮编辑对拙作《又见枫叶红》的指导。那原本是篇极散乱的文章，包含了太多的个人情绪及无关枝节，准备要放弃了。她从中发现了闪光点，鼓励我捋顺，给了许多有益的指导与建议，发出时还感叹"好一篇秋风飘摇的散文"。她过奖了，这段经历给我很深的印象。陷入低谷时，责编的认可与支持给人莫大的勇气。知己难求，信任与合作关系是时间建立起来的相互依存。

问：最初投稿的时候，您是怎样理解和看待"非虚构写作"的呢？现在又是怎样看待和理解的呢？过程中发生哪些变化？有哪些具体的生活经历和写作过程对您产生了这些影响？

答：我以为我的文稿类似纪实性散文，也一直在这样去写。我的书写情节性不强，纯粹个人习惯。

问：您所写的故事主要是关于什么内容？为什么会关注到这些经历或故事，并想要写出来呢？或者说，是什么因素、怎样的故事激发起了您的写作欲望？

答：生活琐事。我的文章大多没有跌宕起伏的情节，更多偏向于内心的表达，表达思念与怀想。或许年代跨度会大一些，终如淙淙流水，没有大浪。

问：您是因为写作而会去主动回忆或关注很多自身经历和身边人的故事，还是只有在经历某些特别的事情、听闻身边人的经历、感受到某种特别的情绪后才会去记录和书写的呢？

答：因为表达的欲望，因为个人的兴趣。但是当把兴趣当成任务时，兴趣就会渐渐消失。这个矛盾一直没有得到很好地解决。

问：作为一个非虚构写作者，您会怎样看待自己叙述中的真实性？对于所记述的事情，尤其是自身回忆或多年旧事，您会怎样保证其中细节的真实、还原呢？在沟通的过程中，编辑对稿件的真实性有哪些建议和要求呢？

答：无法完全真实，"漫长岁月里，爱是消耗，恨会滋长，而遗忘，是抚平一切的良方"。这是我在某篇文章结尾时写的，也可以用来回答这个问题。**岁月自带滤镜，会过滤掉那些你不想回忆的。**

问：一般来说，您自己完成一篇稿件大概需要多长时间？您会有一些特殊的写作习惯、写作前期准备或是写作环境要求吗？

答：最少半个月。**深夜写作，要安静，更要心静，碎片化写作，反复改。**所以写作缓慢是我的一个特征。

问：您印象最深的一次写作经历是什么？为什么这么难忘？

答：《葱煎饼在天上，母亲在梦里》，写在母亲过世一年后，很难过，写得非常艰难。

问：不论是对于某一篇稿件的书写还是对于您的整个写作经历来说，您有遇到过哪些写作方面的困难或是陷入某种困境吗？当时是什么情况？是什么感受？您是怎样应对的呢？您现在还会有类似的体验吗？

答： 写作瓶颈，经常会有，现在依然有。停一停，等情绪过去，或者换个角度再写过。

问： 能分享一些您的写作经验或是写作技巧吗？

答： 我的写作有非常大的局限性，存在着一些写作者没有的问题与短板，所以很难分享什么有用的经验。非要说，就是注重细节。

问： 您会回看自己以前的作品吗？您怎样看待和评价自己的写作和作品？您认为自己是一个什么样的写作者？

答： 会回看，有一些作品过几年再看，会害臊，会感叹怎么写得这么差。

问： 您认为一个好的写作者需要哪些能力？

答：情感丰沛，下笔克制。

问： 作为一个非虚构写作者，写作对您来说意味着什么？

答： 一段旅程。它让一个平凡的人的生活多了一些潜藏的亮色，此外，让一个中年男人有了私房钱，何其可贵。

问：写作给您的生活带来了哪些影响和改变呢？

答：结识了良师益友，增加了收入。

问：您心目中一个好故事的标准是什么？

答：不刻意，但打动人。

问：作为一个故事的讲述者，您怎样看待故事和您自身之间的关系？以及在您看来，故事对于您自己、读者和社会的作用是什么？

答：对我来说是抒发或纾解，此外的作用，我不想赋予，也不想知道。就像生下孩子，他要出去浪，也由他。

问：以您的写作经验，您试图通过作品表达和展现什么呢？可以结合您的某些作品具体地谈一谈吗？

答：我想表达的在写故事的当下就已经完成了。回头去想，我很茫然。也可以这样说，我只是想讲一个故事。

问：您所写的故事中，您自己最喜欢的是哪一篇？为什么呢？

答：《爷爷的归乡路》，那是我第一次真正意义上的不以"我"为主角的写作，当然之前也有一篇《开敞的天空》，但那篇是临时换的第三人称体。

问： 您会关注读者对您作品的评价吗？为什么？有哪些难忘的评价？这些评价会对您的写作产生影响吗？

答： 会，有些读者是知己。刚出书的时候有很多人骂我，那时候觉得委屈，虽然从来没有回应过，觉得这是干嘛呢？不想看别看好了。后来也皮实了，骂就骂吧，又不少块肉。对于喜欢我的读者，非常感恩，有些评价至今仍记得。坏评价都忘了，我记吃不记打。有位读者特别提一下，叫木兰，北京人，是一位老读者，经常在我的发稿下留言，还粉了我万年不更的个人公众号。前两年她患癌病逝了，微信名由她先生改为了"天堂的木兰"。在我的印象里，她积极、善良，喜欢小动物，爱养花花草草。怎样的人生都抵不过人世的无常，愿她安息。

问： 在您看来，您的个人经历对您的写作带来哪些影响？相比于其他写作者，您觉得会有哪些独属于您个人的风格或特质？

答： 我的文章大多没有跌宕起伏的情节，如果这能算风格的话，那就是了。

问： 在您看来，好的非虚构作品是什么样的？有哪些具体的标准和要素吗？

答： 不应该限定标准与要素。

问： 您个人喜欢什么样的写作者呢？可以分享一些具体的写作者及相关作品吗？他们个人或作品中是什么打动和吸引了您呢？

答： 很多作者的稿子都打动我，虫安、蔡寞琰、深蓝、耿永立、小杜、三胖子，等等。

问：分享一些近期您比较关注和感兴趣的写作者/作品吧。

答：我的老师关大让我看看博尔赫斯，买了一套全集，正在啃，催眠神器。

问：写作会占用您的大量时间吗？您怎样平衡生活中的写作时间？

答：倒没有，我是碎片化写作，而且我宅，除了写点东西，还能做什么呢？

问：近期您有哪些写作计划？有哪些关注到的或是感兴趣的写作话题？目前会尝试写些什么呢？未来会尝试写些什么呢？

答：近期在写一篇虚构。时代设定在晚清长沙，开始写了才发现给自己挖了个坑，历史环境、生活细节要还原得恶补多少知识啊。现在我家墙上有4张晚清、民国时期的长沙地图，我还买了30多本书，书单一直在增长，还有一些细节上知网买论文查。原本是写非虚构写累了，想换换心情，这回倒好，坑越挖越深。（编者注：目前作者索文小说《浮梁店》已出版）。

问：对于刚开始尝试或者想要尝试非虚构写作的作者，您有哪些建议？

答：**先下笔吧，尽情表达，文无一定之规，保持对文字的敬畏。**

曹 玮

写作于我就是人类、自由、远方

【作者档案】

曹玮,八〇后,自由职业,现居法国。著有非虚构作品集《好吃的故事》。

从事非虚构写作年限:9年。

问: 您最早开始写作是什么时候?当时是什么契机呢?

答: 如果说开始写作,应该是小学一年级老师让写日记。我记得写完日期和天气,根本不知道写什么,于是抄了一句漫画《白雪公主》里的句子,至今我都记得:"虚荣和骄傲不可取,唯有善良才是真正美丽持久的东西"。我不明白这句话,连字都认不全,注的拼音,但是我觉得好高级。然后我的第一个小学语文老师,李秋芳老师(在这里我必须提她的名字,虽然她只是中国西北一名默默无闻的语文教师,退休多年,默默生活着,可她是我想终生感谢的人),**看过我的日记后,她在上面写了一句话,直到现在对我都是最珍贵的写作教育。她说:"要说自己的话!"**

后来就从小学开始一直写日记,中学起在家乡小报上时不时发表些豆腐块文章，觉得好玩，还有稿费赚。记得一次拿了个什么征文奖，十五六岁站在一堆获奖的老先生中间，奖品是一套紫砂壶。

大学时代学了文学，结果文学兴趣彻底幻灭，头也不回走上了社会科学道路。后来社会调研期间有很多故事，放不进论文，就随手记下来，刚好看到豆瓣阅读有个征文比赛，还有字数限制，于是写了一部分就去参加。后来这第一部分就获了个奖自出版了，我整个过程都是懵的。

自出版后好多人给我写信鼓励我继续写作，我才觉得好像可以试着写点东西，先试十年再说，不行拉倒。所以我正式把写作当成一回事，其实很晚，追溯起来29岁才开始，而且刚开始就经历了人生黑洞，停了两三年，到现在其实也没几年。所以在写作世界我还是幼儿园小朋友，无知者无畏。但不论怎样，转了一大圈又开始写，说到底还是"有生之年狭路相逢终不能幸免"。

问： 从开始写作以来，您的写作内容都是围绕什么？以您自己的感觉，写作过程中的写作内容有哪些变化？这么多年过来，您在写作过程中的心态有哪些不同？

答： 其实重新回到写作世界前，我在二十岁就已经开始写诗。很幼稚的诗，藏起来，不敢示人。写第一本书的时候才开始写你们所谓的"非虚构故事"，当时根本不知道自己在写什么，就是想把社会调研中的故事记下来。后来，31岁才第一次写短篇小说，叫《守岁》，写完放了几年才敢拿出来，又拿到一个小奖，赚了点小钱，就觉得好像我也可以写小说。写故事的时候，写诗就有点停顿，2022年才重新恢复写诗频率，可能是"老妇聊发少女狂"。但我还是基本藏起来，诗歌是太大的隐私了，我始终认为，它是语言的最高级形式。小说可能更像大脑谋篇布局的精巧艺术，我得继续全方位开发大脑，才能写好小说。中间有一类对我来说稍微简单点的，也就是社会科学的田野工作方法可以帮我完成很大一部分任务的，就是我经常写的，你们时不时会看见的。

问：是什么动力支撑您持续写作呢？

答：起初是稿费。重赏之下有勇夫，不管征文还是投稿，必须很多钱那种才去参加，其实想拿到钱去远行做我感兴趣的社会调查。虽然有点可笑，好像自己一定能拿到奖发表什么的，但当时是真这么想的。那时候我感兴趣的话题没有资金支持，所以我自己找钱干，而他们感兴趣的话题我又不会去干，就只能投靠更不靠谱的稿费。

后来一段时间人生黑洞，想证明自己不是废人。再后来我想是爱了。

问：您有经历过专业的写作训练吗，能分享下当时的经历吗？您觉得此类经历对您自己的写作有哪些影响和启发？

答：虽然大学学过文学，但学文学的时候我是学渣，到现在都不好意思提我还有这段经历，被某老师骂我中文水平那么低怎么进文学系的场景至今还历历在目。文学系待到我对文学信心尽毁全无感觉，反而每天往社会科学院系跑，辅修别的专业。所以我也没有经过什么专业写作训练，人家不是号称文学系不培养作家嘛。后来读者说我没写作技巧，我就把市面上关于写作的书找来读读，写的时候记性不好又全然忘记。最近读一本书上有一句很朴素但意味很深的话叫"努力工作，认真生活"，其实想想写作训练不就是在这两句中嘛。当然具体操作的时候，只要你写，我觉得写作会自己教你。

问： 您第一次向非虚构写作平台投稿是在什么时候？还记得当时是怎样的心情吗？之前有过其他平台的投稿经历吗？

答： 我在2017年左右时不时浏览门户新闻网站，就为看看网友精彩卓绝的评论。新闻首页在那年过年期间有《人间有味》栏目的征文，稿费好高。我当时在人生黑洞，不太清楚自己是不是还能写作，又去哪写。我在互联网上最早用的网名叫"清欢"（不要去搜因为已经早改了），看到"人间有味"这个名字又觉得很巧，苏轼的"人间有味是清欢"嘛，然后就突发奇想，难道老天在召唤我投稿？那时候人在国外过年，刚好也有很多对美食和故国的情绪，想写点什么，于是就趁机顺着老天召唤的道路走了，于是便真的在《人间有味》栏目出道了。

其实在此三年前，我就在"豆瓣阅读"参加过征文比赛，后来三年间一直人生黑洞，也没心力再去投稿，或者鉴别开发维护什么平台。所以也是"有生之年狭路相逢终不能幸免"。

问： 您第一次向非虚构写作平台投稿是怎样的沟通过程？对于稿件，编辑给了您哪些建议？沟通过程中，您有哪些印象深刻的事？

答： 就记得等了好像三个多月，2月投的，三个月过去了没啥音信，我想大概因为我真是人在黑洞水平太差，彻底荒废了吧。黑洞人就容易这么想。当时我没微信，也不敢写邮件去问，就这样自己内耗着，过得相当抑郁。后来到6月，突然收到编辑的信，叫我看一下他们改后的稿件，准备刊发了。

主编燕妮发来修改过的稿件，故事和文章结构都没变，但语言啰嗦的地方去掉了，题目也完全改掉，换了一个特别吸引眼球的名字叫《背一棵香椿树去留学》。

后来这篇文章不知为何，被三家文摘杂志转载，转载就转载吧，还碰巧在同一期。后来前两家给了稿费，第三家燕妮还代表平台替我要稿费维权。第一次收到正规杂志社的稿费，好像只有300块。

然后钱从邮局汇款给我爸，收到时差不多快农历十月初一，在我家乡要给亡灵送寒衣。我爸就用稿费买了些纸钱烧了。对，就这样。人家张爱玲第一笔稿费买了口红，我呢，买了纸钱，多像个隐喻。所以我写不了张爱玲那样的文，当然她也写不了我的。不过拿自己和张爱玲比好像有点过于猖狂……

问：最初投稿的时候，您是怎样理解和看待非虚构写作的呢？现在又是怎样看待和理解的呢？过程中发生哪些变化？有哪些具体的生活经历和写作过程对您产生了这些影响？

答：现在和当时都没有什么概念。我只是在写我想写的东西，碰巧这个东西是基于真实经验的，碰巧又可以归为你们使用的那个词汇——"非虚构"。我其实到现在都不知道怎么用这个词，有时候也赶时髦用一下，但是不知道什么意思。

问：后来为什么再次给非虚构写作平台投稿？

答：第二次其实就想知道自己第一次发表是不是蒙到的。人生黑洞时期自信全无，就觉得自己可以发表文章纯粹是老天有好生之德或者因为编辑客气。大概发表到第三、第四篇文章的时候，这个对自信的执念，才渐渐消解下去。后来也被退了几次稿，其实作为作者我非常感激退稿，证明编辑不跟我客气，而真的是只看质量和内容。这对于一个作者更成熟和更全面认识自己很重要。

问： 您所写的故事主要是关于什么内容？为什么会关注到这些经历或故事，并想要写出来呢？或者说，是什么因素、怎样的故事激发起了您的写作欲望？我们看到您已经发表的稿件很多是与童年、青春期有关的回忆，当时的写作契机是什么呢？为什么想写下这些故事呢？

答： 现在在平台上发表的故事，是人到中年容易怀旧，世道太乱不吐不快。

但是，你们看不见的更多故事，为什么一定要写呢？我也曾长久地思考过这个问题。2022年我写过一首诗，里面有几句话我克服很大心理不适分享出来吧，大体可算作我目前的答案。鼓起十二分勇气来自曝，其实是想，假如这篇访谈的读者中有人跟我类似，希望他（她）看了后不那样孤独吧。

1. 学会像猛兽捍卫领地一样，用笔保护我最危险的天真；
2. 学会用本在注视银河的眼睛，凝视并记住驶向人类未来集中营列车上，一双双彻夜哀号而流血的眼睛；
3. 学着用本应握紧爱人的双手，托住贫穷饥荒里最后一点圣人之心。

问： 您是因为写作而会去主动回忆或关注很多自身经历和身边人的故事，还是只有在经历某些特别的事情、听闻身边人的经历、感受到某种特别的情绪后才会去记录和书写的呢？

答： 如果你虔诚对待写作，故事会以不同的方式来找你，你是一个四面窗户都敞开的房间，故事的风在你身体里进进出出来来去去。如果你体力充足打算动笔，就捕捉住一个故事，把窗户关掉，写完再放它走。**但是故事从来不属于你，它只是流过你。**好像有点玄。

问：作为一个非虚构写作者，您会怎样看待自己叙述中的真实性？对于所记述的事情，尤其是自身回忆或多年旧事，您会怎样保证其中细节的真实、还原呢？在沟通的过程中，编辑对稿件的真实性有哪些建议和要求呢？

答：再次强调我不是非虚构写作者，但如果你们要执着这个词，那我就展开硬说一下吧。

先讲一个故事吧。多年前我曾经参与一项社会调研，给访谈者整理录音，后来两年多过去了，要出版这些访谈，就重新找到访谈者要他们签署授权书同意录音整理稿出版。找到原访谈者时，他看到稿件发起脾气来，说你们好歹也是受过高等教育读过书的人，怎么把我写得这么没有文化，我会说出这么没有水平的话吗？我说大哥你当时录音里就是这样说的啊，不信给你听录音。他还很委屈的样子，让我把他的话划掉，要重新写，变得有水平。讲这个故事，其实是为了回应你们执着的那个叫"非虚构"的词。

对我这个社会科学从业者来说，哪种情况叫"真实"的访谈呢？是原初那个录音记下的版本，还是之后那个采访对象要修改的有文化有水平的版本？

当时间的手作用于人类经验，经验会变换，而人对于经验如何变换有他们自己的阐释方式，这些方式也会变换。但大多数情况下，我们看不清时间之手作用于你我的轨迹。就像今天你读到这一段，你会笑一下，觉得好像有点真实啊；明天你新学了一个词叫"非虚构"，然后你问我，你讲的这个访谈故事是真的吗？哪一年，和谁，证据呢？

那么，读这个故事的两种感觉，对你来说，哪种是真的呢？如果要我说的话，都是。

其实，对我这个文学学渣来说，"虚构""非虚构"是你们造出来分析评论作品的，和你们文学从业者及背后的文学产业有关，和创作者没关系。李白不会承认他是中国古代的浪漫主义诗人，爱伦·坡不会说他自己是惊悚小说作者。

如果再往远里说，我其实非常不喜欢现在将文学划为类型的展示方式，那也是你们文学产业和经济游戏造出来的词汇。就像把一团云硬要塞进几个盒子的感觉。创作者如果不够强大，以当代文学从业者的话作为自己创作的指导，自身会被盒子带跑，他造出的云十有八九全是方的。艺术创作，我觉得最重要的是自由，绝对的自由，完全无先入为主的概念，直接对人的感觉说话，就是感觉今天我有造云的直觉和冲动，然后直接上手造云，管它最后造出来是什么形状。

你看到什么形状，那是你看云人的事；怎么造，那是我造云人的事。看云人不要拿你们看到的形状硬套造云人。你问怎样保证感觉的真实，那让我怎么说，拿科学的手术刀解剖一朵云，再把我解剖，还要考虑时间之手的作用？我不说，你又会说我的感觉也许不是真的，你又让我拿证明，证明我造的云中间的每一滴水都是真实的。我做不了这样的事，因为从根底上我仍然是个想去好好造云的文学学渣。

不过说完这些话，我好像得罪了很多人，要被群殴了……

问： 完成写作后，您笔下的描述对象会看您发表的稿子吗？他们怎样评价您笔下的他们和您的作品呢？除此之外，您会出于写作需要而对身边人进行访谈或是询问事件细节吗？过程中有遇到过哪些困难？您有哪些类似的经历可以分享一下。

答：我在国内发表的，还有联系方式的十有八九会看。但是我最希望能够看到的那些人，或者根本不识字、不阅读，或者已经不在我身边了。

评价的话，有跑来骂我的，说是怎么把这个写给大家看，想不通我居然是这样看他的，败坏他的形象。有跑来感谢我的，说是感谢我帮他保存了这一段美好回忆。有跑过来纯粹八卦的，啊还有这种事，我当时都不知道。还有人来安慰我的，当时不知道发生了这种事，如果知道，我会做得更好。当然，还有一些人变成了我的眼睛、耳朵，时不时给我提供材料和故事线索，希望我帮他们记下来，写出来。

我会进行访谈，或者询问细节。过程中遇到的困难是，如果是你很近的人，他们会觉得你的固有形象就是朋友、家人，不是写作者，固有形象很难转变的，你问着问着人家说这有啥问的，还不如你出去取个快递，买个菜，咱俩吃个火锅，或者问着问着人家把电视打开看起来了。当然更悲剧的是你问着问着会遭遇"反杀"，不但说你问这个干啥，老大不小了先操心你自己的事，啥时候结婚？啥时候生小孩？就这样一招毙命。所以我在陌生人处遇到的困难其实远远小于身边亲近的人。

反而是陌生人或者不那么熟的人愿意把生命中很私密的故事毫无保留和我分享，可能他们觉得之后应该不会见到我了吧，我好比是一个树洞。但你亲近的人就不行，分享很私密的东西下次见了都不好意思了，如果是朋友人家也会害怕你写下来万一给他们带来困扰怎么办。

比如有朋友给我讲了他出轨的事，讲到最后他特意叮嘱我别写出去，那这个故事就被锁喉了。所以越亲近的人对我来说越像个谜。

因此目前我基本不会写亲近的人的故事，除非是他们主动找我，愿意倾诉，愿意我分享给人。如果朋友是外国人，我会问他介不介意把故事分享给中国网友。大多数情况下他们还都很乐意，还会把我的文章用谷歌翻译出来自己看和收藏。但也有的说你写可以，可是我是主人公，那么你拿我的故事赚钱的话分我多少。不过我觉得他好像在玩笑，可是我也不确定。但这好像真是个值得探讨的问题。

问： 一般来说，您自己完成一篇稿件大概需要多长时间？您会有一些特殊的写作习惯、写作前期准备或是写作环境要求吗？

答： 这得看体力，还有灵感和时机，不过主要是看体力。

一万字的稿件，初稿快的话五到十天写完，慢的话一两个月，甚至两三年都有。我说的只是初稿。如果修改的话那一篇稿件差不多要按月和年计算了，改比写更难，也更花时间。完成是一个很玄幻的概念，什么才是完成呢？对我来说，耶稣在十字架上说，成了，那才是完成。人的作品，只是暂停不写，未完待续。

我写可以在中国刊发的绝大多数稿件时，边写边听的其实是肖邦。如果你们在我的故事里感受到平静，感谢肖邦。如果你们在我的故事里读到忧伤，怨我。

写作环境的话，得分。如果只有碎片时间，拿着手机写，工作摸鱼时写（嘘，别告诉我老板），公园散步时写，最常写的地方是在公共交通里。不知为何我总会在坐轻轨时灵感爆发，而且多会写诗，我想大概是因为我们本质上都很动荡不羁，但是在轻轨里写得开心后会容易坐过站。

如果有大块时间，新冠疫情前写作最爱去的地方是图书馆，疫情后就习惯在家里了。在家里，就比较郑重和变态。写作前洗澡刷牙护肤，衣服穿舒服整齐，要尊重你的故事。如果故事过于强大，自己感觉搞不定它，心里发虚，就会化个妆，戴上首饰，什么衣服漂亮穿什么，让自己感觉美丽，好像在奔赴一场约会。这种时候作者气势上一定要盖过故事，否则故事看到你虚会欺负你。

人在家里写作必须要有仪式感，即使住在陋室也要区分日常空间和神圣空间，写作是进入神圣空间。坐在桌前，打开电脑，旁边必须有植物，鲜花水果最好，如果运气差，生活极度糟糕，还没钱买花，那也必须被围在植物中间，哪怕是菜也行，就好像坐在丛林里开我所有悲哀的追悼会。植物是生活必需品，现代人往往切断了和自然的联系，但是植物会带我们回到原初天真无概念的状态。

不过幸亏我一个人住，要不人家会以为我这个变态中年妇女在做法事。在生活上我其实非常简单，除了对小店小吃，个人好菜有执念外基本没啥物欲，可是在写作上我就是这么作，不过也可能因为没有猫。

另外如果写长篇，最近的一个感悟是，绝人去欲，少吃修仙，对，连好吃的也要放下。"无欲则刚"真的是一句很厉害的古训。一天吃一顿到两顿，不吃精致碳水，否则容易脑雾和犯困；多吃蔬菜、蛋白质、白煮蛋很有用。写作期间不吃甜品和含糖量多的东西，不喝咖啡、茶、酒、饮料，就喝水，困了就睡，不见人，不接电话，不回电子邮件，关闭所有社交媒体，甚至，都不再读书，就为了关起窗来，让房子里只有我、故事，还有那个叫肖邦的男人，写累了去公园走一圈回来继续。是不是像个修道闭关之人，哈哈。

也许我经历过身体很不好的时候，我真的不知道像海明威和布考斯基那样的醉汉是怎样喝了那么多酒还能保证清醒写作的，但我知道我的社交障碍和爱情悲剧是怎么来的。其实现在我觉得身体是写作人安放灵魂的圣殿，是所有创作的物理之本，不能榨取它、剥削它、牺牲它，否则树强易折，人作易亡，写作生命会过早凋谢。要好好爱护它，照顾它，和它商量，让它和你的灵魂一起为作品努力。

不过也许是因为人到中年，还不想作死，开始养生。

问：您印象最深的一次写作经历是什么？为什么这么难忘？

答：在我写第一本书的时候，有一次在图书馆，一个二月的晚上，天色暗下来，面前巨大的玻璃窗反射着我的电脑和电脑上方我的脸。我当时是在改文章，还不是写作，然后就沉进故事，回到采访那个人的场景了。

当时我采访的是青藏高原一名农村女性，她的命运简直就是"这个世界和神都不要我了"的青藏版。采访的时候是我第一次情绪失控。其实社会调查时自己的情绪是要管理收束的，但是那一次我反正怎么都控制不住，面对那么悲惨的人生，我不是死人啊，我更是和她一样命运相连的女人。其实，我后来的写作，专业的学习，都受到那次采访非常巨大的影响，这个女人也许永远不会知道是她改变了我。当时打开故事修改时，所有文字都召唤我闪回和她对话的场景，而且还增加了很多我个人和我身上带着的其他时空女人命运的感伤，于是改着改着突然失声痛哭起来。

后来哭到图书馆的人都看我，我赶紧跑出去在脸上泼了凉水平静了一下，然后回来，继续改和写。整个身体在发抖，就是那种情绪非常强烈的发抖，最后是抖着手写完。因为第一次出现这样的事情，没有经验，而且那时我的身体非常糟糕，我还以为我病重不治了。后来类似情况在写作中发生了几次，就知道，这原来叫故事上身。写作可以通灵，我相信，当这篇故事在不知何时和你们见面的时候，你们也许会感觉到。

不过后来我甚至有点变态地迷恋甚至想召唤这种感觉，就是一个故事如果能让我自己在写作的时候笑出来，哭出来，毛骨悚然，那么它的氛围营造肯定是成功的。**我的写作观念也许很初级，就是用生命去写。你自己都没反应，读者怎么可能有反应？**但是这样其实非常损耗元气，相当于作者的身体是一个超导体。可是故事要上身，一点办法也没有，只有迎接，接受，写，然后送它远去。不知道其他人有没有类似体验。

然后还有一次遇到有点灵异的体验。那是我刚写完故事回家，轻轨车厢里上来一个法国精神病人，当时那节车厢就我一个站着，他大声对我说我看见了你的故事，我看见了诗意，我心里想他怎么知道我写了故事，说得像个先知。然后他突然跳到我身边用那种相当狰狞的声音说，我看见了恐惧，恐惧……这篇文章就是《守岁》，我的第一篇短篇小说，从此开启了我写小说的经历。对，在所有我收到的评论里唯有这个精神病人命中了核心，他不读而知。

我觉得自从写作以后，当有一些重要事情发生，或者，和人生中非常特别的人相遇时，周围是会有电光石火诡异情节的。

有时候我会觉得写作让我变成了个女巫，带来很多《聊斋》都不敢那样写的神奇事件，但也可能我本身就是个女巫体质，只不过写作更加激发了它。

问： 不论是对于某一篇稿件的书写还是对于您的整个写作经历来说，您有遇到过哪些写作方面的困难或是陷入某种困境吗？当时是什么情况？是什么感受？您是怎样应对的呢？您现在还会有类似的体验吗？

答： 有一段时间缺钱，我就说那我去写写稿子多挣点钱，可是当这个念头成为写作的唯一念头和动力时，就完全写不出来了。还有一段时间求名，想着一定要好好写让作品发表在什么刊物上，出个什么书，获个什么奖，结果同样，又写不出了。然后就认命了。

后来知道，缺钱，就去学赚钱的学问，别扼住作品的咽喉要；求名，就去搞社交，别指望作品。不要问写作能为你带来什么，你是在

索取它，虐待它，它会不快乐。爱它的意思是，多问问你能为写作带来什么，奉献什么，甚至牺牲什么，它快乐你也会快乐。

所以自从被写作上了这些课后，我渐渐改变自己，现在貌似和它达成了一种比较舒服的状态。我想写什么就写什么，不管会不会发表，也不管赚不赚钱，也不管谁要看什么，谁看了乐不乐意，更不管神秘不可抗拒力量会把我怎样。我认真写，像从来没写过那样写，写我愿意写的。我想写得快乐，尽兴，自由，无拘无束，而当一个人把赤裸裸的自己给它，写作也会变成非常美好的爱人。我特别享受和它在一起的每时每刻，即使这样的时刻也许并不轻松，在外人看来非常清苦孤寒甚至有些自虐，但就是有那种千金不换的幸福感（怎么说得有点像爱情，哈哈）。

我想，全心全意爱写作和爱人是一个道理。只不过，爱写作，写作一定会爱你，即使不为你带来别的什么礼物，也一定会为你带来自由和快乐。 可是，捧着真心爱一个人，人家爱不爱你，你们的爱情可不可以进行下去，至少对我来说至今是一门人间玄学……好像扯远了。

但不管怎样，爱就全心全意去爱，认真地，有耐心地，把真实的自己全部给出去，这是一件特别美好的事，证明你内心勇敢，强大，有爱的能力，并没有在充斥着爱无能的世界被同化死去。

问： 能分享一些您的写作经验或是写作技巧吗？

答： 我好像没啥写作经验，也没啥技巧。一开始就被读者骂说行文没技巧，骂到现在我还是不知道写作有什么技巧。我觉得我总想通过写作来寻求生命的答案，可生命有时候背过脸去偏不答我，或许是因为我既没有技巧也没有经验。

问：您会回看自己以前的作品吗？您怎样看待和评价自己的写作？您认为自己是一个什么样的写作者？

答：会，有时候会看。有的作品回看以后我仍会笑，有的我仍会哭，有的看到错别字，有的想抓起来再改。我不知道怎样评价我的作品，我曾经写过一个词叫"笑泪交错"，但其实也有一些作品没有这么强烈的情绪。在写作方面我一直是一个初学者，我想即使我再写几十年，我也仍然是初学者。每次开始前我都不知道最后去哪里，只有写完了才发现，哦，原来我去了那里。

问：您认为一个好的写作者需要哪些能力？

答：还是回到刚才的话题，我个人感觉本质还是爱的能力。如果你专心培养你爱的能力，你的爱会为你写作带来特异功能。爱可以通灵，比如给你敏锐的直觉，倾听和共情能力，理解力，召唤故事的能力，对词语的敏感，逻辑分析能力，还有对写作来说非常非常重要的想象力。当然，它也会为你召唤来体力，如果你足够爱你的身体。总归，爱给予你的能力，就是要你去承担人的一切可能。

问：您所写的故事中，您自己最喜欢的是哪一篇？为什么呢？

答：这个问题相当于你问一个母亲你最喜欢哪个孩子。虽然心里知道但你不能说，说出来会伤害孩子。故事也一样。

问：您会关注读者对您作品的评价吗？为什么？有哪些难忘的评价？这些评价会对您的写作产生影响吗？

答：关注，尤其刚开始发表作品的时候。但是发现作品完成以后，有它自己的命，读者的评价似乎和我这个作者没啥关系。很多情况下读者只是在诉说和演绎他们心里面的那个故事而已，你朋友的评价，往往也在演绎他们眼里你的人生传记。当然如果一个读者看出了藏在作品里的我的本意，我会很欣喜，可是这样的情况少之又少，比如我碰到的那个精神病患者直中核心，可他从没有读过啊。

但是负面评价，除了专业杠精的，我是会去反思和查验的，看我到底有没有这个问题，尤其是人家说得有理有据的时候。写作以来，我收到的普遍负面评价是缺乏技巧，好题材写坏，还莫名其妙感伤，用词小学生水平，用了好多上不了台面的网络用语。

所有这些评价我都记得，但我基本不回应，口舌来去就没意思了。再说又不是说我，是说那个作品。作者要回应，也得用作品的成长回应啊。

影响就是我去自学写作技巧，可是也学不来。语言倒是可以学习和长进的，怎么学外语，就怎么学中文，积累每一个词汇和语法点。其实说起来挺惭愧的，我写作以来学中文的时间比我当时在文学系时不知多了多少倍，我想大概因为没学会的，迟早都要补课吧。但是我不同意网络用语上不了台面，有些上不了，有些已经很有台面了，我写作还是会用不少网络用语。

评论看得越来越多后，也就淡定了。不会像刚开始一样有很多情绪，**只是对我的故事说："你看这些人原来是这么看你的，好玩吧。"就这样和我的故事稍微交流一下，好像看一条放生的鱼。放生后，它有它的命，我也有我的命。**

曾经有一个读者，在我第一本书发表两年之后，给我写了一封信。这个读者，至今都是我非常感激的人。他说他是一名军医，在宁夏戈壁执行任务后，晚上睡在野外帐篷里，第一次读到我的作品，之后出任务的时候看看西北的天空，都觉得好高好蓝。他问我为何上一次作品发表都两年了,可是还没有看到我后续的作品。当时我正在人生黑洞,写三百字都很奢侈,躺在床上假装不气息奄奄中收到这样一封信,想着我这种人何德何能拥有这样的读者。而且更让人感动的是,他也是一个初学写作的作者,听说我病得很重,不问我在哪儿就要为我联系最好的军医院提供帮助。在这样的至暗时刻,我其实每天都很认真地在思考死亡的事情,可文字却带来了天使,这种温暖使你觉得你必须一点一点好起来继续写作,把命回报给这样的人。所以我曾经对我的好朋友说,写作于我有救命之恩,其实是写作通过各种方式带给我了爱,于沉陷黑暗中的我是最终极的救赎。

问: 在您看来,您的个人经历对您的写作带来哪些影响?相比于其他写作者,您觉得会有哪些独属于您个人的风格或特质?

答: 可能因为有人类学专业背景的缘故,我一直觉得自己在人类社会的不同时空来回穿梭。目前可以在中国国内读到的,又恰巧是我穿梭中的几段旅程,比如作为吃货的旅程,回忆青春岁月的旅程。而作为其他样子的旅程,你们因为不可抗拒神秘力量又看不到,那也不怨我。所以如果你们要把我和当代青春文学作者比,我也真的无话可说。

我的个人风格和特质?因为穿梭不同时空,有时候会被人类学职业习惯所影响,会真正地参与生活在不同时空,变成这个时空的人,会去倾听不同时空人的故事,而且吸收故事带来的所有感觉,好像我穿越走过,它们最后都长在我身上,成为我的一部分。所以我感觉我可能会比很多同龄人多活过几辈子,承受过多几倍的聚散分离。一种感情,在我这里,其实是好几个类似时空情感和语境的叠加,**就是我如果爱你,我是用好几个时空的爱同时爱你啊,那我的悲伤,也是好几个时空的悲伤一起袭来啊**(这里玄幻了),所以会很重。

不要问我，问不可抗拒的神秘力量。

问： 在您看来，好的非虚构作品是什么样的？有哪些具体的标准和要素吗？

答： 如果要再一次硬说"非虚构"这个词，那我就只能说，就一条，吸引人读下去，中间涉及的所有专业用语和专业分析，自然糅进叙述中，不要有疤痕，把尖端高深的东西讲得好玩好懂，不要让读者脑雾。脑雾是阻碍作品阅读的重要原因。其实在这个方面，我是很守旧的，我非常尊崇中唐的元白诗风。如果你可以做到，你写的一个很专业的故事，比如量子力学的故事，能够让一个没有受过多少文学教育的人或者对理科有心理创伤的人读下去，并且觉得很有意思，还学到点什么，那你就成功了。当然元白诗风，一是作者要有元稹和白居易那样的功底、素质和写作意识，二是时代要有单纯质朴、热爱阅读的读者，第三也要有一个热爱文艺的伟大时代。

问： 作为一个非虚构写作者，写作对您来说意味着什么？

答： 再次声明我不是"非虚构"写作者，只是因为我现在能让大家看见的东西碰巧在你们那个叫"非虚构"的词语框架里。**我是一个写作者，写作对我来说意味着爱，自由和生命。**

问： 写作给您的生活带来了哪些影响和改变呢？

答： 我觉得它帮我去找到"自己的话"，最大限度地成为我自己。成为自己难吗？很难。不信你试试。你得挑战这个社会，集体，各种各样的既定观念强加于你身上的一切标准。你得重估一切，然后成为你自己,这个世界上独一无二的你自己。每个人在世界上都是珍贵的,独一无二的,但是,**不是所有人都敢成为他自己。而写作者是人性的守护者和捍卫者,他必须首先做到成为他自己,首先守护和捍卫自己的人性,才可以创作出有人性的作品。**

问: 您心目中一个好故事的标准是什么?

答: 很简单,你去问一个小孩,他们喜欢听什么故事。遇到一个好故事,小孩会安静下来,两眼放光,"然后呢?然后呢?",他们迫切追问。于是你再讲一遍,听完了他们还要听,还要给人讲。为什么呢?因为这个故事对小孩有意义。这样的故事就是我心目中的好故事。

问: 作为一个故事的讲述者,您怎样看待故事和您自身之间的关系?您会怎样评价自己的文字风格?

答: 作者必须要在身体和心灵上强于他的故事,否则他的私人生活会被故事吞噬掉。故事能有什么用呢?无用就是它最大的用。

我的文字风格?这都是一个人成熟稳定之后才会有的吧,我怎么觉得虽然我老大不小了,灵魂也略有点沧桑,可我还没有成熟稳定。你会看到我的文字在不同时期根据心情会有不同的风格,但其实我还蛮想追求一种成熟稳定风格的。

问: 以您的写作经验,您试图通过作品表达和展现什么呢?可以结合您的某些作品具体地谈一谈吗?

答: 我想记下不想忘记的事。我在非虚构写作平台早期发表的文章,这一类的比较多,比如《背一棵香椿树去留学》《这上海,吃得还没我们工地好》《开不出的年饭菜单》等。还有一类,可以用我曾经看到的一个说法来表达,当时看到很受触动,我觉得虽不能至,心向往之,那句话是"写作要呈现上帝临在和上帝不在的状况"。读到这句话时,我就被融化了。而这个方向的努力,就体现在近期写作和发表的文章上,比如《囤起粮食,我终于理解了外婆》,这篇我想展现的是创伤记忆的代际传播;比如《月光下的飨宴》,我想探讨和展现的是中国社会和文化语境中人的"原罪"是怎么回事,尤其是小孩子怎么开始害人。

问: 您个人喜欢什么样的写作者呢?可以分享一些具体的写作者及相关作品吗?他们个人或作品中是什么打动和吸引了您呢?

答: 我个人喜欢天然质朴,似乎全无概念的作者,所以我其实不断地回去读古书,就是因为在很老的书里,更容易找到这样的作者,我更喜欢和他们促膝长谈。单从文学角度来说,我非常喜欢圣经的《新约》,比如里面记载耶稣有一句话:"狐狸有穴,天上的飞鸟有巢,人子却没有枕头的地方。"不考虑神学意义,先从文学角度,这两种动物一点关系也没有,却出现得如此天然和美好,好像它们原本就在那里,换了别的动物,都没有这两种好。你不信试试。天然质朴的意思就是,它们好像一棵树,原本就是那样长出来的。

但因为《圣经》毕竟是翻译过来的,和翻译者的中文水平也有关系。而中文有特定的节奏、音韵、文字、图像之美。在语言处理上,我个人更喜欢简洁、明晰、诗性,同时具有深意的中文,其实说到底就是老子那样的语言。

"众人熙熙,如享太牢,如春登台。我独泊兮,其未兆,如婴儿之未孩。"多美的一句话,那么深刻、简洁、飘逸。用了最热闹的比喻,却一点俗气也没有，读完是最素白安静的感觉，就连语言里你也可以看到"反者道之动"。有时候我觉得作品是一棵开花的树，词句语言是树上的花，如果树上花很少，那你会觉得光秃秃的，如果树上花太多，那你就会忘了这是一棵树。老子的语言是，你看花，每一刻你都沉在花里，但沉进去以后，你清晰地看见每朵花里都包含着这棵树整体的样子。"明道若昧"，对一篇文章来说，语言在明处，而主题和意义（道）是在明艳的语言下滋润出的，非常有力量的暗流，就是这样的感觉。

要说《圣经》和老子打动和吸引我的地方，得说几天几夜，而我这种文学学渣，又怎么配得上评论甚至谈论这光耀万丈的作品和作者，好比蚂蚁对太阳说，我来评价一下为何你满载光明。蚂蚁开口，其实就已经错了。

问： 分享一些近期您比较关注和感兴趣的写作者/作品吧。

答： 抛开古书不谈，我想隆重推荐我近年很喜欢的两位当代作者，他们两个都不是"文学作者"，专业跨度有点大。另外，我读书比较杂，品味也比较奇怪，或许还不靠谱。

第一本书，是马小星先生的《龙：一种未明的动物》，名字有点奇幻，但是我想，这本书在所谓的"非虚构写作"中，是一颗遗珠。

如果你们想看古代文献和科技知识如何自然地糅进写作，并且让人有孩子听好故事的感觉，听完以后觉得世界不一样了，请你们去读这本书。我还想提一下的是，马小星先生，于2022年春仙逝，这是他用一生的苦难和热爱写就的一本书。如果你沉下心来读完书，你一定会深深尊敬这位执着的当代寻龙人，当然，如果你只看得起所谓的学院派大人物，你一定会说他不就是民科？我也许比较幼稚，可我好喜欢这本书，这本书让我看到，这个世界原来还存在这样认真执着，不图名利，只为研究一个问题耗尽一生的人。得知他去世的消息，其实我一个人哭了蛮久的，现在写到这里的时候，心里也还是非常伤悲。读一本科普寻龙书怎么还搞成这个样子？我根本不认识马小星先生，书还是人家偶然帮我带到法国，但我至今仍然后悔，为什么当初没在他活着的时候给他写信，认识他，告诉他他写了一本好厉害好有趣好有价值的书，也许能给多年疾病缠身的他带来一丝温暖。你们看，这就是写作的力量。**我们在文字里看见作者，获得连接，知道我们并不孤单，我们透过文字和作者同哭同笑，经历他的人生，以此知道我们同属一类人。**所以，如果你非常喜欢一篇文章，一本书或者一个作者，你得拿出比向初恋告白还要大的勇气，现在，立刻，马上让作者知道，他们不论写龄多久，其实都蛮需要理解和鼓励的。但是，不要做变态跟踪表白狂读者（别问我是怎么知道此类人存在的）。

第二本书，是高重建先生的《区块链社会学：金钱，媒体与民主的再想象》，这是一本描绘区块链带给未来社会诸多可能性的革命性著作。书名看似不是通俗作品，甚至可以说有点专业化和学术化，里面谈的问题也确实是不那么容易理解的尖端问题，比如区块链与信任，与价值，与媒体，与治理的关系，你会遇到币圈中的新词汇，新概念以及互联网未来发展的新趋势。然而在这本书里，我，一个完全不了解区块链和互联网的人，可以跟随作者的思路，跟随他幽默又带点港风的中文，理解这些现象，而且更重要的是，他的文章逻辑清晰，不掉书袋，科技为体又充满人文关怀，还配合学习工作坊，练习学到的知识。更有意思的是，在这本书里我还看到了自由，善良，理想，慷慨，信仰和诗意的力量，看到了科普加社科的有益结合。

高重建先生致力于出版自由，所以个人文章和书籍全面公开，旨在普及知识，培育中文创作的良性生态。

问： 您想要/会考虑成为职业撰稿人/写作者吗？为什么？

答： 不知道怎么定义职业撰稿人/写作者。如果按照每天都在思考写作的事或着手写作这一标准来算，那我就已经是；可如果按照写作赚的钱能不能养活自己的标准来算，那我就不是。

问： 写作会占用您的大量时间吗？您怎样平衡生活中的写作时间？

答： 当你爱一个人的时候，你会觉得这个人占用你大量时间吗？当你放假放飞自我的时候，你会觉得放飞自我的时间很多吗？同理，当你真的热爱写作的时候，你不会觉得时间流过，怎么会觉得它占用你大量时间？我觉得不写作尤其是为赚钱做狗屁工作，参加无聊无趣应酬，没话找话尬聊的时候才是占用我大量时间。

问： 近期您有哪些写作计划？有哪些关注到的或是感兴趣的写作话题吗？目前会尝试写些什么呢？未来会尝试写些什么呢？

答： 学术论文吧，学术躺平好久了，再躺就死了。感兴趣的写作话题实在太多，数不过来。文学方面，目前在尝试把手头一个中长篇爱情故事完成，还有一个短篇小说集。其实平日用力最多的应该还是你们所说的那种非虚构作品，题材因为神秘变态你们十有八九会看不见。基于现实经验和调查的故事我其实一直都自己一个人在做，一个人在角落默默写，希望未来你们能见。

关于未来的写作，我想什么都尝试一遍。题材方面想尝试戏剧，以及我提起来就兴奋的社会幻想小说，语言方面想更多尝试法语写作，因为我发现我用法语和用中文写作不大一样。当然我目前的中文，是受到法语潜移默化影响的，所以我还蛮好奇自己全部的法语写作人格到底是什么样子。

问： 对于刚开始尝试或者想要尝试非虚构写作的作者，您有哪些建议吗？

答： 不敢对刚开始尝试的人有建议，因为我至今仍觉得，我现在写每一篇文章都是刚开始尝试。对想要尝试的人说，如果你真想，根本不用向别人要建议，你早就开始了。

小 杜

写作让我活得健康而自律

【作者档案】

小杜,八〇后,海外作家,小说见于《十月》《收获》等杂志,著有非虚构作品集《人间漂流》。

从事非虚构写作年限:16年。

问: 从2008年刚到美国开始写作以来,您的写作内容都是围绕什么?当时是什么契机开始写作呢?以您自己的感觉,写作过程中的内容有哪些变化?

答: 刚开始写作是因为人在异域的疏离与孤独,放大了倾诉的欲望。**无论是虚构还是非虚构,我写作围绕的中心,或者说基石,都是我对所处生活的感受。** 内容上也都是围绕我对过去的回忆,比如东北县城,或者对当下的体验,比如美国生活。

问: 这么多年过来,您在写作过程中的心态有哪些不同?是什么动力支撑您持续写作呢?

答: 看着自己写作的成长,是我坚持下去的唯一动力。

问：您之前提到参加过写作班，能分享下当时的经历吗？为什么会想到去参加写作班呢？有哪些收获？

答：那是在美国中西部小镇参加的一个写作班，带头大姐是一个有出版经验的职业作家。她先生人很好，我们每次去她家聚会，都会给我们烤点心吃。其余成员全是业余写作者，都是美国人，只有我一个中国人。大家轮流诵读自己近期的作品，然后在带头大姐的带动下一起讨论，相互提意见。我当时把准备投稿的一篇《陈焕生回家》翻译成英语念给他们，他们被那个"头发像方便面"的比喻逗得大笑。

之所以参加它，是因为写作是孤独的，但最好别孤独到一个人闭门造车，最好能有一个很小的小组，交流沟通的同时彼此还有个督促。

第一次参加那个班，带头大姐就说写故事的人称视角的差别，第一人称本能，第二人称猛烈，第三人称克制。美国人谈论写作，跟谈论怎么烤好一块蛋糕差不多。我很享受那种氛围，即使我曾以现金的形式支付给那位带头大姐三百美元。

问：您觉得写作班的经历对您自己的写作有哪些影响和启发？最近还有参与类似的写作班、研讨会或相关的写作活动吗？

答：因为参与时间长度以及班里成员水平参差不齐等缘故，那次经历对于我的写作技巧和对文学领悟本身没有直接的影响，但是让我理解到了一种态度，比如上面提到如何面对写作者的孤独。后来一直没有参加类似的写作班。如果能找到谈得来的写作上的朋友，我会很开心重新经历一遍。

问：您是通过什么途径知道非虚构写作平台的？第一次投稿是在什么时候？之前有过其他平台的投稿经历吗？

答：当时应该是朋友推荐给我的。第一次投应该是 2016 年，当时投稿对我来说还是全新的经历。

问：您第一次投稿时是怎样的沟通过程？对于稿件，编辑给了您哪些建议？沟通过程中，您有哪些印象深刻的事吗？

答：我接触的第一位非虚构写作平台的编辑是罗诗如，通过微信和邮件进行沟通。当时诗如编辑对我投的稿子并不满意，我也不知道该怎么办，不过在拒掉之前，她又转给了沈燕妮主编，这才有了那篇稿子的改动、发表以及随后我写的一系列非虚构故事。

两位编辑我都很感谢，没有她们很可能就没有我之后的一系列非虚构写作。现在回想起来，这种反转，不就是生活本身吗？

问：最初投稿的时候，您是怎样理解和看待"非虚构写作"的呢？现在又是怎样看待和理解的呢？过程中发生哪些变化？有哪些具体的生活经历和写作过程对您产生了这些影响？

答：最初投稿时对"非虚构"的理解，就是字面上的意思：**不要虚构，要写实话**。现在的理解又多加了一条：**写实话，并不意味着必须放弃我在虚构写作上积累的东西**。

问：作为一个非虚构写作者，您会怎样看待自己叙述中的真实性？对于所记述的事情，尤其是自身回忆或多年旧事，您会怎样保证其中细节的真实、还原呢?

答：非虚构和虚构的界限，不是水与油的界限，而是水与冰的界限。两者的实质在我看来都应该是基于对生活的理解与体验，两者有明显差别，但又界限模糊，甚至会发生交融。

问：完成写作后，您笔下的描述对象，像表姑、亲人等，会看您发表的稿子吗？他们怎样评价您笔下的他们和您的作品呢？能结合具体稿件谈谈吗？

答：这是一个很有趣也很严肃的问题，你可以翻阅一下张爱玲的传记或信件，探究一下她会不会把她的《小团圆》（虽然这是一部基于作者本人经历的虚构作品）寄给她的弟弟或者别的什么亲人。我觉得我对此的态度基本上和张爱玲一致。

　　顺便说一句：足球界有梅吹（梅西的铁粉），我觉得我算是一个不成气候的玲吹。

问：一般来说，您自己完成一篇稿件大概需要多长时间？您会有一些特殊的写作习惯、写作前期准备或是写作环境要求吗？

答：要看篇幅，万字以内短篇用时 2—3 周，小中篇我会至少留给自己一个月。写初稿时尽量给每次写作留出 3 个多小时的整段时间，修改稿子就抓紧一切零碎边角时间，此外再无特殊习惯或要求。

问：您印象最深的一次写作经历是什么？

答：最深刻的应该是 2017 年夏偶然得知"台积电文学赏"的征文（编

者注：台积电文学赏是台积电文教基金会设立的文学奖，两年举办一次，以鼓励海峡两岸青年创作中篇小说、发掘文学新人为宗旨），在搬家（从一个州搬到另一个州的长途搬家）和换工作的当儿，在车库、咖啡店、图书馆、中餐馆、教堂地下室之类的角落疯狂赶工，完成6万多字《吉他与手枪》的初稿，又改了两三遍（中间有朋友鼓励和帮着阅读），最后在秋天临征文结束前投稿。因为觉得不可能获奖，所以很怀疑这么疯狂有啥意义。

当然了，后来获奖了。所以回头看，这个疯狂就有了一种浪漫。

问：不论是对于某一篇稿件的书写还是对于您的整个写作经历来说，您有遇到过哪些写作方面的困难或是陷入某种困境吗？当时是什么情况？是什么感受？您是怎样应对的呢？您现在还会有类似的体验吗？

答：几乎每一次写新的稿子，无论是初稿、修改还是投稿，都是与困难为伍，与困难相处，与困难抗衡的经历。那种一气呵成又一炮而红的作品，要么出自一个真正的天才，要么就是跟中彩票差不多的幸运儿。

问：您会回看自己以前的作品吗？您怎样看待和评价自己的写作和作品？您认为自己是一个什么样的写作者？

答：偶尔会看。基本上是尽量避免看的，因为总有一种不忍卒读的荒谬感。**我自己的作品，还是让它们的读者评价吧。我作为作者给出的解读，本身没有任何特殊意义。**我自己？我认为我是一个不太好相处的写作者。

问：您认为一个好的写作者需要哪些能力？

答：感知力和执行力。

问：作为一个非虚构写作者，写作对您来说意味着什么？

答：写作对我有两种意义。其一，写作就像盐，离开它我照样能生活，但没有它会少了很多滋味。其二，写作让我活得健康而且自律：我把本可能用在刷网剧、刷手机、刷朋友圈、刷小红书、打游戏、开几十英里的车去吃一顿美食的时间都用在了写作上。

问：写作给您的生活带来了哪些影响和改变呢？

答：这个问题是如此的重要，还是留给未来研究我写作的人（如果竟有这样的人的话）去回答吧。

问：您心目中一个好故事的标准是什么？

答：让我读过后对人内心的真相有所感悟甚至自省。

问：作为一个故事的讲述者，您怎样看待故事和您自身之间的关系？以及在您看来，故事对于您自己、读者和社会的作用是什么？

答：一篇故事在发表之前，它就是我的，是我一个人的。发表之后，它就是读者的了。我的故事对于读者和社会的意义？答案不在我，在于读者和社会。

问：您会关注读者对您作品的评价吗？为什么？有哪些难忘的评价？这些评价会对您的写作产生影响吗？

答：刚开始时候会在乎，现在基本不看别人的评价。

问：在您看来，您的个人经历对您的写作带来哪些影响？相比于其他写作者，您觉得会有哪些独属于您个人的风格或特质？

答：影响是谈不上的，因为我的生活经历就是我的写作的全部。

问：在您看来，好的非虚构作品是什么样的？有哪些具体的标准和要素吗？

答：好的非虚构作品，我觉得可以是美国作家杜鲁门·卡波特写的《冷血》。另外，我觉得《锌皮娃娃兵》是头一次读很震撼，但二刷体验就很差的那种作品。

问：您个人喜欢什么样的写作者呢？可以分享一些具体的写作者及相关作品吗？他们个人或作品中是什么打动和吸引了您呢？

答：我是玲吹，详情参见之前的回答和《小团圆》。

问：分享一些近期您比较关注和感兴趣的写作者/作品吧。

答：一部叫作 *Stoner* 的长篇小说，作者是 John Williams（编者注：美国小说家约翰·威廉斯 1965 年出版的作品《史托纳》，讲述了 19 世纪末出生于美国密苏里州一个贫穷家庭的小人物史托纳在面对脱轨的婚姻、父母的关系、家庭的暴力和转瞬即逝的爱情时的内心追求和自我探索，该作品在欧美各国产生广泛影响）。

问： 写作会占用您的大量时间吗？您怎样平衡生活中的写作时间？

答： 会占用大量时间。鲁迅咋说来着？挤？对吧，时间像海绵一样挤。我觉得我的健康状况应该比鲁迅要好一些，而且我不抽烟。虽然挤出来的东西质量没法与先生相提并论，但论年头我这块海绵还是可以挤得更长远一些的。

问： 近期您有哪些写作计划吗？有哪些关注到的或是感兴趣的写作话题吗？目前会尝试写些什么呢？未来会尝试写些什么呢？

答： 我在2024年年初完成了长篇小说《散》的初稿与修改。这部作品以多声部的方式（十余位主要人物），描摹出一个祖孙三代的东北人大家庭是怎样从上世纪九十年代初至本世纪初被一代一代"拆散"的。作为一名八〇后，我认为这个家庭成员的聚散，不但与时代的变迁轨迹重合，更是中国人传统大家庭演化成现代小家庭具体而微的表现。这部长篇小说近二十万字，已经投出去了，我对此十分期待。

问： 对于刚开始尝试或者想要尝试非虚构写作的作者，您有哪些建议吗？

答： 唯一的建议就是，先别把自己放在虚构还是非虚构的框子里。如果你给十三岁的梅西定下规矩，是踢前锋还是前腰，他恐怕八辈子也成不了现在的梅西。

问： 能分享一些您的写作经验或是写作技巧吗？

答： 如果有经验和技巧的话，它们就在我的作品里。

深 蓝

我只是生活的记录者，试图还原它本来的样子

【作者档案】

深蓝，八〇后，博士毕业，公务员。著有非虚构作品集《深蓝的故事》《三大队》，小说《逆光的子弹》《深渊》。
从事非虚构写作年限：8 年。

问： 您最早开始写作是什么时候？当时是什么契机呢？

答： 2016 年 12 月，偶然看到非虚构写作平台的一篇文章，最下面有征稿启事。

问： 从开始写作以来，您的写作内容都是围绕什么？以您自己的感觉，写作过程中的内容有哪些变化？这么多年过来，您在写作过程中的心态有哪些不同？

答： 警察故事，也可以说是工作时遇到的身边小人物的故事吧。内容变化不多，心态方面，最初两年在回溯一些故事时还带有个人主观情绪，后来上帝视角越来越明显，**只记录，不评论。**

问：是什么动力支撑您持续写作呢？

答：爱好吧。

问：您有经历过专业的写作训练吗，能分享下当时的经历吗？您觉得此类经历对您自己的写作有哪些影响和启发？

答：我大学本科读的中文系，大二时上过写作课。当时的老师是"老三届"，文革后第一批参加高考读大学。他讲课给我留下最深印象的是两句话，一句是"写作者应当亲近生活"，另一句是首诗："国家不幸诗家幸，赋到沧桑句便工"。

由于生活经历丰富，他给我们讲的每一个写作案例几乎都是现实发生过的故事，其中一个《杜鹃啼归》的故事我印象最为深刻。讲的是一位上山下乡的青年在村里娶了媳妇，本以为此生便留在农村了，但恢复高考后他考入了复旦大学中文系，大学时认识了一位同班女生。一边是陪自己熬过几年苦日子却几乎没有共同语言的发妻，一边是与自己在思想上极具共鸣的灵魂伴侣，这位复旦青年就不得不在纠结中进行选择。这故事来自一个真实案例，或许我大学时代的写作教育使我更倾向于非虚构写作吧。

问：您第一次投稿时是怎样的沟通过程？对于稿件，编辑给了您哪些建议？沟通过程中，您有哪些印象深刻的事吗？

答：我第一篇投稿文章基本是一个略微加工的结案报告，文字干枯。编辑罗诗如老师拿到文章后的第四天联系我，问了很多与事件内容相关的问题，引导我进行回忆和进一步的思考。后来我又补充了一部分内容，最后由诗如编辑把两次提交的文章进行了整合，才使第一篇故事顺理成章。

问： 最初投稿的时候，您是怎样理解和看待"非虚构写作"的呢？现在又是怎样看待和理解的呢？过程中发生哪些变化？有哪些具体的生活经历和写作过程对您产生了这些影响？

答： 一直认为"非虚构写作"即是对真实事件的真实记录，尽可能少地掺杂写作者的个人感想和评论，从开始到现在一直没有太大变化。我做了五年一线民警，见过、听过、经历过一些事情，这些事情最终构成了我的写作内容。

问： 当时工作中的各类案件，为什么会关注到这些经历或故事，并想要写出来呢？或者说，是什么因素、怎样的故事激发起了您的写作欲望？

答： 我的非虚构写作主要是关于做民警时身边小人物的故事。这些读者看作经历或者故事的事情，就是我当时的生活。人在生活中肯定有喜怒哀乐，有心理的触动和情感的震撼。一些人有记日记的习惯，一些人有吐槽的习惯。我只是把一些本该记在日记中或日常吐槽中的事情写了出来。

问： 您是因为写作而会去主动回忆或关注很多自身经历和身边人的故事，还是只有在经历某些特别的事情、听闻身边人的经历、感受到某种特别的情绪后才会去记录和书写的呢？

答： 以前工作时上级要求留下工作痕迹，每日也有工作备忘录要写，我又有翻看备忘录的习惯，有时看备忘录时，感觉之前记录的案件有价值，便写了出来。当然，也有些故事是因为发生时给我留下了特别强的记忆，一直有写下来的想法，所以便找时间进行了书写。

问： 作为一个非虚构写作者，您会怎样看待自己叙述中的真实性？对于所记述的事情，尤其是自身回忆或多年旧事，您会怎样保证其中细节的真实、还原呢？在沟通的过程中，编辑对稿件的真实性有哪些建议和要求呢？

答：编辑老师要求全面真实，但我只能做到主观真实。"一千个读者心中有一千个哈姆雷特"，同样一千个作者心中也有一千个莎士比亚。虽然我是事件的亲历者和处置者，但对事件的理解也只能基于自身的价值观和社会阅历。 因此我只能努力还原那些我认为的真实场景，但或许当年换一位处置民警，他对同一件事的认知方向便不同。至于细节方面，有执法记录仪记录或文字记录的细节我尽可能如实表述，一些没有音像或文本备份的细节，我只能依靠记忆。另外还有一些无关紧要的东西，只能采用文学化的处理方式。

问： 2018年您曾在访谈时有提到对于故事客观性的一些认识，近几年对此有哪些新的想法和体会吗？

答：完全的客观真实是不存在的，同一件事，不同的经历者站在不同的角度也会有不同的认知，我只能做到我所认知的客观。

问： 完成写作后，您笔下的描述对象会看您发表的稿子吗？他们怎样评价您笔下的他们和您的作品呢？除此之外，您会出于写作需要而对身边人进行访谈或是询问事件细节吗？过程中有遇到过哪些困难？您有哪些类似的经历可以分享一下。

答：基本不会主动将文章转给描述对象，因为凡是能闹到派出所来的事情，基本没有什么好事情。我在叙述中对所涉及的单位和人物进行了化名处理，也是不想给当事人带来额外的麻烦。**毕竟在我们看来是"故事"，但对于亲历者来说无疑是"事故"**，没有必要去揭开他们的伤疤。

当然，一些记不清或拿不准的地方，还是会去找以前的同事尤其是共同处理过案件的同事核实，遇到过困难，就像之前说的那样，同一个案件不同当事人的看法不同，甚至搭档办案的主办民警和协办民警对于案件的看法也有不同。因此有时对于案件或事件的回忆，我和同事也在不经意间掺杂有个人意识，有时并不能够达成一致。

问：一般来说，您自己完成一篇稿件大概需要多长时间？您会有一些特殊的写作习惯、写作前期准备或是写作环境要求吗？

答：前期的回忆和信息收集时间会很长，短则三五天，长则几个月甚至几年。写作过程很快，万字稿件大概一天时间便可完成。我比较习惯于夜间写作，一来安静，中途少有打扰；二来白天需要工作，只能夜间写作。最初在单位值班，夜间需要备勤出警不能睡觉，我便也利用这段时间写作。环境要求不高，有电脑即可。

问：您印象最深的一次写作经历是什么？为什么这么难忘？

答：第一次写作《有一种老人，叫城市空巢"存钱罐"》（2016 年 12

月 20 日发表）吧，因为是第一次。

问： 不论是对于某一篇稿件的书写还是对于您的整个写作经历来说，您有遇到过哪些写作方面的困难或是陷入某种困境吗？当时是什么情况？是什么感受？您是怎样应对的呢？您现在还会有类似的体验吗？

答： 写作的过程还算愉快，基本没有陷入过困境。但对于文章后续状况，尤其是经历过网上发酵之后带来或有可能带来的问题，有时会困扰我，比如文章中的当事人是否会被人认出或对号入座？会不会影响到当事人之后的生活？这个也没太多应对方式，只能尽可能使用化名，尽可能不在自己朋友圈里分享文章。

问： 能分享一些您的写作经验或是写作技巧吗？

答： 多观察生活，尤其关注生活的细节吧。我没有什么写作技巧，要说有的话也只有一条，即文章尽可能一气呵成吧，不要想起一点写一点，思路容易断。

问： 您会回看自己以前的作品吗？您怎样看待和评价自己的写作？您认为自己是一个什么样的写作者？

答： 有时会看，我手写我心吧，自己文学表达技巧方面还是有所欠缺，需要继续学习。

问： 您认为一个好的写作者需要哪些能力？

答：一是对生活的观察力，二是对细节的把握力，三是对文字的掌控力，四是自我对话能力。

问：作为一个非虚构写作者，写作对您来说意味着什么？

答：生活的一部分吧，记录过去，在书写的同时也在重新思考。

问：写作给您的生活带来了哪些影响和改变呢？

答：话说得少了，既然文字可以作为表达方式，就没必要用语言谈论太多；想得多了，写作的过程也是自我反思的过程。

问：您心目中一个好故事的标准是什么？

答：语言平实，立意明确，有一定的社会价值和现实意义，不炫技，不无病呻吟。

问：作为一个故事的讲述者，您怎样看待故事和您自身之间的关系？以及在您看来，故事对于您自己、读者和社会的作用是什么？

答：大家的故事，我曾经或现在的生活。至于作用，用别人的故事警示自己吧，至少对我来说有这方面作用。

问：以您的写作经验，您试图通过作品表达和展现什么呢？可以结合您的某些作品具体地谈一谈吗？

答：表达普通人的生活与情感吧。几乎所有作品都在延续这一表达方式。

问：您所写的故事中,您自己最喜欢的是哪一篇?为什么呢?

答:《报告阿sir,杀人犯想做刑侦特情》(2017年1月18日发表)这篇吧,主旨更加温暖且积极。

问：您会关注读者对您作品的评价吗?为什么?有哪些难忘的评价吗?这些评价会对您的写作产生影响吗?

答：有时会看,想了解一下同一件事情不同读者的感受和评价。不太会影响到我的写作,因为**写作是我个人的内心表达。**

问：在您看来,您的个人经历对您的写作带来哪些影响?相比于其他写作者,您觉得会有哪些独属于您个人的风格或特质?

答：所有的故事起点基本都是各类笔录材料,简短且直接,因此我写出的东西也大多延续了这个特点,叙事为主,没有太多的文学技巧。

问：在您看来,好的非虚构作品是什么样的?有哪些具体的标准和要素?

答：真实,客观,尽可能少地掺杂写作者的个人好恶取向。

问：您个人喜欢什么样的写作者呢?可以分享一些具体的写作者及相关作品

吗？他们个人或作品中是什么打动和吸引了您呢？

答：作家梁晓声的作品。**从生活出发，从现实出发，从真实的、普通人的经历出发。**

问：您想要/会考虑成为职业撰稿人/写作者吗？为什么？

答：不想。写作需要与生活结合，职业写作者也需要不定期地亲近生活，亲近自己所描述的主人公。与其抱着搜集素材的心态"采风"，不如亲历生活，在真正对生活有所感悟时写作。

问：《深蓝的故事》出版之后感受如何？对您的写作有哪些影响？收到了哪些评价和身边人的声音？

答：自己的作品结集出版总归是一件令人高兴的事情，对之后的写作有一定鼓励作用。因为并未公开身份，所以身边人大多不知道我是作者，所以没有什么评价。

问：写作会占用您的大量时间吗？您怎样平衡生活中的写作时间？

答：会的。尽可能做时间表吧，选择固定时间写作。

问：近期您有哪些写作计划？有哪些关注到的或是感兴趣的写作话题？目前会尝试写些什么呢？未来会尝试写些什么呢？

答：未来可能会写一些与案件相关的故事。

问: 对于刚开始尝试或者想要尝试非虚构写作的作者,您有哪些建议吗?

答: 踏踏实实写作,我手写我心,先把事情说清楚,初期不要炫技。多观察生活,多与人交流,多思考为什么。其实生活中的写作素材很多,就看自己能不能发现。

青锋暮寒

我想把太多本可避免的悲剧书写下来

【作者档案】

青锋暮寒,八〇后,曾担任基层检察官。从事非虚构写作年限:8年。

问:您最早开始写作是什么时候?当时是什么契机呢?

答:很早就开始尝试写作,我家一直有喜好读书的传统,看了几本书后,自己也开始手痒试着写一些东西。真正意义上的写作应该始于大学时期,不过当时主要写散文与诗歌。写非虚构作品是在参加工作后,遇到一些案件,让我有了表达的冲动与欲望。

问:从开始写作以来,您的写作内容都是围绕什么?以您自己的感觉,写作过程中的写作内容有哪些变化?您在写作过程中的心态有哪些不同?

答:我的写作内容比较割裂。文学作品主要围绕乡村,出版过散文集《仰望,乡村的脸》,看题目就知道内容。纪实作品主要围绕办案中遇到的人与事展开，想通过讲故事让读故事的人从中汲取教训。评论文章则主要是辟谣加普法，用所学的法律知识、法治思维去解读时事热点，倡导依法理性办事。不同的题材，出发点不同，心态自然不同。写文学作品多是有感而发，比较自由随意。其他两种写的时候有社会责任感在里面，写的时候带有一定的目的性。

问：是什么动力支撑您持续写作呢？

答：我一直相信表达的意义。"文章千古事"，写作可以传递观点，倡导自己所认为正确的价值观，让更多的人认同自己所认同的，这让我有一直写下去的动力。

问：最初投稿的时候，您是怎样理解和看待"非虚构写作"的呢？现在又是怎样看待和理解的呢？过程中发生哪些变化？有哪些具体的生活经历和写作过程对您产生了这些影响？

答：一开始我理解的"非虚构写作"就是如实记录，保证客观地描述事件的发生、发展和结果，尽量不掺杂个人立场和情感。现在，我对"非虚构写作"的理解没有根本性变化，只是觉得在叙述的时候多些细节上的把握，尽量让读者更为直接、全面地了解故事。

问：您所写的故事主要是关于案件，作为基层检察院干警您经历了很多案件，为什么会关注到这些经历或故事，并想要写出来呢？您觉得这些案件特殊在哪里？或者说，是什么因素、怎样的故事激发了您的写作欲望？

答：关注这些故事是因为我觉得这些案件本不该发生，他们本可以有更好的选择,特别是看到未成年人犯罪的时候。在我看来,他们犯罪并不是一件必然的事,有的头脑一发热就去做了。要说特殊,可能就在这里。我写的案件都是觉得如果有人拉他一把是有挽救机会的,只是,现实中没有如果。希望读者能够从这些故事中有所感悟,尽量能够避免这类案件的发生。

问: 您是因为写作而会去主动回忆或关注很多自身经历和身边人的故事,还是只有在经历某些特别的事情、听闻身边人的经历、感受到某种特别的情绪后才会去记录和书写的呢?

答: 后者居多。我不太喜欢为了写而写,一般都是有所感触后才去动笔。

问: 作为一个非虚构写作者,您会怎样看待自己叙述中的真实性?对于所记述的事情,尤其是自身回忆或多年旧事,您会怎样保证其中细节的真实、还原呢?在沟通的过程中,编辑对稿件的真实性有哪些建议和要求呢?

答: 我写的大多是新近办理的案件,有切身体会在里面,有客观证据还原当时发生的事,所以,真实性上是有充足保证的。在沟通过程中,我觉得编辑会仔细推敲故事的全过程,能够发现作者在讲述故事时被忽略的重要细节,或者自相矛盾的地方,提的建议都很中肯,能让故事更完整,每一环节都能做到逻辑自洽。

问: 您会出于写作需要对身边人进行访谈或是询问事件细节吗?有遇到过哪些困难吗?您有哪些类似的经历可以分享一下。同时,完成写作后,您笔下的描述对象会看您发表的稿子吗?他们怎样评价您笔下的他们和您的作品呢?

答: 我写的是自己办案的经历,案件事实基本上都是比较清晰明确的,不需要再去询问。如果说有困难,那就是一些想了解的细节因为无法再去提审案件当事人不得不一笔带过。给我同事看过我的稿子,他对我文章中给他塑造的"伟岸"形象表示不好意思。

问: 一般来说,您自己完成一篇稿件大概需要多长时间?您会有一些特殊的写作习惯、写作前期准备或是写作环境要求吗?

答: 写个大概就得两三天,因为我都是在工作之余完成个人创作的,写好一篇稿子要用一周以上时间。我的特殊写作习惯大概是在公交车上写作吧,哈哈,周围啥声音都有,但我能做到充耳不闻。不过,在室内写作的时候还是要尽量保持安静。

问: 您印象最深的一次写作经历是什么?为什么这么难忘?

答: 写那个未成年人盗窃犯的故事。当时只觉得对他无比同情、惋惜,如果他的家人对他多点关心,他何至于走上犯罪道路?为人父母是一份责任,既然不好好养,那为什么要生?其实,每次看到未成年人犯罪都会觉得难受,真心希望他们能够好好经营自己的人生,也不要用自己的人生去报复他人,特别是自己当了父亲之后。

问: 不论是对于某一篇稿件的书写还是对于您的整个写作经历来说,您有遇到过哪些写作方面的困难或是陷入某种困境吗?当时是什么情况?是什么感受?您是怎样应对的呢?您现在还会有类似的体验吗?

答: 困境就是我对自己的叙述能力一直不太满意。我写故事更多的是平铺直叙,在悬念营造上缺乏技巧。我的应对方式就是多读别人的文章,学着改进。

问:能分享一些您的写作经验或是写作技巧吗?

答:**真诚地写作,要想打动别人,必须先打动自己。**

问:您会回看自己以前的作品吗?您怎样看待和评价自己的写作和作品?您认为自己是一个什么样的写作者?

答:**会。我觉得我很多作品的语言表达、结构设置都缺乏足够的技巧,特别是和成熟作家相比,但贵在有一颗真诚的心。**

问:您认为一个好的写作者需要哪些能力?

答:**观察能力、提炼能力、叙述技巧。**

问:作为一个非虚构写作者,写作对您来说意味着什么?

答:**我是这个时代的记录者、旁观者,写作让我和这个世界有了更多的联系,我想让这个世界更好,我愿意为之付出努力。**

问:写作给您的生活带来了哪些影响和改变呢?

答:**让我在整个检察系统有了一定名气,别的还真没有,不过,这也让我更加自信。**

问：您心目中一个好故事的标准是什么？

答：一个好的故事最好真实，有代入感，让人与故事人物产生情感联系；拥有悬念，或者故事性比较强，吸引读者一直读下去。

问：作为一个故事的讲述者，您怎样看待故事和您自身之间的关系？以及在您看来，故事对于您自己、读者和社会的作用是什么？

答：**历史是最好的教科书，故事也可以是**。记录办案故事，对于我也是对办案过程的一次"复盘"，逼着我去思考、总结。对社会、读者，希望自己的故事能让人有所感触，进而影响一部分人。让这个世界更加美好，这是我一直努力的。

问：以您的写作经验，您试图通过作品表达和展现什么呢？可以结合您的某些作品具体地谈一谈吗？

答：我想传递正确的价值观，比如在遭遇委屈时不怨天尤人，不怨恨社会，而是正确、理性地解决问题。《张扣扣杀人案：我们要的不是公平正义？》一文在叙述张扣扣遭遇的同时，也阐明了自己的观点：避免悲剧远比煽动情绪重要。真正的伟大是从"泥潭"中站起来，学会与这个世界更好地相处，而不是粗暴对抗世界运行秩序，如果觉得不公可以勇敢去改变而不是自我毁灭。

问：您所写的故事中，您自己最喜欢的是哪一篇？为什么呢？

答：《未成年犯了罪，该受审的何止是孩子》。这个故事中有三位主人公，犯罪的原因都有一定的典型性，个人觉得读者会从中得到一些启发。让孩子健康成长，需要我们每个人共同努力，其中家长的作用尤为重要。

问： 您会关注读者对您作品的评价吗？为什么？有哪些难忘的评价？这些评价会对您的写作产生影响吗？

答： 会，写文章也是交流的过程，不应是单向的，所以，我会认真翻看读者的留言，思考自己在描述故事时是否准确、全面。这些评价让我看到自己故事对别人的影响，让我有了继续写下去的动力。

问： 在您看来，您的个人经历对您的写作带来哪些影响？相比于其他写作者，您觉得会有哪些独属于您个人的风格或特质？

答： 作为一名法律工作者，思考问题更注重逻辑与证据，更为理性客观，更注重事件的真实性而不是某一细节的情绪性，这可能是我与一些写作者最大的不同。

问： 在您看来，好的非虚构作品是什么样的？有哪些具体的标准和要素？

答： 故事真实，细节丰富，同时又能让读者思考。

问： 您个人喜欢什么样的写作者呢？可以分享一些具体的写作者及相关作品吗？他们个人或作品中是什么打动和吸引了您呢？

答： 喜欢真诚、理性的写作者，比如法医秦明。他的作品的优点并不在于故事多么曲折离奇，而在于真实，细节的生动足以弥补故事的简单，让我有一口气读完的兴趣。

问： 分享一些近期您比较关注和感兴趣的写作者 / 作品吧。

答：《三大队》作者深蓝。作为一名警察，他的作品和他办的案件一样严谨，同时，又带着足够的司法温度。从他一个又一个的故事中能够了解社会百态、人情冷暖。

问： 您想要 / 会考虑成为职业撰稿人 / 写作者吗？为什么？

答： 说实话，小的时候，我有一个作家梦。但现在不这么想了，我热爱现在的检察工作，愿意为法治事业贡献更多的时间与精力。

问： 写作会占用您的大量时间吗？您怎样平衡生活中的写作时间？

答： 确实会占用一部分时间，不过，我的创作大多在上下班的公交车上着手进行，这也是我坚持不开车的原因。

问： 近期您有哪些写作计划？有哪些关注到的或是感兴趣的写作话题？目前会尝试写些什么呢？未来会尝试写些什么呢？

答： 计划写一部反映检察官工作与生活的半纪实小说作品，在真实性与可读性中寻得一个平衡，让更多人了解普通检察干警的苦与乐、坚持与迷茫。其实这部小说已经写了 12 万字，但是自己并不满意，估计大部分会推倒重写。

问： 您怎样评价合作的非虚构写作平台？有什么话要对编辑部说的吗？

答： 在这个追求流量与热度的时代，有一个追求真实与温度的平台实属不易，希望编辑部能够坚持下去，一起奉献更多无愧于这个时代的作品。

问： 对于刚开始尝试或者想要尝试非虚构写作的作者，您有哪些建议？

答： 一定要掌握大量第一手资料，确保故事的真实性与细节的完整性。

问： 您还有什么不吐不快想要分享的吗？

答： 这个信息平等的时代，每个人都是主角，希望我们都能做自己想做的同时又有益于他人的事，不辜负自己，不辜负时代。

知月白

写作让我在模糊的处境中更清晰地认识自己

【作者档案】
知月白,九〇后,硕士毕业,做过编辑。
从事非虚构写作年限:7年。

问: 从开始写作以来,您的写作内容都是围绕什么?以您自己的感觉,写作过程中的写作内容有哪些变化?这么多年过来,您在写作过程中的心态有哪些不同?

答: 最初的两年,我跟随灵感写短篇小说,锻炼对主题和句子的感知力,尝试了不同风格。我会在自己的作品中强力地挫动语言或现实,大概是要在精神领域夺回控制感。

中间两年,我接各种稿件,开始从接受者的角度去琢磨表达效果更佳的语言,另外也开始发展写长篇的素质,编没完没了的故事,让虚构世界疯长。但在这两个阶段,我都没拥有足够的匠心和耐力,去写作一部忠实于自己的作品。现在我的工作敦促我持之以恒地完成一个作品,我也试图将这份责任心带到个人创作中。

问： 是什么动力支撑您持续写作呢？

答： 当我不写时，我的大脑也在写作。**我在以一种写作的方式认识世界，它的物象，它的迷思，它的心理分析。写作行为只是把脑中念头用文字带入现实层面，绝大部分时候我不记写，因为我还需要时间做别的事，以拥有相对健全的生活。**

　　早在中学时代，当我只写写学生作文，谈不上有任何写作自觉时，我不同意母亲保管我的优秀作文。我把它们都撕了。**那时我就觉得人将会一辈子生活在一座炉灶中，可被写作的东西将重复出现，下次再见时它或许自己就发展到更成熟了，我可以省去一些刻意打磨的做作工夫。** 如果不是成年以后发觉自己暂时没有别的事业可选，我大概会一直这么认为吧。

问： 您所写的故事主要是关于家庭的，写了您的父母和您的成长，为什么会关注到这些经历或故事，并想要写出来呢？或者说，是什么因素、怎样的故事激发起了您的写作欲望？

答： 当时我考上硕士，没有学费，如果我不赶紧赚笔钱，就要贷款或放弃。我先是看到了一个比赛，发现叙述家庭这个主题我比较能操作。比赛的奖金可支持我入学。在那之前我没想过要写自己家庭的事，准备写时也遭遇了很强的心理阻抗，主要是感到羞愧。我给了自己一句非常粗暴的话：父母没有能力支持我，我只能卖掉他们的故事自助。

　　我花了13天才写完，错过了截稿期。但偶然在"MONO"上注意到非虚构写作平台，我挺欣赏当时所见的那篇文章，关注公众号再观望了一段时间后决定投稿。

问：作为一个非虚构写作者，您会怎样看待自己叙述中的真实性？对于所记述的事情，尤其是自身回忆或多年旧事，您会怎样保证其中细节的真实、还原呢？在沟通的过程中，编辑对稿件的真实性有哪些建议和要求呢？

答：我用不多的文字写了很长一段时间的生活，其中还包括上一代的故事，文章里只保留了最深刻的记忆。**这些深刻的记忆对我来说有高度的感性真实——或许不是还原绝对事实，但却还原了我生活的素材和脉络。我活在我的记忆和我对现实的感知中，对于同样的往事，我当然可以采取不同的角度去讲述，但如果让我忠实地复述，那些被反刍过多次的记忆是细节统一的。我写这篇文章时就采用了忠实的复述方式，时过之后再重看也不会有怪异的感觉。**

大概是因为我写的细节详实清晰（原稿更甚），编辑没有与我核实文章细节，不过她在我补写阶段问了我一些问题，应该可以侧面验证我的说法是否前后一致；另外她让我出示了自己的录取证明，这是一个客观事件，我写作时只是提及没有展开叙述。

问：完成写作后，您笔下的描述对象，包括您的父母，他们会看您发表的稿子吗？他们怎样评价您笔下的他们和您的作品呢？除此之外，您会出于写作需要而对身边人进行访谈或是询问事件细节吗？过程中有遇到过哪些困难？您有哪些类似的经历可以分享一下。

答：我不会给我的父母看我书写他们的文章，因为我自认这是一场暴力，我施行叙事权力压迫了他们。客观地想，他们看到这些文字的影响将也很快会烟消云散，因为我和他们生活在两个世界，我这个世界的评价体系他们早就避开了。

除父母之外，我写过别人，做过浅尝辄止的访谈。我主动避开了对他们的暴力定义,那些被采访对象都是和我活在同一个理念世界的人,并且有大量阅读与写作的经验,他们细致的自省要求着高度的自我解释权。这些稿件有的失败,有的成功,成功也不过是因为当时的稿件要求并不追求深入。**当然我很尊重客观严谨细致的采写,暴力定义和回避之间有一条路可走**,有比较严格的专业技巧和职业素养要遵循,我未经历训练,没有能力把握这条道路,才说到回避这个选择。

问: 您会回看自己以前的作品吗?您怎样看待和评价自己的写作?您认为自己是一个什么样的写作者?

答: 有的时候,我在与现实的互动中感到内心混乱、偏离自我,那时便会回看过往作品。

问: 作为一个故事的讲述者,您怎样看待故事和您自身之间的关系?

答: 或许是小题大做,我觉得个人生活的叙事是一种人权的延伸。首先,你无需成为谁才让你的故事值得被讲述。其次,人的经历是被建构的,叙事是一种话语权力。那些我们不亲自建构的经历,会被集体建构;而更多人主动建构自己的人生,让我们各在其位,不可轻犯。我但愿每个人都能活成一座意义的堡垒,尤其是弱势群体,叙事所建构的意义让人体会到他们的不可辜负——到了现实互动中,我们很容易因为他们的弱势或糟糕处境带来的缺陷而忽视这一点。

傲 土

写作于我是一种记录生活的自娱方式

【作者档案】

傲土,六〇后,汉语言文学本科,现为教育工作者。

从事非虚构写作年限:10 年。

问: 您最早开始写作是什么时候?当时是什么契机呢?

答: 写作时间比较长了,接触非虚构写作大概在 2010 年前后,当时想写一篇记录自己家庭变迁的文章,想让家中的弟弟妹妹以及后人了解老家对我们每个孩子的意义。

问: 从开始写作以来,您的写作内容都是围绕什么?以您自己的感觉,写作过程中的写作内容有哪些变化?这么多年过来,您在写作过程中的心态有哪些不同?

答: 大都写的是自己身边的故事,亲情较多,记录的基本都是平凡生活中普通的人和事带来的触动和思考,后来涉及教育和其他社会问题。

从心态上看，我对待写作不曾苛求，也没有目标，有了触动自己的有意味的故事，感觉能给读者带来一些对人生的思考，对读者有阅读的价值，就写下来。没有就不写，仅此而已。

问：是什么动力支撑您持续写作呢？

答：是故事本身。我自己是个安静的人，但身边的故事，往往让我有写下来的冲动。

问：最初投稿的时候，您是怎样理解和看待"非虚构写作"的呢？现在又是怎样看待和理解的呢？过程中发生哪些变化？有哪些具体的生活经历和写作过程对您产生了这些影响？

答：刚开始，认为"非虚构写作"就是要真实记录，故事是真实的就可以，现在隐约感觉到只有真实还是不够的，非虚构写作似乎还需要有艺术的构思。我个人曾经尝试着用小说的一些手法来讲述身边真实的故事，比如细节描写，情节波澜以及悬念铺垫等，感觉也挺好。但我还是觉得**"非虚构写作"的魅力来自于真，来自于对身边故事的真观察、真思考、真体验**，我觉得这也是"非虚构写作"难于"虚构写作"的地方，因为你的经历毕竟是有限的。

问：我们注意到在非虚构写作平台，您的写作主要是围绕您的学生，为什么会关注到他们的经历或故事，并想要写出来呢？或者说，是什么因素、怎样的故事激发起了您的写作欲望？

答：由于工作的原因，我个人接触的社会面不广，了解的故事不多，家庭亲情和教育是我比较熟悉的，所以写得多一些。教育生活虽然没有那么丰富多彩，但不乏触动人心的人和事，无论是学生还是同事，当我们真正走近他们，就能感受到平凡人身上的真诚和善良。几年前，我的同事病倒在了工作岗位上，我接了他的工作，他对学生的爱令我很震撼，但遗憾的是许多老师并不了解，我觉得我应该让更多的人看到这个故事。

问：您是因为写作而会去主动回忆或关注很多自身经历和身边人的故事，还是只有在经历某些特别的事情、听闻身边人的经历、感受到某种特别的情绪后才会去记录和书写的呢？

答：我现在还没有为写作而写的念头，实话说写作也还没有成为我有意发展的专长或兴趣爱好。我属于在经历某些特别的事情、听闻身边人的经历、感受到某种特别的情绪后，觉得这个故事能给读者带来有意义的触动，才会去记录的。

问：作为一个非虚构写作者，您会怎样看待自己叙述中的真实性？对于所记述的事情，尤其是自身回忆或多年旧事，您会怎样保证其中细节的真实、还原呢？在沟通的过程中，编辑对稿件的真实性有哪些建议和要求呢？

答：这个问题我确实也遇到过，困惑过，虽然我觉得"真实"是我用非虚构这种形式与读者交流的基础，但我不觉得"真实"就是实录，特别是一些细节，我做不到时间、地点完全吻合的"还原"，有时候出于某种考虑，就连故事主人公的名姓，我也会做一些处理。但我觉得故事绝不能是编造的，**只要是自己用心去了解的、观察的，并且诚心实意表达的，就是"真实"的。**

问： 完成写作后，您笔下的描述对象，像是您的学生等，会看您发表的稿子吗？他们怎样评价您笔下的他们和您的作品呢？除此之外，您会出于写作需要而对身边人进行访谈或是询问事件细节吗？过程中有遇到过哪些困难？您有哪些类似的经历可以分享一下。

答： 我的作品都是用笔名发表的，很多老师和学生读了文章后互相传阅，但未必知道是我写的。写马老师的这篇稿子，在学生中引起了很大反响。那届毕业的学生，他们还自发地搜集了许多照片，希望编辑把照片配在文稿里，学校里也借机举办了讲好身边育人故事这样的征文演讲活动。

我写的基本都是我经历的事，为了更具体了解这些事，我会去向他人了解，特别是一些没有亲见的细节我需要核实，在这个过程中，当然遇到了很多困难。

问： 一般来说，您自己完成一篇稿件大概需要多长时间？您会有一些特殊的写作习惯、写作前期准备或是写作环境要求吗？

答： 我完成一篇稿件需要较长时间，往往一两个月，主要是前期准备时间较长。我感觉我还不是一个真正写作的人，没有形成什么写作习惯，也没有写作环境要求。有故事就写，没故事就写点阅读或教学随笔，自娱自乐，发表不发表顺其自然。

问： 您印象最深的一次写作经历是什么？为什么这么难忘？

答： 印象最深的还是写《老家》这篇文章，近6万字，写了很长时间。当时的目的是写给家人看，让我的弟弟妹妹以及他们的孩子，了解家族的历史变迁和老母亲坚强、慈爱、进取的精神世界，以及对信念的执着追求。后来平台节选了其中一部分发表，亲戚朋友都觉得很有意义。

问： 不论是对于某一篇稿件的书写还是对于您的整个写作经历来说，您有遇到过哪些写作方面的困难或是陷入某种困境吗？当时是什么情况？是什么感受？您是怎样应对的呢？您现在还会有类似的体验吗？

答： 我写得比较少，目前还没有遇到过特别的困境，只是觉得受眼界和认识水平所限，有时候对一个故事的理解分析还不到位，担心给别人误导。

问： 能分享一些您的写作经验或是写作技巧吗？

答： 如果说分享经验，我觉得坚守真诚的表达可以算作一条，不知大家认同不认同？我的写作追求画面感，希望在简约平实的表述中有点绵长的意味，我也不知道这算不算可以与大家分享的写作技巧。

问： 您会经常回看自己以前的作品吗？您怎样看待和评价自己的写作？您认为自己是一个什么样的写作者？

答： 有些文章也会再翻出来看一看的，自己的文章记录了自己一个阶段的生活体验，这种体验值得珍惜。我希望这些东西对我来说就是未来的一杯茶或者一瓶酒，希望自己是一个时常给自己添茶置酒的人。我感觉自己算不上一个写作者，当然对"是一个什么样的写作者"也很模糊。

问： 您认为一个好的写作者需要哪些能力？

答： 最重要的当然是语言表达能力，"言能逮意"，写出来的文字如果能恰切地把想表达的意思不打折扣不走样地表达出来，就很重要。但这种能力往往是一个人思维、认识、审美等综合能力的体现，所以，作为语文老师，我们往往着眼学生综合素养的提升，而不只是语言。

问： 作为一个非虚构写作者，写作对您来说意味着什么？

答： 没有思考过这个问题，**我只是觉得这种非虚构写作好像让我更加走进了生活，更加融入了生活，有了观察的习惯。**

问： 写作给您的生活带来了哪些影响和改变呢？

答： 感觉写作让自己的生活丰富了一些，有了些许烟火气息。对我而言，写作是一种自娱的方式，别的意义不盼不弃，有不惊喜，无不失意。

问： 您心目中一个好故事的标准是什么？

答： 好故事要对读者有意义，能够潜移默化地给读者带来关照现实的智慧。

问： 作为一个故事的讲述者，您怎样看待故事和您自身之间的关系？以及在您看来，故事对于您自己、读者和社会的作用是什么？

答： 非常高兴能与一个传播故事的编辑说起这样一个话题。但我说不大清楚，朦胧点讲，故事之于我、之于读者，它可能是生活的一杯茶，一把盐，也可能是旅程里的一杯酒，一盏灯，我们都是在一个个故事的浸润和滋养下生活的，故事给了我们丰富的体验，也给了我们前行的方向。好故事之于社会，我想无疑是推动社会向善向美的积极力量。

问： 以您的写作经验，您试图通过作品表达和展现什么呢？可以结合您的某些作品具体地谈一谈吗？

答： 人间七色，时序四季，阴阳两面，我希望通过自己的文字，更多传递身边普通人身上的温暖善良，展现平凡人的精神坚守，我也希望在展现了人间亮色的基础上，善良地表达自己对社会进步中那些不和谐现象的忧虑。如《一个都不能少》《有病的余专家》中所写的故事就是基于这样的想法。

问： 您所写的故事中，您自己最喜欢的是哪一篇？为什么呢？

答： 个人最喜欢《老家》这篇，完整读过全文的朋友亲人，都觉得触动比较大。

问： 您会关注读者对您作品的评价吗？为什么？有哪些难忘的评价？这些评价会对您的写作产生影响吗？

答： 会关注，会通过读者的评价来判断所写的故事给读者带来的影响。这些评价中大家对真实力量的认可，确实给我写故事带来了影响；有读者觉得我写的故事有小说味，拿它与某些作家比较，这也给了我一些实践探索的方向。

问： 在您看来，好的非虚构作品是什么样的？有哪些具体的标准和要素吗？

答： 一是要真实，故事真实，情感真实；二是故事要有意味，要有价值；三是还要有点文学性的追求。

问： 您个人喜欢什么样的写作者呢？可以分享一些具体的写作者及相关作品吗？他们个人或作品中是什么打动和吸引了您呢？

答： 我的阅读面也不够理想，只是比较喜欢古典小说和外国短篇小说，现代散文方面特别喜欢梁衡。

问： 分享一些近期您比较关注和感兴趣的写作者/作品吧。

答： 近期比较关注宁夏作家，比如郭文斌的《农历》《寻找安详》，阿舍的作品也比较喜欢，正午阳光的一些影视作品也喜欢。

问： 您想要/会考虑成为职业撰稿人/写作者吗？为什么？

答： 没有考虑过。现在也不会考虑，做老师是我自己喜欢的工作。

问： 写作会占用您的大量时间吗？您怎样平衡生活中的写作时间？

答： 感觉不会，我的写作一般集中在两个假期。

问： 近期您有哪些写作计划吗？有哪些关注到的或是感兴趣的写作话题？目前会尝试写些什么呢？未来会尝试写些什么呢？

答：近期在写一些教学随笔。受作家梁衡的影响，希望就教学中碰到的重要历史人物、历史事件，用随笔的形式写一些文化散文，希望未来能给学生一些阅读示范。这不是非虚构写作，但基于历史真实，写前需要查阅很多历史书籍，也是很有意思的事情。

问：对于刚开始尝试或者想要尝试非虚构写作的作者，您有哪些建议吗？

答：只要真诚与人交流，就能有触动人心的地方。先从自己经历过的故事写起，把自己当作读者，让故事真正触动自己，对自己有价值。

田舍郎

写作能让我找到活着的意义

【作者档案】
田舍郎,八〇后,小学毕业,做过建筑工、锅炉工、保安、流水线工人,做得最久的是裁缝。
从事非虚构写作年限:9年。

问:您是通过什么途径知道非虚构写作平台的?为什么会投稿?还记得当时是怎样的心情吗?之前有过其他平台的投稿经历吗?

答:先是在豆瓣网关注了邓安庆老师,给他发豆邮,很快收到他的回复,他建议我投稿,并把沈燕妮老师的邮箱号给了我。当时不太敢投,没信心,就先搜出相关的文章看了看,然后把我们村一个五保户的故事写了出来。

就在之前两个月,我向《北京文学》投过一篇短篇小说。那时《北京文学》不收电子稿,稿子是打印好寄去北京的。我对稿子没抱任何希望,只是盼望着编辑老师看过之后能简单地指导我几句。为了尽量减少给编辑老师带来麻烦,我还在文后诚惶诚恐地写了"不用退稿,如果稿子不能用,就直接扔掉"。也没留手机号,就留了个QQ号。

二十多天后,我看到《北京文学》的编辑王秀云老师发微博说,有一个作者写得还可以,就是太傲慢了,说什么稿子不能用就直接扔掉,我就不信你不想发表。天地良心,我哪敢傲慢哪!忙向她解释,她说我的稿子过初审了。我问她,是不是大部分的来稿都能过初审?她说只有很小一部分能过,我很高兴。虽然最后没能过终审,但也给了我很大的鼓励。

问: 最初投稿的时候,您是怎样理解和看待"非虚构写作"的呢?现在又是怎样看待和理解的呢?过程中发生哪些变化?有哪些具体的生活经历和写作过程对您产生了这些影响?

答: 最初我以为非虚构要完全尊重事实,可后来我发现有很多所谓的非虚构作品都有很大的虚构成分。

问: 后来为什么又多次进行了投稿呢?是什么激发了您的写作欲望?

答: 因为正好还有几篇适合投给非虚构写作平台的稿子。我觉得我还没有开始真正的写作,我的写作欲望还没有被激发出来。

问: 您写了很多主题多样的稿子,为什么会想要写出那些故事呢?是什么原因和动力促使您写下这些故事的?

答: 因为这些故事正好就发生在我身边,表达欲和贫穷共同促使我写下这些故事。

问: 您是因为写作而会去主动回忆或关注很多自身经历和身边人的故事,还是只有在经历某些特别的事情、听闻身边人的经历、感受到某种特别的情绪后才会去记录和书写的呢？

答：在 30 岁之前，我从未想到要写作，我是连一句话都写不通顺的文盲。后来决定学习写作时，我才开始留意身边人、身边事。

问：作为一个非虚构写作者，您会怎样看待自己叙述中的真实性？对于所记述的事情，尤其是自身回忆或多年旧事，您会怎样保证其中细节的真实、还原呢？在沟通的过程中，编辑对稿件的真实性有哪些建议和要求呢？

答：没有任何一个写作者能像录像机一般完全还原真实，就是录像机也不能，只能尽量接近真实吧。看到有人用全知全能的视角写非虚构，我也曾经在一篇文章中尝试了一下，立刻被燕妮老师指了出来，从此再没用过。

问：完成写作后，您笔下的描述对象们会看您发表的稿子吗？他们怎样评价您笔下的他们和您的作品呢？

答：没有，他们都不知道我把他们写出来了。

问：除此之外，您写作时会出于写作需要而对身边人进行访谈或是询问事件细节吗？过程中有遇到过哪些困难吗？您有哪些类似的经历可以分享一下。

答：访谈的不多，因为我本身也没发表几篇文章。有一篇没能发表，是写信阳事件的，基本上是我母亲讲述的。她不太愿意讲，她说讲这些没什么用。另外，村子里的老人一个接一个去世，他们带走了很多宝贵的记忆,这让我觉得很遗憾。

问:您完成稿件大概需要多长时间?您会有一些特殊的写作习惯、写作前期准备或是写作环境要求吗?

答:好写的半天就写完了。如果写得不顺,我就放下看看书,过几天再写。我觉得自己还没有开始真正的写作,谈写作还为时尚早。

问:能分享一些您的写作经验或是写作技巧吗?

答:虽然岁数不小了,但我只是一个初学者,希望我也能有分享写作经验或是写作技巧的那一天。

问:您会回看自己的作品吗?您怎样看待和评价自己的写作?在您看来,自己是一个什么样的写作者?

答:偶尔会看看。我对自己的作品并不满意,我认为就是一些没什么艺术性的真实记录而已。怎么评价自己,一个想写出伟大的作品,但能力还远远达不到的写作者吧。

问:您认为一个好的写作者需要哪些能力?

答:需要天赋,没有天赋,再怎么努力也是白搭。我的家乡有一个老人,今年已经七十多岁了,他从十四岁开始写作,到老也没写出什么像样的作品。老无所依,他就写文章骂本地的官员,说他们有眼不识大才。后来换了一批官员,这些官员为了堵他的口,就用公帑给他出了几本书，他转而肉麻地吹捧这些官员。我在本地的图书馆看过他的两书本，生动地诠释了什么叫没有天赋。

问：作为一个非虚构写作者，写作对您来说意味着什么？

答：非虚构写作并不是我方向，我只是暂时还没有写出自己满意的作品。

问：写作给您的生活有带来哪些影响和改变吗？

答：改变很大吧。如果不是想着写作，我可能也像我的那些发小一样，娶妻生子，过上了正常人（在乡民们眼中）的日子。正是因为对写作抱着不切实际的幻想，让我年近四十仍旧孑然一身，一贫如洗。但写作也让我找到活着的意义，让我每天都可以过得很充实。

问：您心目中一个好故事的标准是什么？

答：我不觉得一个好故事非得有什么标准。

问：作为一个故事的讲述者，您怎样看待故事和您自身之间的关系？以及在您看来，故事对于您自己、读者和社会的作用是什么？

答：对于我自己，故事可以换取一点微薄的稿费，可以支撑我更好地亲近文学。**对于读者，应该可以让他们看到跟他们的生活不一样的真实的人间。就像我写的北京服装厂的故事，如果不是我写出来，读者们可能永远也不会知道有 27 个男女住在一间房里。**

问： 以您的写作经验，您试图通过作品表达和展现什么呢？可以结合您的作品具体地谈一谈吗？

答：表达和展现真实的底层人的生活。 比如，二十多年前，一提起八〇后，就是什么独生子女，娇生惯养，衣来伸手，饭来张口。城里的八〇后大多数都是独生子女，但是在我们农村，很少有八〇后是独生子女。在我们村连一户也没有，最少的两个，最多的五个。八〇后之所以有那样固有的印象，就因为农村人是失语的。我写的那篇农村八〇后的小学生活，就是告诉世人，真实的农村八〇后上小学时是什么样子。

问： 您会关注读者对您作品的评价吗？为什么？有哪些难忘的评价？这些评价会对您及您的写作产生影响吗？

答： 偶尔会看看。有很多读者留言说我写得很真实，鼓励我继续写下去。也有难忘的评价，比如我最近发表的写北京服装厂那篇，有读者留言："想了半天不知道说什么，希望作者现在过着很好很好的生活，好到可以消除这些苦难带来的痕迹。"这应该是一个生活很优越的善良的小姑娘的发言，让我觉得有些感动又有些好笑。我现在依旧在做羽绒服，只不过条件比那时候好了一点。其实相比于北京服装厂，我去新疆打工的半年才真是炼狱般的经历呢，那里每天劳作近二十个小时。相比之下，服装厂已经算是很好的了。

问： 在您看来，您的个人经历对您的写作带来哪些影响？相比于其他写作者，您觉得会有哪些独属于您个人的风格或特质？

答：我现在还没有写出自己满意的作品，谈写作还为时尚早。再过20年，如果我还活着的话，我会详细谈谈这个问题。

问：在您看来，好的非虚构作品是什么样的？有哪些具体的标准和要素？

答：起码得是真的非虚构吧，有的非虚构作品分明就是小说，很多细节经不住推敲。

问：您个人喜欢什么样的写作者呢？可以分享一些具体的写作者及相关作品吗？他们个人或作品中是什么打动和吸引了您呢？

答：真诚。我的住处附近有一间破旧的小理发店，店主是一个独居的中年女人，她很喜欢写作。理发店里面有一台电脑和一个小书架，顾客来了她就理发，顾客走了她就写作。虽然写了二十多年，只挣了几十块钱的稿费，她依旧笔耕不辍。她敢于把自己最不堪的一面写出来，写街上的混子打她骂她，骂她是个婊子；写她想拿走米贩的钱袋子；写她捡了一个钱包，匆匆逃离，想据为己有……不像有的作者，在自己的作品中，自己永远是正面的。

问：分享一些近期您比较关注和感兴趣的写作者／作品吧。

答：近期在羽绒服厂打工，每天早上七点半上班，晚上九点半下班（天冷后时间还会加长），星期天也不休息，每天累得腰酸背痛，躺在床上都不想动。没有时间和精力关注任何写作者／作品。

问：您想要／会考虑成为职业撰稿人／写作者吗？为什么？

答：当然。因为我觉得当一个职业撰稿人/写作者比当一个羽绒服缝制工更快乐，也更体面。

问：您现在还会尝试写作吗？为什么？

答：当然会，我为写作准备了很多，有很多构思好的作品还没舍得动笔呢。

问：近期您有哪些写作计划？有哪些关注到的或是感兴趣的写作话题吗？目前会尝试写些什么吗？未来会尝试写些什么呢？

答：近期只想在羽绒服厂挣些生活费。未来想写的东西很多，主要有三个方面：一是以自己在各处打工的经历和见闻为主线写一批小说；二是以自己的家乡为背景，写一批小说；三是以那些复杂的历史人物（如耶律重元、吴三桂）为蓝本，写出几部戏剧。

问：对于刚开始尝试或者想要尝试非虚构写作的作者，您有哪些建议吗？

答：可以**多留意身边人、身边事，随时把有意思的细节记下来。**

问：您还有任何不吐不快想要分享的吗？

答：2021年秋天，我在浙江省平湖市林埭镇的一家羽绒服厂打工。9月18日晚上，燕妮老师通知我写这篇访谈时，我正趴在缝纫机上缝一顶帽子。我连忙向老板请假，顶着一头白色的碎鸭毛，骑着电动车赶往网吧。我用手机导航出林埭镇上有一家网吧，可惜到了才发现铁门紧锁，网吧已经倒闭了。我又骑了十多里，赶往离我最近的乍浦镇的一家网吧，匆匆写下这篇访谈。我还想再多说一些，可惜卡上的余额已经不多，而且明天我还得早起去羽绒服厂上班，所以就先这样吧。

访谈录 —— 下卷

三胖子

写作让我看见了生活，看见了人生

【作者档案】

三胖子，八〇后，本科毕业，现为自由职业者。著有非虚构作品集《五爱街往事》。从事非虚构写作年限：5 年。

问： 您最早开始写作是什么时候？当时是什么契机呢？

答： 最早开始写作是在 2020 年，当时工作暂时搁置。但是我是不太能闲得住的人，想起了小时候也曾经梦想长大以后如果能当一个作家就好了，于是就开始尝试着写了起来。

问： 从开始写作以来，您的写作内容都是围绕什么？以您自己的感觉，写作过程中的写作内容有哪些变化？这么多年过来，您在写作过程中的心态有哪些不同？

答： 从开始写作以来，内容都是围绕我身边的人和事。过程中还是有变化的，比如最初只是单纯记录，很少去思考，但是后期写作会思考很多东西。比如什么叫命运，每个人的命运之所以不同，到底是为什么之类的。心态上从简单地记录变成了有意识地梳理，在梳理的过程中，一点一点清晰自己的企图。这个过程就像你重新又走了一次自己的人生，其实挺有意义的。

问： 是什么动力支撑您持续写作呢？

答： 热爱，真的喜欢。我是一个挺执着的人，对写作的热爱由来已久，所以一旦开始，真的不太愿意停下来。

问： 您是通过什么途径知道非虚构写作平台的？第一次投稿是在什么时候？还记得当时是怎样的心情吗？之前有过其他平台的投稿经历吗？

答： 极其偶然，看了以后就关注公众号了。之后也只是偶尔会看一看，看多了就有想法了。第一次投稿我觉得肯定没戏，所以等到编辑联系我的时候，我还是很惊讶的。

问： 您第一次投稿是怎样的沟通过程？对于稿件，编辑给了您哪些建议？沟通过程中，您有哪些印象深刻的事吗？

答： 第一次投稿时我对接的是编辑罗诗如老师，我们进行了语音沟通。她真的给了我很多专业的意见，比如非虚构写作的注意事项，对人物细节的取舍，对文章结构的把控。这些我印象都非常深刻，也是罗老师一点一点鼓励我，引导我，启发我，我才能一路走过来。

问： 最初投稿的时候，您是怎样理解和看待"非虚构写作"的呢？现在又是怎样看待和理解的呢？过程中发生哪些变化？有哪些具体的生活经历和写作过程对您产生了这些影响？

答： 最初我觉得"非虚构写作"是纪实，只是冰冷地记录下一个事件。现在认为**"非虚构写作"其实是人类，尤其是普通人群书写自己，书写世界，书写生命的过程。这个过程是总结，也是提炼，是反思，也是领悟。** 你会突然间发现其实人生是一件有意思、有意义的事情，每个人、每件事，之所以出现在你的生命中可能都是带着任务来的，作为当事人，如何理解，如何面对，如何应变，其实才是每个人真正要面对的人生试题。其实每天都在考试，每一天，每个人，交的答卷都不同。

问： 后来为什么再次给平台投稿？

答： 第一因为喜欢写，第二因为写的东西被平台认可，第三因为编辑老师的鼓励！

问： 我们注意到您所写的故事都是围绕沈阳五爱街，为什么会关注到这些经历和故事，并想要写出来呢？或者说，是什么因素、怎样的故事激发起了您的写作欲望？

答： 沈阳五爱市场，是我人生中一个重要的转折。五爱的人，大多出身草莽，但他们有极其朴素和简单的价值观。他们待人热情，心存厚道，有直白的恩怨是非观。因为都是小人物，他们也更懂得守望相助的重要性。也因此，他们有着浓厚的人情味。是他们把"情"这个字种在我心里的，所以某一天，我就想着要写写这些人，写写这些情。

问： 您是因为写作而会去主动回忆或关注很多自身经历和身边人的故事，还是只有在经历某些特别的事情、听闻身边人的经历、感受到某种特别的情绪后才会去记录和书写的呢？

答： 这两种情形都有。有一些特定的情景会触发我的回忆，我也会因为写作而专门让自己再回到过去。就像一个穿越到过去的人，看自己和他们的曾经。

问： 作为一个非虚构写作者，您会怎样看待自己叙述中的真实性？对于所记述的事情，尤其是自身回忆或多年旧事，您会怎样保证其中细节的真实、还原呢？在沟通的过程中，编辑对稿件的真实性有哪些建议和要求呢？

答：我觉得真实有时候是相对的，我只能保证在我认知与回忆范围里的真实。每个人都有自己的局限，每个人都会囿于自己的认知。同样一件事，每个当事人回忆起来关注的重点不见得相同，所以我只能保证在我的回忆里，我看到的那一面是真实的。 他们鲜活地存在于我的记忆深处，我反而觉得其实能被记录下来的还是记忆中的少数，有太多回忆还是被割舍掉了。陈年旧事，我只能说每个人不同吧。对于我来说，一些人是不能忘，一些人是不敢忘，一些人是想忘也忘不了。其实这也是相当长时间内给我很多困扰的事情，回忆，有时候是痛苦的，如果真的可以遗忘，反而是另外一种幸福。编辑对稿件要求很高，我们也会就一个系列讨论很久。编辑会非常详细地追问时间线等，这一点给我印象很深，有时也迫使我将往事弄成编年体！

问： 完成写作后，您笔下的描述对象会看您发表的稿子吗？他们怎样评价您笔下的他们和您的作品呢？除此之外，您会出于写作需要而对身边人进行访谈或是询问事件细节吗？过程中有遇到过哪些困难吗？您有哪些类似的经历可以分享一下。

答：很少看，几乎不看。因为五爱街的人这么多年走的走，散的散，还有已经离开人世的。偶尔知道的看了以后，反而不敢让身边人知道（因为用了真名）。他们对此更多的是抗拒，还有一些人虽然不抗拒，但是因为自己本身文化程度有限，一直以来"看见带字的就困"，所以倒很少听到来自他们的评价。

会因为写作进行访谈，没有太大的困难，因为彼此就是唠嗑嘛，一起回忆回忆。遇到的最大的困难就是时间点我们一般都不太确切，都是大概的时间，有时候两个人的记忆还会出现大约半年左右的偏差，这样就只有求助于第三人，或者继续努力回忆当时的标志性事件以便推算时间。

问：一般来说，您自己完成一篇稿件大概需要多长时间？您会有一些特殊的写作习惯、写作前期准备或是写作环境要求吗？

答：一般需要两周的时间完成一篇稿件。没有特殊的习惯，环境有要求，最好写的时候不被打扰。

问：不论是对于某一篇稿件的书写还是对于您的整个写作经历来说，您有遇到过哪些写作方面的困难或是陷入某种困境吗？当时是什么情况？是什么感受？您是怎样应对的呢？您现在还会有类似的体验吗？

答：有过。我记得非常清楚，是写一篇以在五爱街收保护费的人物为主题的稿件，当时写得一直不合格，自己还不知道问题出在哪里了，特别迷茫。后来还是在罗老师的引导下，一点一点找到线索成文的。现在这种体验少一些。

问： 能分享一些您的写作经验或是写作技巧吗？

答：让自己真正地"沉进去"，再让自己从主观里跳出来，这是我的经验。

问： 您会回看自己以前的作品吗？您怎样看待和评价自己的写作？您认为自己是一个什么样的写作者？

答： 会看自己从前的作品，看的时候最多的感受就是羞愧，觉得当时写得很差劲，就很有欲望重新写一次。**我觉得我是一个笨拙的写作者，我只是专注于每一次书写的过程。**

问： 您认为一个好的写作者需要哪些能力？

答： 感悟。**如果不能感悟，就只是一个记录者，写出来的东西就像会议记录一样。**

问： 作为一个非虚构写作者，写作对您来说意味着什么？

答： 非虚构写作对我来说就像生活的一面镜子，我从中照见生活本身，也照见我自己。我的作品大多关注生活的细碎，关注个体，尤其是女性命运与她们的生活处境。她们的日常，看起来很普通，鸡零狗碎，然而微不足道的细节却仿佛一柄命运的刻刀，在一点一点雕塑、改造着每一个人。成长当然会有疼痛，成长也不会止于成年的生理界限。我在我的笔下，看见生命的痛楚、个人的成长、人性的桎梏、对世界与对自我的怀疑，看见了挣扎、推翻与打破，看见了执迷不悟，也看见了瞬间的顿悟。我生活在我的人生中，首次看见了生活，看见了人生。虽只是冰山一角，但毕竟撕开了一道缝隙，那道缝隙，就是阳光进来的地方，我叫它生命力。

问： 写作给您的生活带来了哪些影响和改变呢？

答： 写作给我提供了一个跟自己深度对话的机会，是写作让我有机会重新认识了我自己。

问： 您心目中一个好故事的标准是什么？

答： 真挚。

问： 作为一个故事的讲述者，您怎样看待故事和您自身之间的关系？您会怎样评价自己的文字风格？

答： "初听不知曲中意，再听已是曲中人"，这是我觉得故事和我之间的关系。风格上，我的文字带有女性特有的敏感与忐忑。

我还是希望能有更多我们这样的平凡人，被世界、被社会看到。我希望社会真正的注意力还是可以重新放回到普罗大众身上，毕竟我们是人群中的大多数，我们不能总是在仰视，精英也不具普遍性。**我希望社会关注的焦点是普通人的爱恨与琐碎，是普通人的痛点，是普通人的简单的快乐。**

问： 以您的写作经验，您试图通过作品表达和展现什么呢？可以结合您的某些作品具体地谈一谈吗？

答： 展现一代人生存、生活的真实情景，未经包装，不被避讳，无需遮掩，没有顾忌地展现，真实地面对。

问： 您会关注读者对您作品的评价吗？为什么？有哪些难忘的评价？这些评价会对您的写作产生影响吗？

答： 会关注。写出来以后还是想看一看反应的。最难忘的评价就是我在文章里想告诉大家的点，对方全部都看到了。这样的评价让我觉得自己写的东西有价值。

问： 在您看来，您的个人经历对您的写作带来哪些影响？相比于其他写作者，您觉得会有哪些独属于您个人的风格或特质？

答： 还是有影响，个人经历，个人体验世界的方式，个人看待问题的方法，这些能够使我的写作尽量客观。但我也只能做到"尽量"。

问： 在您看来，好的非虚构作品是什么样的？有哪些具体的标准和要素吗？

答： 真实和客观。

问： 您个人喜欢什么样的写作者呢？可以分享一些具体的写作者及相关作品吗？他们个人或作品中是什么打动和吸引了您呢？

答：我目前喜欢女性写作者，比如王安忆，她的作品我都很喜欢。细腻。

问： 分享一些近期您比较关注和感兴趣的写作者/作品吧。

答：王安忆：《长恨歌》《流水三十章》；张爱玲：《金锁记》；阿来：《阿来作品集》；迟子建：《额尔古纳河右岸》《候鸟的勇敢》。

问： 您想要/会考虑成为职业撰稿人/写作者吗？为什么？

答：会考虑。因为人到四十了，喜欢的东西不多了。

问： 近期您有哪些写作计划？有哪些关注到的或是感兴趣的写作话题？目前会尝试写些什么呢？未来会尝试写些什么呢？

答：近期想写医药题材，也想尝试写小说，未来还没有想太远。

问： 对于刚开始尝试或者想要尝试非虚构写作的作者，您有哪些建议？

答：稳扎稳打，一步一个脚印，莫急于求成。

问： 您还有什么不吐不快想要分享的吗？

答：人生是个很艰难的过程，所以爱上这个世界不容易。人是很自我的个体，所以爱上自己反而容易。可人们往往都会为自己的所爱而伤。所以最能伤害到我们的，往往是我们自己。

张青依

写作如同黑暗中一盏微光，即使微小也能让人温暖

【作者档案】

张青依，七〇后，大学本科，职校教师。从事非虚构写作年限：5 年。

问： 您最早开始写作是什么时候？当时是什么契机呢？

答： 2018 年年初，因为当时觉得自己没有什么特别的爱好，感到特别的空虚，尤其是周围的朋友有着自己的爱好，比如摄影、美食、养花，就特别羡慕他们，不愿意让自己的生活白白虚度，就挖空心思寻找自己的爱好。某一天，就拿起了手中的笔，把自己平时只在脑子里想的文字写了出来。于是，我终于找到了自己的爱好，人也变得充实，对生活也不再感到空虚。

问： 从开始写作以来，您的写作内容都是围绕什么？以您自己的感觉，写作过程中的内容有哪些变化？这么多年过来，您在写作过程中的心态有哪些不同？

答： 最初写过网络小说，也是以职业学校为主题，毕竟这是我最熟悉的环境，但基本以扑街结束。虽然无果，但因为是自己的心血，我还是努力把它完结了。

后来无意中看到一篇文章，感觉写得很真实，也很感人，一直收藏着。突然有一天发现，原来这类文章都在相关平台发表，于是根据平台的要求，开始写身边的非虚构故事。

我写作的时间并不长，最大的改变应该是把它从自己的爱好变成了生命的一部分，就跟平时吃饭与睡觉一样平常，但也一样重要。

问： 是什么动力支撑您持续写作呢？

答： 爱好，文字变现，周围人对我的肯定，这些都是我的动力。当然如果是单项选择题，我会选择"爱好"。

问： 您有经历过专业的写作训练吗，能分享下当时的经历吗？您觉得此类经历对您自己的写作有哪些影响和启发？

答： 我没有经历过专业的写作训练，能够坚持完全是因为自己的爱好所在。因为喜欢，平时就会去想，去学习，去改变。

其实写作更让我懂得了，**天赋并不是必须，坚持才最重要。写作的道路必定孤独，也不会总有鲜花相伴，**我一直认为我是一个幸运儿，遇到了一个好平台，让我很多时候在即将放弃的边缘，总会想到它给予我的肯定，于是我又坚持了下来。

问： 最初投稿的时候，您是怎样理解和看待"非虚构写作"的呢？现在又是怎样看待和理解的呢？过程中发生哪些变化？有哪些具体的生活经历和写作过程对您产生了这些影响？

答：非虚构写作，就是真实的故事，所以我一直写的也是我身边发生过的人和事。它可以让我更能以一个旁观者的角度去看待一件事情，甚至让我思考问题的方式也有了很大的变化。其实很多事情并没有绝对的对与错，更多的是不同的人在事情中所受到的不同影响。

问：我们注意到在非虚构写作平台，您的写作主要是围绕您的学生、您的婆婆，为什么会关注到这些经历或故事，并想要写出来呢？或者说，是什么因素、怎样的故事激发起了您的写作欲望？

答：我就是一个普通人，我身边所发生的真实故事也就是这些事。会写他们，我的学生、我的婆婆，或许还是因为**我在他们身上看到了平凡人的不平凡，正是这些点点滴滴的不平凡感动了我，让我愿意拿起笔去写他们。**

问：您是因为写作而会去主动回忆或关注很多自身经历和身边人的故事，还是只有在经历某些特别的事情、听闻身边人的经历、感受到某种特别的情绪后才会去记录和书写的呢？

答：两方面都有，一个写作的人其实已经习惯了平时的观察，思考与记录。

问：作为一个非虚构写作者，您会怎样看待自己叙述中的真实性？对于所记述的事情，尤其是自身回忆或多年旧事，您会怎样保证其中细节的真实、还原呢？在沟通的过程中，编辑对稿件的真实性有哪些建议和要求呢？

答：我写的事情看似平凡，其实对于我个人还是挺有意义的。写作过程中，编辑会引导我去回忆那些真的能够打动自己内心的一些事情。她的建议有时候就像一把开启记忆大门的钥匙，让我把很久之前的经历都可以变得清晰。

问：完成写作后，您笔下的描述对象，像是您的学生、婆婆，这些描述对象会看您发表的稿子吗？他们怎样评价您笔下的他们和您的作品呢？能结合作品具体说一说吗？除此之外，您会出于写作需要而对身边人进行访谈或是询问事件细节吗？过程中有遇到过哪些困难吗？您有哪些类似的经历可以分享一下。

答：我的同事都是职业教育者，他们很多人都看了我的这篇稿子，虽然里面写的是我自己的亲身经历，但很有意思的是，他们觉得自己也是文章的主人公，因为我写的就是我们职业学校老师最普通、最平凡的工作，我们每个老师或多或少都遇到过类似的事情。

问：一般来说，您自己完成一篇稿件大概需要多长时间？您会有一些特殊的写作习惯、写作前期准备或是写作环境要求吗？

答：万事开头难，如果头开好了，我基本一天可以写 1000 字左右，一个星期差不多可以完稿，然后是修改的时间，大概也需要一个星期。没有特别的要求，有的时候手机备忘录里也可以随时写一写。

问：您印象最深的一次写作经历是什么？为什么这么难忘？

答：特别深刻的还真没有，倒是第一次被平台退稿印象特别深刻。因为之前也在别的地方投过稿，基本都是石沉大海，但没想到即便退稿，也有平台给我回复。那一刻我觉得自己真的是一个作者了，一个被人尊重的作者了，我挺激动。

问： 不论是对于某一篇稿件的书写还是对于您的整个写作经历来说，您有遇到过哪些写作方面的困难或是陷入某种困境吗？当时是什么情况？是什么感受？您是怎样应对的呢？您现在还会有类似的体验吗？

答： 我感觉自己最大的困境是，有的时候很想表达自己的一种情感，或者传达一种意象，但却有点不知道如何去表达，尤其最近这段时间，这让我觉得挺郁闷，像是一种被掏空的感觉。

问： 能分享一些您的写作经验或是写作技巧吗？

答： 我的写作经验就是一切源于爱好。毕竟我已经是一个40多岁的中年妇女了，如果不是真的喜欢在支撑着我，我应该早就放弃了。

问： 您会回看自己以前的作品吗？您怎样看待和评价自己的写作？您认为自己是一个什么样的写作者？

答： 我会去看自己曾经写过的文字。因为我是一个业余作者，也没有受过专业训练，所以我的文字水平其实起伏很大。我觉得自己就是一个业余写作爱好者。

问： 您认为一个好的写作者需要哪些能力？

答： 坚持，不停地学习。

问：作为一个非虚构写作者，写作对您来说意味着什么？

答：真实的存在，一种经历的记录。

问：写作给您的生活带来了哪些影响和改变呢？

答：最大的改变，让我的精神生活不再空虚，让我更想去看书，甚至让我获得了孩子对我的一点点崇拜，我自己也变得更加自信。

问：您心目中一个好故事的标准是什么？

答：看过之后，可以让人思考。

问：作为一个故事的讲述者，您怎样看待故事和您自身之间的关系？以及在您看来，故事对于您自己、读者和社会的作用是什么？

答：关于职校的这篇文章对我意义很大。其实社会上对于职业学校的了解还是很少，通过我的这篇文章，让读者更能了解职业学校，更能了解我们职业学校老师所做的工作，我觉得很开心，也为自己是一名职业学校的老师而自豪。

问：以您的写作经验，您试图通过作品表达和展现什么呢？可以结合您的某些作品具体地谈一谈吗？

答：现在的升学流程是，中考学生被分流，一半学生升入高中，而另一半学生则因为成绩差，被分流到职业高中。社会上绝大部分声音，其实对职校还很有偏见,尤其是一些家长觉得,自己的孩子进了职高,人生都没了。我的这篇文章真实地反映了职高的一些现状,可以让家长知道真正的职高是什么样子。人生的路很长,上职高也会有好的人生。

问: 您所写的故事中,您自己最喜欢的是哪一篇?为什么呢?

答:《我的学生,都是上不了高中的职校生》。因为我从毕业至今,就一直从事职业教育工作,这篇文章也是我对自己十几年工作的一个回顾和致敬。

问: 您会关注读者对您作品的评价吗?为什么?有哪些难忘的评价?这些评价会对您的写作产生影响吗?

答: 我会关注。有些不好的评价当时会介意,但事后仔细想想,从他的角度去思考,也会理解他的评价,同时也让我可以学会从多个角度看待问题。

问: 在您看来,您的个人经历对您的写作带来哪些影响?相比于其他写作者,您觉得会有哪些独属于您个人的风格或特质?

答:我是业余作者,并没有过专业训练与学习,我更喜欢对事情直白叙述,至于会有什么样的影响,可以让读者自己去思考。

问: 在您看来,好的非虚构作品是什么样的?有哪些具体的标准和要素吗?

答： 真实，同时看后可以对文章中的人或事物有一定的了解，并可以让读者去思考。

问： 您个人喜欢什么样的写作者呢？可以分享一些具体的写作者及相关作品吗？他们个人或作品中是什么打动和吸引了您呢？

答： 茅盾，我很喜欢他对人物的特写，简洁但很有特点。

问： 分享一些近期您比较关注和感兴趣的写作者/作品吧。

答： 最近比较感兴趣的是一些非文学类的作品，其实更想知道，作者对于这些枯燥的东西是如何用文字表达的。

问： 近期您有哪些写作计划？有哪些关注到的或是感兴趣的写作话题？目前会尝试写些什么呢？未来会尝试写些什么呢？

答： 目前，我尝试做一个自媒体人，在"今日头条"也有自己的账号。我更愿意写一些轻松的文字，不喜欢过于沉重的文字，因为挺受其影响的。

问： 对于刚开始尝试或者想要尝试非虚构写作的作者，您有哪些建议？

答： 从自己身边熟悉的事情开始写起，成功的概率会很大。

尹政梁

能把别人的故事讲述出来，本身是一件很幸福的事

【作者档案】

尹政梁，笔名麦仓，八〇后，北京大学毕业，现为高校教师。

从事非虚构写作年限：14 年。

问： 您最早开始写作是什么时候？当时是什么契机呢？

答： 最早应该是在 2011 年。之前曾在报社工作，主要是做图片故事，涉及的文字篇幅相对较小。2011 年左右，家乡的几个八〇后青年在青岛打工，相继因为违法犯罪被捕，远在北京求学的我开始写他们的故事。

问： 从开始写作以来，您的写作内容都是围绕什么？以您自己的感觉，写作过程中的内容有哪些变化？这么多年过来，您在写作过程中的心态有哪些不同？

答： 这些年来的写作主要围绕着故乡的人与事展开。我从小生活在农村，我们那个村庄又相对比较特殊，地处三县两市的交界地，远离城市,有将近 3000 口人,22 个姓氏,人口众多庞杂,是个鱼龙混杂、泥沙俱下的乡村飞地,有着很浓的历史感和江湖气。

过去十年来,围绕着家乡往事,在写作上由过去写故乡的爱恨情仇,开始扩展到具有一定社会议题的题材上来,比如《一个山东农民的马德里大冒险》(2019 年 9 月 18 日发表)。**家乡的许多故事与这个社会、国家甚至与这个世界有着千丝万缕的互文性,有着牵连不断的关系。写作中,我想把故乡那些我熟悉的人的命运在这样一个大时代下发生的变化呈现出来。**

在过去十年里,我最大的心理状态应该是等待。尤其是故乡的人与事,当我试图去讲述他们的时候,我面对的不仅仅是他们的当下,更是他们的过去,我尝试把他们的过去和现在立体化地呈现出来,甚至涉及可以预见的将来。

问: 是什么动力支撑您持续写作呢?

答: 对生活在这个时代的个体命运的关注是写作的内在动力。生命个体在时代中可能会呈现出来的状态需要被关注,而我更愿意把这种写作当成自我反思的一面镜子。

问: 您有经历过专业的写作训练吗,能分享下当时的经历吗?您觉得此类经历对您自己的写作有哪些影响和启发?

答: 大学毕业后我有过五年的报社工作经历,这期间我写过法制类和人物类的专访,最后转到了图片摄影。这段经历对我来说非常重要,学会了写作和拍摄,更重要的是去过了很多地方,看到了与自己相似或迥异的很多人的人生故事。

2002年到2012年，大约有十年的时间我曾不间断地阅读《南方周末》，这些报纸我都保存在自己的书柜里，我从这份报纸里学到了一些写作方法。当然最重要的是大学毕业后的工作履历，**多走路，多看看别人的生活，才是保持写作热忱的外在原因。**

问：最初投稿的时候，您是怎样理解和看待"非虚构写作"的呢？现在又是怎样看待和理解的呢？过程中发生哪些变化？有哪些具体的生活经历和写作过程对您产生了这些影响？

答：刚开始理解成纪实文学，因为平常也会拍纪录片，在拍素材的过程中，也会想着如何把眼前的这些故事用文字方式呈现出来。**非虚构写作不是简单地复制现实，而是在写作过程中最大限度地保持人物和事件的真实性。**在写作过程中，适当的描写，比如心理层面和环境层面的描述，可以丰富故事性，但不会损害真实性。

平常在高校工作，会给学生讲授纪录片以及电影。纪录片在拍摄过程中也会讲究真实性，是另一种形式的"非虚构写作"。我喜欢把这两种表现形式做一些对照或对比，现在**我对"非虚构写作"有了认知变化——是一种客观之上的主观真实性创作，是带有写作者主观视角的保持人物、事件的真实性的写作。**

问：后来为什么再次给非虚构写作平台投稿？

答：一来我持续关注，发现平台选题上广阔丰富，贴近最为广大的中国现实；投稿人来自全国各地，有着不同的从业经历；文风上朴素自然，又极具故事性。二来这个平台实现了写作投稿的平等性和民主性，写作和投稿不再是专业作家、专业记者的权利，而是活生生的人间每一个具有写作和表达欲望的个体的权利。这是后来再次投稿的最重要的原因。

问：我们注意到在非虚构写作平台，您的写作主要是围绕家乡、亲戚，为什么会关注到这些经历或故事，并想要写出来呢？或者说，是什么因素、怎样的故事激发起了您的写作欲望？

答：主要是故乡的人与事，后来又延伸到了家乡之外的异乡人。无论是故乡人还是异乡人，无论是机缘巧合还是工作需要，能有机会面对一个相信你的人敞开心扉讲述他的人生，或见证一段不可再遇的事件，都是非常宝贵的经历。故事内容的落点都是具体的人生，故事本身不重要，重要的是故事里的人物。**写故乡的人与事，因为熟悉，更多的是从内向外的一个写作过程。站在故乡内部书写，更多是从感情上有共鸣，因为情义在，在这样一个小小的共同体里，写他们其实就是写自己，有情感温度在里面。**这种方式不同于站在外部保持距离的冷静地观察和描述。

面对家乡和亲戚，其实有很多话想说。最初把老家人的人生故事仅仅是当成故事来听、来看、来写，可随着时间的推移，随着人生阅历的增加，知识结构的完善，思想上的不断历练，发现故乡人与这个时代、社会、国家乃至与这个世界都有着千丝万缕的关联。他们的人生命运辗转腾挪，或欢乐开心，或痛苦悲伤，作为他们中的一员，**我有幸成为一个记录者，有责任也有义务把他们的人生故事记录下来，呈现出来。**权当是故乡人的一个相册，留作纪念。

问：您是因为写作而会去主动回忆或关注很多自身经历和身边人的故事，还是只有在经历某些特别的事情、听闻身边人的经历、感受到某种特别的情绪后才会去记录和书写的呢?

答: 我会经常回老家,也会非常关注老家的人与事。虽然在城市工作,但我对老家的熟稔程度不比老家人弱。加之工作原因,所以有意无意地会去关注家乡。很多事发生了,我会简单记录下来,但一般不会立刻动笔书写,往往放在脑海深处酝酿很久才写,在这一酝酿过程中,可能又有新的情节出现。地理意义上的故乡横亘在那里不曾改变,改变的是人,那种变化会超出人的想象。比如今年中秋节假期,在老家一天的时间里,我上午参加了表弟的婚礼,下午就是一个本家奶奶跳楼自杀的葬礼。对于故乡,一个人只需要站在那里,很多事自然而然地就发生了。

问: 作为一个非虚构写作者,您会怎样看待自己叙述中的真实性?对于所记述的事情,尤其是自身回忆或多年旧事,您会怎样保证其中细节的真实、还原呢?在沟通的过程中,编辑对稿件的真实性有哪些建议和要求呢?

答: 事件真实是第一位的,也就是故事里呈现的事是真实发生的。其次是心理层面和情感层面的真实,尤其是故事里的人物在一定情境下心理层面的发掘是可以呈现的。

文章的诸多线索和细节来自不同的人当时的亲身经历,或者不同的人对事件的描述,基本可以还原当时的情景。编辑老师对细节和写作角度有完整的要求,更加有助于真实性的表达。

问: 完成写作后,您笔下的描述对象,像是福叔、老京等,这些描述对象会看您发表的稿子吗?他们怎样评价您笔下的他们和您的作品呢?能结合具体的作品说说吗?

答：福叔大体看过，老京等人没看过。2020年正月，疫情肆虐期间，从马德里回老家的福叔看完后甚是感慨，在新盖的房子里，一边刮腻子一边说我应该去一趟马德里，请我到他家的大房子里好好住几天，然后用皮卡车拉着我跟拍他一天的工作经历，带我见识一下他的那些朋友们。福叔说很多人的海外打工经历比他还要丰富，想让我也写写他的那些朋友们。2020年5月，福叔和老婆、儿子历经周折回到了疫情同样肆虐的马德里，继续他们的海外创业生涯。

问：除此之外，您会出于写作需要而对身边人进行访谈或是询问事件细节吗？过程中有遇到过哪些困难吗？您有哪些类似的经历可以分享一下。

答：会进行访谈和询问，这个过程通常比较顺利，一般都是在闲聊中就完成了诸多细节的搜集。尤其是在酒桌上，一边喝酒一边聊的话，往往会有意想不到的结果。现实生活中，有故事的人往往都是外向且善于表达的人，只要真诚地去交流，话匣子一旦打开，会无法关闭。福叔就是一个典型，他太能说了，可以连续四个小时保持不停地讲述！

问：一般来说，您自己完成一篇稿件大概需要多长时间？您会有一些特殊的写作习惯、写作前期准备或是写作环境要求吗？

答：在素材准备完整的情况下，一篇稿件从下笔到成稿估计两天的时间。但素材准备的时间往往会很漫长，素材是一个等待、积累以及消化的过程，这个过程大多都在几个月以上。前期准备尽可能使素材量充足完整。对于写作环境没有特别要求，从小在农村长大，小时候趴在板凳上写作业和如今在书桌前码字都可以接受。

问：您印象最深的一次写作经历是什么？为什么这么难忘？

答：印象最深的是 2020 年正月初二，因新冠疫情被困在老家，发朋友圈讲述村中见闻。沈燕妮编辑看到后认为可以写一写疫情之下封村的故事，并提出了以日记体的方式来讲述。沈老师的眼力非常独特，虽然远隔千里，但对农村琐事甚是熟稔，尤其是疫情背景下的乡村一隅，与彼时的大环境形成了遥远的呼应。

此后的几天里，我每天都在村子里游荡，四处串门，既联络了和老家人的感情，又搜集到了诸多故事。因为道路不通，老家成了村中之村，人们困在家里喝酒闲聊，我成了最好最忠实的听众！

问：不论是对于某一篇稿件的书写还是对于您的整个写作经历来说，您有遇到过哪些写作方面的困难或是陷入某种困境吗？当时是什么情况？是什么感受？您是怎样应对的呢？您现在还会有类似的体验吗？

答：在已经发表或者未发表的稿件中，每一篇稿件多多少少都会遇到一些困境。有些困境会比较容易越过，有的则有些难度。前年在写的一篇稿件叫《生病的村庄》，写的是 2015 年至今，村子里大约共有 20 个不同年龄段的人罹患癌症的故事。这篇稿件的书写非常艰难，主要是心理上的折磨比较大，很多时候无从下笔，每次尝试写下去，脑海里总会浮现那些昨日里还欢声笑语的故人，如今却已在九泉之下。在这 20 个人中，目前只有家父因治疗及时尚健在，另外还有 3 人已徘徊在死亡边缘。这让我在书写过程中思考了很多问题，农村医疗、农村收入等诸多问题横在眼前，无法回避。

问：能分享一些您的写作经验或是写作技巧吗？

答：对非虚构写作而言，等待和积累是极其重要的，还要保持在路上的状态，这样才能让自己的眼界不止于一时一地，不囿于小圈子、小情绪。当然最重要的是有自己的价值立场和价值判断。

问：您会回看自己以前的作品吗？您怎样看待和评价自己的写作？您认为自己是一个什么样的写作者？

答：偶尔回看。虽然写了很多稿件，但真正放在平台上的只有几篇。在有限的这几篇稿件里，我尽最大努力去描述了那些熟悉的人与事。我算是非虚构写作的初级入门者。

问：您认为一个好的写作者需要哪些能力？

答：**观察和聆听是基本功，另外还要有对这个时代独立的研判能力和价值立场**。在下笔之前，是否会口述故事也可以算是一种能力吧，有点像过去的说书艺人，口述故事对书写故事有很大的助推力。

问：作为一个非虚构写作者，写作对您来说意味着什么？

答：写作于我而言，更像是一个说书艺人坐在故乡的大树底下，给南来北往的旅者讲述一个个遥远的故事。这些遥远的故事带着我的个人情感和价值判断，同时这些故事又能反映这个时代的某些侧面。能把别人的故事讲述出来，本身是一件很幸福的事，也是生活中非常重要的一部分，与我的纪录片创作相互映照、相互补充。

问：写作给您的生活带来了哪些影响和改变呢？

答：真正开始系统写作的时候，突然意识到自己曾经走过的路或者和家人、爱人、友人并肩走过的路是那么的珍贵，过去很多年里那些或按部就班或乱七八糟的人生履历变得有价值起来。更重要的是，写作让我的眼界不仅仅是聚焦在自身，而是聚焦在经历这个时代的更为广大的人群身上。

问：您心目中一个好故事的标准是什么？

答：无论是虚构还是非虚构，好的故事非常重要的一个标准是，要有跌宕起伏的情节设置。

问：作为一个故事的讲述者，您怎样看待故事和您自身之间的关系？以及在您看来，故事对于您自己、读者和社会的作用是什么？

答：**作为一个讲述者，我是故事和读者之间的桥梁。其实故事原本就已经存在，我只是把一个好看的故事呈现出来。**当然积累和呈现的过程是一件特别开心的事，有些时候不一定知道故事的结尾是什么，在写作的过程中，慢慢会发现故事本身在成长。

作为故事的见证者和呈现者，很多时候庆幸自己有这样一个机缘将它们写出来，尤其是和故事里的人物相遇，他们向你展示的都是极具个性的人生。读者和故事相遇也是一个体验不同地域、不同人物经历的过程，尤其是非虚构故事，会引发一些读者的共鸣。**这个时代和这个社会需要广阔的非虚构故事，通过一个个有血有肉的故事，我们会更多角度地去深入理解这个社会。**

问：以您的写作经验，您试图通过作品表达和展现什么呢？可以结合您的某些作品具体地谈一谈吗?

答: 在非虚构写作里,表达和展现的是真实存在的他者的人生,一个个特别具体的、实在的、有自己个性的人生。在这些作品里,呈现的或者是他们的一段生活经历,或者是他们几十年的人生过程,而每个人的人生其实都有许多的可能。

我的第一个发在平台的非虚构作品《一个山东农民的马德里大冒险》,讲的是福叔长达十多年的海外务工经历,这是一个持续了多年观察的个案文本。在过去二十多年的时间里,有很多像福叔一样的故乡人跋山涉水前往韩国、日本、西班牙、英国等地务工,他们向我展示了人生的另一种可能,这种可能或许充满了艰辛、痛苦和泪水,可同样也洋溢着欢乐和幸福。

问: 您所写的故事中,您自己最喜欢的是哪一篇?为什么呢?

答: 最喜欢的当然是《山东封村日记》(2020年2月2日发表)。这篇稿子得益于沈燕妮老师的不断督促,她提供了很多建议。2020年正月,新冠疫情笼罩大地之际,我同样被困在故乡村庄里,每天漫无目的游荡在老家的街巷之间,也有机会沉下心来再一次凝视故乡,聆听老家人的心里话。

在坊间或媒体界,很多人认为中国村庄凋敝无力、满目苍凉,可在我心里却不是。我的故乡仍然倔强地立在那里,上千口人每天拼死拼活地努力生活。毕竟对于大多数故乡人而言,他们无力到更远的地方去,只能在自己的土地上寻找新的可能。就我个人而言,我在见证着这些可能,有成功有失败,有痛苦有欢乐。这个时代所发生的一切

都可以在这个村庄里找到些许影子。

稿子中的江表哥，那个喜欢喝酒、因为丢了大鹅和公鸡而愤懑的中年男人，于 2021 年 7 月客死在遥远的伊犁；那个喜欢玩弹弓的东哥，后来一气之下撵走了刚满 20 岁的儿子和儿媳，同样被赶出家门的还有刚满一岁的小孙子……世事在变化，故乡也在变化，有时手中的笔却追赶不上故乡的步伐，可仍心甘情愿、义无反顾地追逐着。或许是因为乡愁，或许是因为从小到大的成长，和故乡、故乡人有一种割舍不断的情义。

问： 您会关注读者对您作品的评价吗？为什么？有哪些难忘的评价？这些评价会对您的写作产生影响吗？

答： 有时会去关注。读者的关注会产生互动，也会有碰撞，但没有特别难忘的评价。于写作而言，最重要的是专心于故事的撰写和人物的塑造，评价不会对写作产生影响。

问： 在您看来，您的个人经历对您的写作带来哪些影响？相比于其他写作者，您觉得会有哪些独属于您个人的风格或特质？

答： 我从小在农村长大，而且是在一个充满江湖气的村庄里成长起来的，从小就目睹了数不尽的家乡故事，这是我后来写作的重要素材源泉。姥姥和母亲教会了我讲故事，永远难忘少年时代，姥姥坐在院子里给我讲故事的情景。我所有讲故事的能力都来源于姥姥和母亲，若在传统年代，我可能会成为一个走街串巷的说书人。

大学毕业那一年，我突然意识到自己的故乡是那么具有典型性和故事性，它的丰富性足以支撑我一生的创作。而进入报社工作，又给了我另一个观察故乡的视角,也给了我一个观察中国社会的新角度。这两个角度的互动,使我重新认识了当下。我无比珍视故乡的一切,所以有意无意地会经常回老家。而新的大学教书生活,让我获得了沉下心来思考现实、表达现实的可能。

故乡给了我一切,不仅仅是非虚构写作的源泉,更是影像创作的源泉。尤其是那些捉摸不定的现实变化,使我的写作也带有冒险和等待。冒险的是我可以大刀阔斧地描述故乡,等待的是那个永远不好确定的故事结尾。另外,我写的有限的这些故事里,画面感应该很强,这可能得益于我的影像创作经历。

问: 在您看来,好的非虚构作品是什么样的?有哪些具体的标准和要素吗?

答: 个人认为好的非虚构作品应该保持真实性,这是第一位的,同样,丰富多彩的环境描写、细节描写以及心理描写也不可或缺,这些描写会使非虚构叙事变得具有诗意,也就是通俗意义上的文本上会更好看。没有具体的标准和要素,因不同的写作者具体创作而定。

问: 您个人喜欢什么样的写作者呢?可以分享一些具体的写作者及相关作品吗?他们个人或作品中是什么打动和吸引了您呢?

答: 个人比较喜欢那些从自身经历出发,向读者呈现出一个更为广阔的"世界"的作者。另外那些带有社会学、人类学、伦理学等学科视角的非虚构作品也非常棒。

近年来关注的一些作家和作品:【美】阿里埃勒·萨巴尔《父亲的失乐园》、【美】凯瑟琳·布《地下城:孟买贫民窟的生命、死亡与希望》、【美】朱莉安娜·芭芭莎《在上帝之城与魔鬼共舞》、【美】爱丽丝·戈夫曼《在逃：一个美国城市中的逃亡生活》、【美】马修·德斯蒙德《扫地出门：美国城市的贫穷与暴力》、【美】苏迦塔·基达拉《象群中的蚂蚁》、【美】韩清安《横滨中华街（1894—1972）：一个华人社区的兴起》等。

比如像《父亲的失乐园》和《象群中的蚂蚁》这两部作品，作者同是在美国的移民后代，他们将自己父辈和家族的故事放置在一个更为广大的世界图景里进行描述，将蕴藏在故事背后的深刻主题通过细节展示出来。

问： 分享一些近期您比较关注和感兴趣的写作者 / 作品吧。

答： 最近关注的两部作品是苏迦塔·基达拉的《象群中的蚂蚁》和凯瑟琳·布的《美好时代的背后》。其中《美好时代的背后》在国内已有两个版本，而根据此书改编的舞台剧《永恒的美丽背后》早在2016年便被搬上了英国国家剧院。根据非虚构作品进行二次创作，或在进行非虚构写作时同步进行纪录片创作，这种衍生或交叉创作的方式是我近年来较为关注的方向所在。

问： 您想要 / 会考虑成为职业撰稿人 / 写作者吗？为什么？

答： 成为职业撰稿人是我努力的方向。文字写作不同于影像创作，这种方式更加倾向于对想象力的激发，尤其是非虚构写作，能够促使我梳理、审视过往的经历和当下的生活，获得重新观照现实世界的维度。

问： 写作会占用您的大量时间吗？您怎样平衡生活中的写作时间？

答：会占用一部分时间。保持良好的观察现实的习惯，素材的准备和积累主要是在日常生活中完成的，真正用于写作成稿的时间会被安排得相对集中一点。

问：近期您有哪些写作计划？有哪些关注到的或是感兴趣的写作话题？目前会尝试写些什么呢？未来会尝试写些什么呢？

答：过去的一年里因在韩国访学，有机会接触到在韩务工的华人。结合过去二十多年里成百上千的故乡人前往韩国、日本、欧洲、美国打工，他们在海外的生活经历、情感故事、心路历程以及与故乡之间的关系，都是后面我将要展开的写作领域。

问：您怎样评价非虚构写作平台？

答：国内为数不多的具有严肃品格的非虚构写作平台，每期推出的稿件我几乎都要关注。这里的题材广泛，涉及中国社会的方方面面，而作者都有着不同的职业背景。他们所撰写的稿件构成了一个与当下平行又相互映照的世界，这个世界也就是我们纷繁复杂、热气腾腾的多样人间。非虚构写作平台还有一个重要的品格，那就是不追风逐尚、不赶潮流，很扎实地去做自己的稿子，有一种你看过很多风景，回眸间她仍然立在那里不动声色地做自己的事情、守持自己的价值的感觉。这一点很打动人。

问：对于刚开始尝试或者想要尝试非虚构写作的作者，您有哪些建议吗？

答：写作属于每一个人，既然有想法，那就动笔吧！

睢建民

写作丰富了我的疗养生活，
回首往事，此生无憾

【作者档案】

睢建民，笔名竹子，五〇后，越战老兵，退役军人。
从事非虚构写作年限：10年。

问： 您最早开始写作是什么时候？当时是什么契机呢？

答： 1978年我在太行山下的军营当兵，因爱好写作曾多次参加师宣传科举办的培训班，下基层采写新闻报道。当时部队为了鼓励创作，规定每年在军区以上报刊发表3篇稿件者记个人三等功一次，发表5篇稿件者提拔为干部。因此，我们报道组成员的写作积极性都很高。

问： 从开始写作以来，您的写作内容都是围绕什么？以您自己的感觉，写作过程中内容有哪些变化？这么多年过来，您在写作过程中的心态有哪些不同？

答： 开始，我在部队围绕火热的军营生活写一些"萝卜条"和"豆腐块"新闻，仅凭热情到处投稿，多半石沉大海。1979年2月，我跟随部队赴南疆边境参加对越自卫反击战，亲历了战火洗礼，战友们的英雄事迹深深感染了我。特别是在我负伤被评定为一等伤残之后，退役疗养使我有更加充裕的时间从事写作。我甘愿做一名军旅文化的守望者，用残疾的双手不停敲击键盘，为那场战争中为国捐躯的弟兄寄托哀思，为浴火重生的老兵立传，为惊天地泣鬼神的军魂放歌。

问：是什么动力支撑您持续写作呢？

答：我伤残退役是由国家供养终身的，衣食无忧。那场战争击碎了我的铁血军人梦，这辈子不能为国家和人民创造物质财富了，我的脑际时常想起唐代诗人韦应物的诗句："身多疾病思田里，邑有流亡愧俸钱。"**风烛残年，我要用文字真实还原那场战争，为社会创造出精神财富。**

问：您有经历过专业的写作训练吗，能分享下当时的经历吗？您觉得此类经历对您自己的写作有哪些影响和启发？

答：在部队曾多次参加师里组织的写作培训班，听过不少资深老干事的讲课。那时候年少懵懂，写稿子"为赋新词强说愁"，领悟不出写作的真谛。退役归乡后，我不停地写作，陆续在报刊上发表小说、散文、报告文学和新闻稿件，引起政府部门的重视，县广播电台邀请我去当编辑，人武部要我到政工科当宣传干事，把住房都安排好了，最后我被托管的民政局叫去，做了15年秘书。这期间，河南省民政厅主办的期刊《当代民声》公开发行，很有社会影响力，编辑陆续编发我创作的多篇军旅散文和报告文学作品。杂志社曾经在南阳、开封和洛阳举办笔会，每次都邀请我参加，跟知名作家、编辑、大学教授零距离接触,亲耳聆听老师们授课,哪些素材能写,哪些不能写,让我受益匪浅。

在开封笔会上,我有幸结识著名评论家庄众老师,还有《开封日报》副刊编辑李允久老师。我们都是残疾人,那颗不屈服于生活的心是相通的。我将自己在民政局的所见所闻创作出报告文学《现代弃婴的背后》,呈给庄众老师求教,庄老师推荐给杂志发表了。脊柱畸形直不起腰身的李允久老师瘦骨嶙峋,他将我叫到身边动情地说:"建民,你那篇写南疆战争题材的《归去来兮》篇幅长了,副刊版面有限,不发太可惜,我反复考虑,最后还是全文发了。"

1996年暮春,在洛阳宾馆,由民政部牵头举办了全国12省期刊总编研讨会,我应邀跛着两条残腿参加,带去3篇稿子。《解放军报》资深编辑金峰老师转业后主编《中国社会报》,将我那篇写军转干部的稿子要去发了。同时,我以南疆战争为背景创作的小说《血色黄昏》、散文《母亲的心愿》,分别被山西和黑龙江两家杂志的总编要去发表了。历经坎坷,"如今识尽愁滋味",内心颇有"却道天凉好个秋"的感慨。

问: 您是通过什么途径知道非虚构写作平台的?第一次投稿是在什么时候?还记得当时是怎样的心情吗?之前有过其他平台的投稿经历吗?

答: 以前写稿子,都是投给报刊等纸质媒体,很少关注网络平台。大约是2014年,我受邀加入一个退役老兵文学网站,陆续发一些军旅忆旧文章,还曾经做过栏目的编辑。通过这个平台,我结识了《军嫂》杂志的唐友良编辑,他对我积累的南疆战争素材很感兴趣,在《军嫂》杂志上编发我多篇散文和报告文学。有一天,唐编辑告诉我,他的学妹罗诗如女士在非虚构写作平台当编辑,推荐我写非虚构故事。之前我对非虚构题材是陌生的，虽然有丰厚的生活积累，却难以把握写作技巧。2016年夏季，我将自己创作的近万字小说《铜人》修改后，抱着试试看的态度，投给了平台。

问： 您第一次投稿非虚构作品时是怎样的沟通过程？对于稿件，编辑给了您哪些建议？沟通过程中，您有哪些印象深刻的事吗？

答： 因为有《军嫂》杂志唐编辑的推荐，我直接将稿子投给了罗诗如编辑，还添加了罗编辑的微信。罗编辑首先推荐给我平台发表的范文，让我认真阅读。同时，她还耐心向我讲解非虚构故事的构成要件和写作思路，对稿件涉及的人和事逐一核实，并亲自修改某些段落，其热情的态度和严谨的治学精神让我感动。学海无涯，三人行必有我师啊！

问： 最初投稿的时候，您是怎样理解和看待"非虚构写作"的呢？现在又是怎样看待和理解的呢？过程中发生哪些变化？有哪些具体的生活经历和写作过程对您产生了这些影响？

答： 开始接触非虚构写作，我觉得这个体裁具有报告文学的真实性，又不乏小说的白描技巧和散文笔法的叙事特点，这些我都有优势。我历经坎坷，是一个有故事的人，仅凭创作的激情和冲动，想起来啥就写啥，完全忽略了选题对社会的影响。那些带有情绪的负面文章，是难以给读者带来正能量的，自然就发不了。再就是非虚构故事涉及的人和事，必须是真实发生和存在的，不能像写小说那样随意发挥。

经历了多次尝试和失败，我的创作激情逐渐归于平静。重新审视积累的素材，重点筛选出具有人性化和社会价值的东西。特别是对于非虚构故事中涉及的细节，我拖着两条残腿走街串巷，寻找当事人和知情者采访，力求最真实还原生活场景。我理解**唯有真实，文章才能出情，才会有生命力。**

问：后来为什么再次给非虚构写作平台投稿？

答：第一篇非虚构故事发表后，我的创作欲望更加强烈，陆续在平台发表了 17 篇文章。其间，先后有 5 位编辑编发我的稿子，最后是沈燕妮主编直接跟我对接。不论换哪位编辑，我感觉他们都很负责任，每篇稿子反复与我沟通修改，丝毫没有架子。作为一名长期从事文学创作的业余作者，我知道编辑这种热情负责的态度是极少见的。随着网络的普及，在平台发表的文章，传播量和覆盖面都越来越广，熟悉和不熟悉的读者，经常通过微信朋友圈转发我的文章，让我的知名度大增。另外就是，网络平台的稿酬远比其他报刊要高，我经常在刊物上发表文学作品，每千字不足 200 元稿酬。

问：我们注意到您在非虚构写作平台发表的作品主要是围绕老兵、战友的，为什么会关注到这些经历或故事，并想要写出来呢？或者说，是什么因素、怎样的故事激发起了您的写作欲望？

答：40 多年前南疆那场战争，对于旁观者来说，在历史的长河中或许是过眼云烟，而对于浴火重生的幸存者，是一辈子最刻骨铭心的记忆。平常我最见不得流血的场面，我会条件反射地心悸、浑身发冷，我不知道这是否是战争遗留下来的综合征。**入夜的睡梦中，我经常梦见南疆亚热带的高山密林，血与火的战场。战友们的音容笑貌，促使我拿起笔来，忠实记录那场战争，为子孙后代留下一点念想，珍惜今天来**

之不易的幸福生活。

问：您是因为写作而会去主动回忆或关注很多自身经历和身边人的故事，还是只有在经历某些特别的事情、听闻身边人的经历、感受到某种特别的情绪后才会去记录和书写的呢？

答：一朝为军人，那颗火热的心永远向往着绿色军营。平时战友们聚会，或者微信群里聊天，谈论最多的话题，就是南疆那场难以忘怀的战争。身为作者，每次我都用心去倾听战友们讲述的故事，为他们赴汤蹈火的精神而感动。然后重点去采访他们，以"我的战友"为选题，写出20多篇系列文章，以期成册，为满怀家国情的老兵立传。

问：作为一个非虚构写作者，您会怎样看待自己叙述中的真实性？对于所记述的事情，尤其是自身回忆或多年旧事，您会怎样保证其中细节的真实、还原呢？在沟通的过程中，编辑对稿件的真实性有哪些建议和要求呢？

答：以前我从事新闻报道，深知真实是新闻的生命。因此，我遵循宁缺毋滥的道德底线，绝不搞虚假宣传。采访前我做足准备工作，力争面对面与采访对象促膝长谈，除了涉及隐私部分，都会刨根问底，深入到主人公的内心世界，去挖掘丰富的内涵。**对于非虚构创作，我在积累的素材中选取最熟悉的人物和事件，寻找当事人和知情人补充采访，让他们回忆过往生活的画面，将泛黄的历史胶片拼接起来，尤其是细节部分，力求详尽和原汁原味。**我在非虚构写作平台发表的每一篇稿子，编辑都会求证素材和细节的真实性。为了提供必要的佐证，有时候我会将官方记载资料拍照，或者直接附上老照片发给编辑。

问：完成写作后,您笔下的描述对象,像是老兵们、战友们,这些描述对象会看您发表的稿子吗?他们怎样评价您笔下的他们和您的作品呢?除此之外,您会出于写作需要而对身边人进行访谈或是询问事件细节吗?过程中有遇到过哪些困难吗?您有哪些类似的经历可以分享一下。

答：多年来我养成了一种习惯,写纪实文章,初稿先让被采访的对象把关,虚心听取他们的意见和建议,尽量回避敏感部分,避免给文章中的人物造成被动。当今手机应用普及,微信朋友圈传播文章很快,我的文章发表后,全国各地的战友几乎都能看到。认识和不认识的在留言中大都给予肯定,同时也会有战友补充一些鲜为人知的细节,让我进一步完善自己的作品。

　　这些年来,我曾经多次与同行一起深入基层采访。同行们见我事无巨细,曾经感叹:"你啥事都问啊?"我说:**"约见采访对象不容易,宁可写文章不用,但不能不问。"写文章有时就像裁缝做衣服,要做好,首先应具备一件大衣的布料,才能有充裕的选择**。采访中,我也曾遇到过嘴笨不识字的对象,咋问都说不囫囵一个故事。我会耐心地提示和启发,让他想到哪儿就随便说,包括时间、地点、天气变化等细节性的东西,以及人物的心理反应。实在问不出有价值的东西,我会采取迂回战术,寻找熟悉采访对象的人或事件目击者,让他们通过回忆还原场景,力求笔下的人物真实丰满,文章接地气。

问：一般来说,您自己完成一篇稿件大概需要多长时间?您会有一些特殊的写作习惯、写作前期准备或是写作环境要求吗?

答：选题定下来了,我轻易不动笔写,先打腹稿酝酿。有时候,为了写好一篇稿子,我吃饭、睡觉,甚至蹲卫生间,会满脑子都是故事和人物形象。夜半梦醒,我会将思谋成熟的故事片段记录在本子上,因为创作的灵感稍纵即逝,睡一觉可能就找不到这种灵感和创作的欲望了。对于手头积累的采访素材,我也会像盖房子那样,打腹稿安排结构,哪段故事适合穿插在哪里,结尾落点给读者留下什么,等等。构思一篇文章,有时候需要几个月,少则几个星期,思路理顺了,才坐下来写。通常一篇近万字的稿子,我闭门坐在电脑前不受外界干扰,一个星期就脱稿了。

问: 您印象最深的一次写作经历是什么?为什么这么难忘?

答: 至今印象最深的,就是那篇非虚构故事《我要带你回家》(2017年4月5日发表)。我是南疆那场战争的亲历者,战前我们师长下部队挨个召开动员大会,师长反复对官兵们说:"我可以不认识你们,但你们一定要认识我。祖国和人民把你们交给我带领,父母把你们交给了我,不论死活,我一定要把你们带回来!"我们热血沸腾,写完请战书,写决心书,然后写遗书,打包塞进留守物资内。战友们相互约定,战场上谁负伤了,大伙给背下来;谁光荣了,活着的兄弟到坟前烧一份纸,回家看看老爹老娘。

战斗中,我的老乡乔改忠身负5处伤,在部队断水断粮的困境下,战友们一个个饿得东倒西歪,身体极度疲累,却恪守承诺,不离不弃,咬牙硬是将他抬下了战场。还有我们481团7连的陈晓成连长,将门之后。陈连长告诉我,7连是新组建的,134名官兵来自16个单位,不少新兵都叫不上名字。他不肯写遗书,承诺一定要把弟兄们带回来。部队宣布撤军时,陈连长带领一个分队冒着炮火深入敌后,不惜流血牺牲,要将阵亡掩埋在战场上的弟兄遗体带回来。我是含着眼泪听完这些故事的,内心暗暗发誓,今生要赴南疆为牺牲弟兄燃一份纸,上一炷香，告慰烈士的在天之灵。

2013年，清明节，我拄杖南下三千里路，从广西的边城靖西，到凭祥市南山和龙州，去了3处烈士陵园。我是被两个烈士的弟弟轮换着背上海拔几百米山坡的。我趴在阵亡弟兄的墓碑前，燃纸焚香，止不住老泪纵横，仰天高喊："兄弟，我来看你们啦，魂兮归来吧！"正因为有这么刻骨铭心的经历，我是流着眼泪写完这篇稿子的，至今读起来，仍泪眼迷蒙。

问： 不论是对于某一篇稿件的书写还是对于您的整个写作经历来说，您有遇到过哪些写作方面的困难或是陷入某种困境吗？当时是什么情况？是什么感受？您是怎样应对的呢？您现在还会有类似的体验吗？

答： 长期从事写作的人，经常会被朋友善意提醒："多栽花，少种刺。"作者自然要弘扬社会主旋律，讲正气，但有时候通过文字揭疤亮丑，让人们反思过失，借以警醒，会很敏感的，很快就有连锁反应。譬如我写《血潮》，背景材料是20世纪90年代，无知农民通过卖血企图发家致富，造成艾滋病高发的严重后果。这篇稿子被平台推出后，读者爆棚，但因题材敏感，很快被删帖了。

基于这一教训，如今我对这种重大而又敏感的社会问题题材，选题是比较慎重的，唯恐触雷，事倍功半啊。

问： 能分享一些您的写作经验或是写作技巧吗？

答： 学海无涯，谈不上写作经验啊。**作为一名文学爱好者，生活的积累很重要。"长期积累，偶然得之"，偶然中蕴含着必然因素。丰厚的生活积累和社会阅历，是作者创作取之不尽的源泉。**我经常深入社会底层，跟一些名不见经传的小人物聊天，他们讲述的故事有鼻子有眼，我记录下来，就成了创作的素材。至于说写作技巧，一分辛苦一分才，都是从长期的失败中磨砺领悟出来的。在此应该特别感谢沈主编和各位编辑老师们，我发表的每一篇非虚构故事，都凝聚着他们的心血。因我构思谋篇的站位受局限，有些稿子经过编辑点拨，主题得到升华，让我重新审视自己的创作，每次投稿都是一次提高的过程。

问： 您会回看自己以前的作品吗？您怎样评价自己的写作？您认为自己是一个什么样的写作者？

答： 自己创作发表的作品，就像十月怀胎分娩的孩子一样，虽丑自珍啊。我会时常翻出这些作品，与新近发表的作品对照一下，看看有哪些不足和提高，便于日后改进。我兼任县文联纪实文学学会的会长，比较注重和坚持现实主义手法创作，尤其喜欢非虚构故事。

问： 您认为一个好的写作者需要哪些能力？

答：我个人觉得，一个有实力的作者，应该具有敏锐的社会洞察力和责任感，善于从生活中发现和挖掘厚重素材，写出富含正能量的文章，为大众提供喜闻乐见的精神快餐。

问： 作为一个非虚构写作者，写作对您来说意味着什么？

答： 我的人生标签，属于"工农兵"牌，命运多舛。种过地、当过兵、打过仗、负过伤，是历经九死一生的幸存者，退役后又应聘在政法机关做了15年，看惯了世态炎凉。我自嘲是一个爬格子玩文字者，通过写非虚构故事，真实还原和再现生活，让读者从我的文章中感受到老兵的家国情怀和精神价值，尊重和关爱老兵的生活，珍惜当今的和平安定环境。同时，我也通过玩文字，玩出了人生的乐趣和品位。2016年夏，通过一位期刊编辑热心推荐，让我得以结识非虚构写作平台的编辑老师，我慢慢熟悉和爱上了非虚构写作，并陆续被平台推出近20篇文章。非虚构写作，虽然苦多于甜，却丰富了我的疗养生活，拓宽了我的视野，更加激发起我的创作欲望。回首往事，此生无憾。

问： 写作给您的生活带来了哪些影响和改变呢？

答： 由于我坚持不懈地写作，用文字为老兵立传，让更多的人了解到老兵英雄就在我们身边，我被县委宣传部请进文化大讲堂，面向社会宣讲南疆那场战争中我的战友们英勇杀敌报国的事迹，引起强烈反响。一时间，机关、学校和企业，纷纷邀请我去讲课，加强爱国主义教育。

历经大难的幸存者，我向社会做出承诺，今生做好两件事：一是走出去，做一名义务讲解员，面向社会大力宣扬老兵的英雄事迹，传承红色历史，彰显家国情怀；二是替牺牲的弟兄尽孝，每年坚持下乡看望烈士的父母。我的行动直接感召着社会各界爱心人士，纷纷参与到慰问烈士父母、关爱老兵生活的公益行列，连茹素礼佛的寺院法师也参与其中，捐款捐物，蔚然成风。

问： 您心目中一个好故事的标准是什么？

答： 原生态的故事，真实接地气，大胆探触人性和揭示社会深层次的东西的文章，是我最喜欢的。

问： 作为一个故事的讲述者，您怎样看待故事和您自身之间的关系？以及在您看来，故事对于您自己、读者和社会的作用是什么？

答： 一篇故事从采访收集素材，到构思创作成稿，有一个从感性认识到理性思维的过程。我用笔讲述故事的时候，会来个换位思考：假如我是读者，是否能接受和喜欢这样的故事？故事是否能够感动读者？会不会有不同的看法和声音？这都是我思考的问题。我力图将自己的情感融入故事，净化自己的灵魂，让读者从故事中感受生活的真善美和假恶丑，在社会上营造出一种良好的氛围。

问： 以您的写作经验，您试图通过作品表达和展现什么呢？可以结合您的某些作品具体地谈一谈吗？

答： 我在非虚构写作平台发表的故事，大致分为两类：一是描写战争中老兵生活的，二是揭示社会中人性的。通过讲述老兵的故事，展现出我们身为共和国军人不忘初心、牢记使命的家国情怀，维护国家尊严和民族利益，勇于献身的革命精神，值得全社会尊重。再就是人性在特定社会环境中的折射，或扭曲或升华的过程。譬如我写《我要带你回家》（2017年4月5日发表），战场上的铁血军人，有情有义，一诺千金，生死兄弟不弃不离。还有我写《亲兄弟之间的血案》（2017年7月2日发表），自古"多少争财竞产，同根苦字相煎"。兄弟阋于墙的纷争，退一步天高地阔，我笔下的小富兄弟俩却谁也不肯退让，哥哥对弟媳痛下杀手，致其重伤而银铛入狱，闹得父子断交，众叛亲离，家道衰败。这种人性的扭曲，道德的沦丧，惹人深思。长歌当哭，是必在痛定之后啊！

问： 您所写的故事中，您自己最喜欢的是哪一篇？为什么呢？

答： 应该是《我要带你回家》，因为是我的亲身经历，至今回忆起来，历历在目，终生难忘。

问： 您会关注读者对您作品的评价吗？为什么？有哪些难忘的评价？这些评价会对您的写作产生影响吗？

答： 每篇文章在平台发表之后，我都一直关注读者区的评论和跟帖，尤其是读者称赞我们共和国军人是新一代最可爱的人，让我和战友们深受感动，激发我更强烈的创作欲望，将浴火重生的老兵风采展现给读者。

问： 在您看来，您的个人经历对您的写作带来哪些影响？相比于其他写作者，您觉得会有哪些独属于您个人的风格或特质？

答： 我是农民的后代，从乡野走进军营，又亲历了血与火的战争洗礼，重伤致残，可谓九死一生。上苍剥夺了我正常的行走功能，同时也为我打开一扇通往文学殿堂的大门，让我在文化的自留地里挥汗水耕耘，用心血浇灌，虽然苦多于甜，但且行且乐。我是个有故事的人，涉猎军旅题材和战争生活，应该是轻车熟路吧。

问： 在您看来，好的非虚构作品是什么样的？有哪些具体的标准和要素吗？

答： 首先是源于真实生活又高于生活的作品，题材厚重，故事曲折，人物丰满，有正能量，让读者喜闻乐见。

问： 您个人喜欢什么样的写作者呢？可以分享一些具体的写作者及相关作品吗？他们个人或作品中是什么打动和吸引了您呢？

答： 我比较喜欢看作家深蓝和虫安的系列作品。前者作为基层民警，将亲身经历和真实案件以非虚构故事的形式呈现给读者；后者身为曾经的服刑人员，以青春年华为代价，体验了监狱生活，将一众服刑人员倾注于笔下，虽形态各异，曲折的人生遭际却令人感叹。我曾经在纪实文学中有过这样的描述："鬼变成人，需要经过多少年的历练，才能脱胎换骨。而人变成鬼，却是在一念之间。"犯罪人员并非先天就坏，其心灵的扭曲有一个蜕变过程。刑罚的目的是让人弃恶从善，回归于人之初。这是我喜欢深蓝和虫安作品的原因吧。

问： 分享一些近期您比较关注和感兴趣的写作者/作品吧。

答： 因有其他写作任务，近期关注非虚构作品比较少，但我还是会读一些文章，譬如索文先生充满地域文化的风味小吃写作，以及文章中市井味儿十足的众生百态，都是我很喜欢的。

问： 您想要/会考虑成为职业撰稿人/写作者吗？为什么？

答： 大难不死的幸存者，风烛残年，且歌且行，我将会一如既往地写下去。因为我热爱写作，文字早已成为我生命的一部分。

问： 写作会占用您的大量时间吗？您怎样平衡生活中的写作时间？

答： 不会。平时我还从事着业余法律服务，经常有人上门请我写一些司法文书和信访材料，我从这些案例和事件中积累创作素材。我上午坐在电脑前码字，下午会雷打不动去老干部活动室打牌聊天，那也是一种收集、积累素材的方式。

问：近期您有哪些写作计划？有哪些关注到的或是感兴趣的写作话题？目前会尝试写些什么呢？未来会尝试写些什么呢？

答：我曾经关注过大量涌入县城讨生活的乡下人，目睹他们生活在社会底层，整天像无根浮萍一样随处飘零，思谋着想为这些小人物写点文字。

问：您怎样评价非虚构写作平台？

答：它让我在小说和报告文学之间学习非虚构故事写作，将这些年积累的素材陆续发表出来。感谢平台的编辑老师们不吝赐教，帮助我逐渐认识和熟悉了非虚构文体写作。今生最大的愿望是，个人能够结集出一本书，留传给下一代。

问：对于刚开始尝试或者想要尝试非虚构写作的作者，您有哪些建议？

答：应该具有丰厚的生活积累，对自己创作的选题有一个社会定位，不能单凭热情见啥写啥，避免过于敏感的话题。要熟知笔下的人物和事件发生过程，写作有自己的思想和观点。

偶　尔

那些记忆盘旋脑海挥之不去，直到把它们写出来

【作者档案】

偶尔，八〇后，高中肄业，现为独立电影导演。

从事非虚构写作年限：7 年。

问： 您最早开始写作是什么时候？当时是什么契机呢？

答： 高二时厌学，经常逃课去学校附近的书店找各种杂书看，看得多了也想写，写了一个流浪刀客的武侠故事，本子上洋洋洒洒写了几万字，回头去看，发现都是垃圾，付之一炬。后来入社会，爱做记录，偶尔写小故事分享出来，打发一下精力。

问： 从开始写作以来，您的写作内容都是围绕什么？以您自己的感觉，写作过程中的内容有哪些变化？这么多年过来，您在写作过程中的心态有哪些不同？

答： 没有特定的写作主题，大多数时候，只要空闲了一段时间，就想提笔写一写。写的是所见所闻，基本和我的社会经历、情感记忆相关。

关于写作一直是比较随心所欲的状态，不会为了写而写。喜欢写作时的自由和沉静状态，心里有很多人物，很享受用文字、用故事去呈现出来，那种感觉使我不觉得生活乏味。

问： 是什么动力支撑您持续写作呢？

答： 最主要的动力还是想要表达和分享吧。

问： 您是通过什么途径知道非虚构写作平台的？第一次投稿是在什么时候？还记得当时是怎样的心情吗？之前有过其他平台的投稿经历吗？

答： 无意中在朋友圈看到转发的文章得知。笔记里有一篇非虚构作品，是追忆父亲的故事，稍作修改便决定投稿了。在这之前，在其他平台发表过虚构作品。作为写手，也卖过几部剧本。

问： 您第一次投稿非虚构作品时是怎样的沟通过程？对于稿件，编辑给了您哪些建议？沟通过程中，您有哪些印象深刻的事吗？

答： 记得是唐糖老师联系的我，具体情形有点模糊，但是记得当时那份意外的感觉。唐糖老师很坦诚地提了非虚构作品的标准和要求，也对作品进行了非常详细的编辑修订。专业写作方面，确实这一次的交流沟通，使我收获很多。

问： 最初投稿的时候，您是怎样理解和看待"非虚构写作"的呢？现在又是怎样看待和理解的呢？过程中发生哪些变化？有哪些具体的生活经历和写作过程对您产生了这些影响？

答： 在我最初的概念里，无论是虚构还是非虚构，只要是故事，就必须有可看性和共鸣，有让人阅读下去的兴趣，读完之后有感受和触动。接触过非虚构写作以后，特别是和唐糖老师几次深度交流之后，我才有所醒悟，非虚构作品的灵魂价值在于"非虚构"和"真实性"，至于故事的趣味性和情节等，反而都不那么重要了。我也明白了为什么是非虚构"作品"，而不是"故事"。

以前是写小说，写剧本，可以随意去演绎、去创造，但是放到非虚构写作上，那一套方法就不行了。写一个脑袋里的人物，和写一个认识的、现实生活中真实存在的人物，完全是两回事。必须保证把杜撰的成分降到接近为零，而又得把人物的真实经历、人生节点尽可能写得详细。这就需要有大量的调查或者采访，然后从真实的讲述中去提炼真实。这个过程很有趣，但也确实麻烦，毕竟人们是很谨慎的，让他们敞开心扉去讲述自己很难，能做的，只有花时间去等待时机，或者换一种方式，只写我参与过的、经历过的部分。

问： 后来为什么再次给平台投稿？

答： 看到许多读者的留言和反馈，好的坏的，我能感受到一种说不出来的力量。**我发现真实的、非虚构的作品，能够带给读者不一样的感触和力量。我想要把我参与过的，经历过的，生活中的，更多的人物写出来。是发现、挖掘、分享，也是自省的一部分。**

问： 我们注意到在非虚构写作平台，您的写作主要是围绕个人经历、身边的人，为什么会关注到这些经历或故事，并想要写出来呢？或者说，是什么因素、怎样的故事激发起了您的写作欲望？

答： 平时比较好观察，看得多了，有时候会对认识的某个人产生好奇和兴趣。心里常想起"芸芸众生"四个字。我愿意花两周或者更多的时间，去把这个人的经历写出来。当然不是必须写出来，但是不写出来，不写完，就总是憋着一口气，不舒服。就是这样，写完了投出去了就好，至于发表与否，能不能让读者看到，在我这里，都结束了。心里舒服了，才好继续生活。

问： 您是因为写作而会去主动回忆或关注很多自身经历和身边人的故事，还是只有在经历某些特别的事情、听闻身边人的经历、感受到某种特别的情绪后才会去记录和书写的呢？

答： 后者吧。只有某一个时间段，特别清闲了，无聊了，会有很多回忆，或者突然因为经历什么事，想起了什么人，酝酿了好久，才会想要表达。发表过几篇作品之后，我也试过做个职业作家，但是我发现，刻意去采访，为了写而写，不适合我。我没有参与，没有经历过的事情，是没有足够的能力和兴趣写出来的。就算写完了，也完全无感，不喜欢这样的方式。大多数时候，我写的人物，首先是先让我感慨触动过的。

问： 作为一个非虚构写作者，您会怎样看待自己叙述中的真实性？对于所记述的事情，尤其是自身回忆或多年旧事，您会怎样保证其中细节的真实、还原呢？在沟通的过程中，编辑对稿件的真实性有哪些建议和要求呢？

答： 举个例子来说，当我回忆某个人的时候，如果只是在脑海里，我可能只会有几幅模糊的画面。但是动笔后，很多细节就重新出来了。比如很多当时的对话，我会通过事情的结果，倒推追溯之前的聊天内容。还有，我当然也隐匿了一些特别隐私的东西。**我心里也有一个原则，就是尽量客观地去讲述。我不要去刻意美化，也不要有选择地站队。我要做的是去理解，用我自己的眼光。我不做"上帝"，作为参与者、旁观者，我也是有情绪波动的**，我必须呈现自己的情绪。当然有些地方会有改变，比如很多交流沟通是在手机上，或者是在不同的场景下间歇性的谈话，那么我要写出来的时候，就会想办法怎么把这些内容集中在一个空间里去发生。

我记得唐老师会跟我索要一些照片或者聊天记录，也会追问其他的一些细节。她的要求越多，我也对自己的要求越多。回到写作上，回忆里，我会尽可能还原当时的具体时间，具体细节。针对有些主人公，我还得重新去寻找，去交流。印象很深的是，我在写一位乡村女教师的经历时，与她的谈话特别做了录音，当然这是事先征得她同意的。

问：您记录过很多人，完成写作后您笔下的描述对象会看您发表的稿子吗？他们怎样评价您笔下的他们和您的作品呢？除此之外，您会出于写作需要而对身边人进行访谈或是询问事件细节吗？过程中有遇到过哪些困难吗？您有哪些类似的经历可以分享一下。

答：我是匿名写作，坦白说，我很少主动把文章给主人公阅读。当然，如果他们恰巧看到了，应该会很容易知道作者是我。我不推荐，也不避讳。

我很少进行出于写作目的的访谈。印象中只有那位乡村女教师，因为我们是"网友"，和她没有过生活中的交往。我还是比较擅长写我参与过的、经历过的部分。关于那次微信语音访谈，没有太多的困难，因为相识久了，她对我没有戒备心，聊起来就像朋友之间的交谈差不多。不过，这种为了写作而刻意进行的谈话，我可能很久不会再做第二次了。

问：一般来说，您自己完成一篇稿件大概需要多长时间？您会有一些特殊的写作习惯、写作前期准备或是写作环境要求吗？

答：两周或者一个月吧。也有例外，如果是近期发生的事情，会写得比较快。比如那篇《再见，我的柳飘飘》（2019年1月15日发表），我记得当时从决定写到写完第一稿，不过三天。前期准备还是比较多的，主要是心理准备，思想上的回忆和酝酿。因为我不确定我能回忆起所有，当我决定动笔了，一定是从头到尾有了整个过程的回忆。

以前我喜欢手写，后来买了笔记本电脑，但自从手机有了便签功能，就在手机上写作了。随时随地都可以写。有时候走路，在公园散步，想起来了掏出手机就继续写。对于环境没有要求，马路上，车厢里，都可以。最好是露天环境，最好有一杯喝不完的咖啡或者浓茶，加上一根抽不完的香烟，完美。

问：您印象最深的一次写作经历是什么？为什么这么难忘？

答：现在想起来心里还有疙瘩。2012年，我在内蒙古做生意，闲下来用笔记本电脑写一个关于意识永生的科幻小说，断断续续写了几个月，从夏天到冬天，七八万字了。结果有一天电脑死机，重装系统什么都没了……气得我当着维修店老板的面把电脑砸烂了。回去的路上轻飘飘的，死了一样。后来总是想重新写，但是只在脑袋里完成了结局。

问：不论是对于某一篇稿件的书写还是对于您的整个写作经历来说，您有遇到过哪些写作方面的困难或是陷入某种困境吗？当时是什么情况？是什么感受？您是怎样应对的呢？您现在还会有类似的体验吗？

答：只要还写作，就经常有困境。最大的一点是，明明那个事情就在脑海里，可是换成文字就变味了。你必须得不断尝试不同的组合结构，讲述方式，有时候还不得不中断，就像有东西卡在喉咙里，很难受。每当这个时候，我就放下来，后退一步，去走路。我会漫无目的溜达，或者开着车去兜风，不能停下来，身体必须前进着，思想才能跟着前进。走累了，停下来，喝点什么东西，有时候会有好的意外出现。

不过我有一个经验，就是一篇东西千万不能中断超过三天，不然很可能就废了，不会想继续了，因为很容易被新的事情覆盖思绪，让精力分散掉。现在没有类似的体验了，因为没时间写作，咖啡都戒了。

问：能分享一些您的写作经验或是写作技巧吗？

答：我还是写作上的小学生，能分享的很少，**只能说要多感受生活中的细节，多进行换位思考，当在写某个人的时候，就更容易住进他的心里，理解他。**我也经常剖析自己，直面内心的想法，好的，不好的，会刻意提醒自己，记住这一刻的想法和感受，以及为什么。

问：您会回看自己以前的作品吗？您怎样看待和评价自己的写作？您认为自己是一个什么样的写作者？

答：基本上不会看。偶尔回头看一下，感觉很陌生，会有一种局外人的感觉，会有"这篇文章的作者是我吗"这样的疑问。以前的作品，就像已经完成的事情一样，是过去式。我甚至都不会想起来，哦，我还会写作呢！它们的存在对于我，只是提醒我，当时那段日子，我在写东西，我是什么状态。

问： 您认为一个好的写作者需要哪些能力？

答：发现力，捕捉力，共情力，表达力。

问： 作为一个非虚构写作者，写作对您来说意味着什么？

答： 写作是我获得快乐的方式之一，是表达的一扇窗口。我的创作源泉大部分来自亲自经历，我经常奔波于不同的地方，会遇到一些记忆深刻的人，过后，当他们盘旋在我的脑海里挥之不去的时候，可能就是需要我动笔的时候。直到把他们写出来，被读者看到并产生共情或启发，会有一种画上句号的释然。偶尔回头去看以前的作品，我总会惊讶地看到一个陌生的自己。但是我知道，我曾经真切地经历过、拥有过那些记忆，虽然它们早已经不被想起。

问： 写作给您的生活带来了哪些影响和改变呢？

答： 确实有很大影响。写作使我常以为自己很成熟睿智，其实不是。

问： 您心目中一个好故事的标准是什么？

答： 以前我会说，好故事要让人看了停不下来。现在相反，好的作品，是让你看了第一页，不舍得翻第二页。

问：作为一个故事的讲述者，您怎样看待故事和您自身之间的关系？以及在您看来，故事对于您自己、读者和社会的作用是什么？

答：我写的故事一定是和我有连接的。不管是虚构的、非虚构的，里面都有我自身的影子。**我常在故事里看到自己，我也希望读者能在我的作品里看到他们自己。我觉得故事传达给人的情感最重要了，好的情感，就算悲伤也不要绝望。**

问：以您的写作经验，您试图通过作品表达和展现什么呢？可以结合您的某些作品具体地谈一谈吗？

答：我作品的大多数主人公是女性。我还尝试过用女性视角去写故事，不过失败了。这可能跟儿时经历有关，小时候不同的女性陪伴我长大，外婆、姨妈、表姐、堂姐，加上我母亲。没有刻意想表达什么，只是这么多年下来，回头看那些亲近的女人，她们的人生轨迹被各种东西牵绊甚至改变，很有感触。

问：您所写的故事中，您自己最喜欢的是哪一篇？为什么呢？

答：说不上最喜欢，如果非要选，就是《在火车上哭泣的女人》（2018年12月4日发表）那篇吧。虽然故事发生很久了，心里还是会发出爱而不得、物是人非的唏嘘和感叹。

问：您会关注读者对您作品的评价吗？为什么？有哪些难忘的评价吗？这些评价会对您的写作产生影响吗？

答: 会看看,不太在意。有些评价很认真,看过会觉得心里很暖、很有力量,会让我更有继续写下去的想法。

问: 在您看来,您的个人经历对您的写作带来哪些影响?相比于其他写作者,您觉得会有哪些独属于您个人的风格或特质?

答: 对于我来说,没有经历,就没有写作。这么多年慢慢发现,我还是擅长写最接近我的东西。真不知道我有什么风格,**写作的时候,潜意识总想着不要做一个冷冰冰的写作者,尽可能传达出几分情感,但又不能过头。**可能文笔和能力都有限,写着写着就啰嗦了。我觉得还可以让自己的写作更精炼一些,不能总意犹未尽,不懂取舍。

问: 在您看来,好的非虚构作品是什么样的?有哪些具体的标准和要素吗?

答: 其实我不太喜欢快节奏的东西,喜欢沉静缓缓的讲述,注重感觉。至于标准和要素,我觉得那些**真实、生活化、接地气、不搞噱头的内容,自己更爱看到底。**

问: 您个人喜欢什么样的写作者呢?可以分享一些具体的写作者及相关作品吗?他们个人或作品中是什么打动和吸引了您呢?

答: 喜欢三毛。读她的作品很享受,能看出她从小经历过国学熏陶,有很深的文化底蕴,她的讲述方式、遣词造句,读着都特别轻松入味。

问: 分享一些近期您比较关注和感兴趣的写作者/作品吧。

答：最近偶尔重读魏思孝老师的短篇小说集《小镇青年的十八种死法》，很有趣。他的作品很有画面感。

问：您想要/会考虑成为职业撰稿人/写作者吗？为什么？

答：暂时不会。暂时以生意为主，有时间了会拍东西，影像方面的。

问：写作会占用您的大量时间吗？您怎样平衡生活中的写作时间？

答：一旦动笔，就会占用心思精力，很容易废寝忘食。还好，不是经常写，只是偶尔占用一段时间。

问：近期您有哪些写作计划？有哪些关注到的或是感兴趣的写作话题？目前会尝试写些什么呢？未来会尝试写些什么呢？

答：有两个没成型的剧本，别的暂时没精力。未来还是要拍片子，影像创作。

问：您怎样评价非虚构写作平台？

答：宝藏平台，还在坚守小人物真实故事的平台，最可贵的是，不会为了流量而搞噱头。我可能遇到了最严厉也最宽容的编辑，要不是编辑录用了我的第一篇稿子，后来我也不会继续写非虚构作品了。

问：对于刚开始尝试或者想要尝试非虚构写作的作者，您有哪些建议？

答：最好是写你熟悉的人，了解的事。策划时尽可能地罗列细节，选择自己擅长的讲述方式，写完后多提炼，靠近你想要表达的主题。最重要的是，要坚持写完，不管会不会发表，尽量写到最后一个句号。

蔡寞琰

写作于我是治愈，是陪伴，亦是寄托

【作者档案】

蔡寞琰，八〇后，硕士毕业，律师、法务。从事非虚构写作年限：9 年。

问： 您最早开始写作是什么时候？当时是什么契机呢？

答： 第一次真正意义上的写作是在 12 岁那年，祖父去世，主祭的老先生让我亲自写祭文。我拿起祖父用过的毛笔，在他书桌前哭哭啼啼地写，晚上在祖父的遗像前念了。祖父是教师，参加祭礼的有上百人，其中一位老师将我的祭文在他们学校的校报印了出来。

问： 从开始写作以来，您的写作内容都是围绕什么？以您自己的感觉，写作过程中内容有哪些变化？这么多年过来，您在写作过程中的心态有哪些不同？

答： 我写作的内容，主要是对人与生活的记录。我在乎个体的感受，个体总被时代所湮灭，被群体所裹挟。一千个人就有一千种生活，之所以要记录下来,是不希望一个个鲜活的人最终沦落为一个个冰冷的数据。他们不完美,不成功,甚至微不足道,但真实存在。

作为一个记录者,我写作的内核没有多大变化。随着阅历的增长,对人和事的认知会有一些调整,心态上也会有一些变化。我希望自己能够更为成熟、独立地去进行写作。

问:是什么动力支撑您持续写作呢?

答:我想是因为陪伴着我的人和东西,本来就不多,我舍不得放弃吧。

问:您有经历过专业的写作训练吗,能分享下当时的经历吗?您觉得此类经历对您自己的写作有哪些影响和启发?

答:我没经历过专业的写作训练,倒是记得小学三年级时,老师让我们写作文《公园一角》。第二天,班上就两个人没交作文,其中一个女生,智力有缺陷;另一个就是我,因为农村压根没有公园。其他孩子都是抄作文书上的,我不会写,我的祖父也说不会。

问:您是通过什么途径知道非虚构写作平台的?第一次投稿是在什么时候?还记得当时是怎样的心情吗?之前有过其他平台的投稿经历吗?

答:刷新闻客户端APP的时候,发现非虚构写作栏目的。第一次投稿是在2017年。我的情绪很少有大起大落的时候,心情还算平和。之前没有过其他平台的投稿经历。

问:您第一次投稿非虚构作品时是怎样的沟通过程?对于稿件,编辑给了您哪些建议？沟通过程中，您有哪些印象深刻的事吗？

答： 我的稿子基本上都是燕妮在编辑。我是一个极度不自信的人，经常自我怀疑，燕妮给予我最多的鼓励和支持。编辑和作者之间的沟通是为了让稿件更完善，这是必要程序。

问： 最初投稿的时候，您是怎样理解和看待"非虚构写作"的呢？现在又是怎样看待和理解的呢？过程中发生哪些变化？有哪些具体的生活经历和写作过程对您产生了这些影响？

答：最初投稿时，对于"非虚构写作"的理解是，写真实的人和事。现在依然如此认为。变化是我会更加贴近书写的对象。 我写过毕业于清华大学的叔叔，但他年近60，却没有获得世俗意义上的成功，还在广州租房。那篇稿子后来被我的姑祖母看到了，她特意给我打电话告诉我："那个年代大学生的思想，想的是国计民生，刚毕业没想房子和车子，他们比现在的你要单纯，这是要学习的地方。"**写作的人，算是掌握了一定话语权的人，不说完全还原真相、解构人物，但至少要无限地接近事实、贴近人物。**

问： 后来为什么再次给平台投稿？

答： 我一直在投稿，除非哪天我写的稿件达不到平台的要求了，我就会退休。

问： 您的写作主要是围绕个人经历、案件等方面的，为什么会关注到这些经历或故事，并想要写出来呢？或者说，是什么因素、怎样的故事激发起了您的写作欲望?

答: 我写故事没有一定的界限,内心认为值得记录的都会尝试着去写。当然更多的是个人经历、案件,是因为对这些印象更为深刻。首先我的经历比较坎坷,算半个孤儿,留守儿童。做过街头小混混、泥瓦匠,摆过地摊,进过工厂,当过教师,后为律师,还曾是残疾人,同为抑郁症患者。有点不幸,但确实是我真实的人生。我是一个不喜欢袒露伤口的人,知道要对抗这些有多艰难。之所以写出来,是希望后来的小孩,如果面对同样的困境,那么他可以告诉自己,原来在这之前就有人在背负着苦难前行。

至于案件方面,那更是极端状态下的人生百态。有的人失去生命,有的人丧失人生,人性的高贵与卑劣展露无遗。为什么会有悲剧发生?我想写出来大家一起追根溯源。

问: 您是因为写作而会去主动回忆或关注很多自身经历和身边人的故事,还是只有在经历某些特别的事情、听闻身边人的经历、感受到某种特别的情绪后才会去记录和书写的呢?

答: 有些人、有些事,我认为即便没有写作平台,没有读者,我也是要记录下来的,我想让他们在我心里留得更久一点。幸运的是刚好有这么一个平台,我就更想做好这件事。

问: 作为一个非虚构写作者,您会怎样看待自己叙述中的真实性?对于所记述的事情,尤其是自身回忆或多年旧事,您会怎样保证其中细节的真实、还原呢?在沟通的过程中,编辑对稿件的真实性有哪些建议和要求呢?

答：我想做到无限接近真实，但自己毕竟不是一台摄像机，会有自己的看法和见解，我得承认，换作另外一个当事人来讲述，可能会与我所写的有偏差，但我希望是认知问题，而不违背基本事实，比如有人跟我讲——事情确实是这样的，但不是你所理解的那样。

关于自身旧事，我尽量写有群体记忆的，没人记得，就将自己印象深刻的事写出来，模棱两可的很少写。比如我写婶婶喝农药自杀，出殡时村里有人在桥上阻拦，这是大事，记得的人很多。她临终前，交待我的话，只有我俩在，但于我而言，同样是大事，尽管我很小，但仍记得很清楚。我的童年过得比较动荡，很多事看似只是几句话，却可能是我哭哭啼啼好几天，甚至好几年记下的事，我倒是宁愿选择统统遗忘。

问：完成写作后，您笔下的描述对象会看您发表的稿子吗？他们怎样评价您笔下的他们和您的作品呢？能结合具体稿件说说吗？

答：有些人会看，也有人永远看不到了。看过的人有说很有意义的，也有生气的，甚至否认基本事实的。我写13岁的男孩何以为家，男孩的母亲就通过别人带话给我，说她不是那样的母亲。我最为感动的是，我写过一个杀人犯的孩子文文，他看过我的稿子后，斩钉截铁地说道："放心，蔡老师，我一定不做坏人。"我说你不怪我写了吗？他反而安慰我："别人嘲笑我、欺负我，蔡老师就没有，是在替我说话，我们这种人是没人说好话的。"他现在成了一名教师，我送他去实习时，他还没忘记，讲自己"说到做到"。

还有一个苦命的当事人，被亲生母亲卖了多次，生了七个小孩，最后她捅了自己母亲七刀。她说看我的稿子多少有点吃力，要查字典，看了一周，终于懂了，给我打电话，一直在笑，对我说："真的是写我诶,不像妈妈说的那样,死了还臭一块地方呢。"我鼻子一酸,她反而还笑着安慰我,"我真的很开心,有人在替我们说话,明确说我不丢人,是个好妈妈,这得多幸运啊。"

自出狱后,她每年秋天都会背一袋自家种的新米来看我,说人难熬的时候,就要吃新米,要盼着有新的开始。她真心感谢每一个助她重获新生的人,包括抓她的警察、检察官、法官,以及监狱的管教,让我有机会再写写她,说:"我都没来得及在文章里和关心我的人说声谢谢。我们现在的日子苦甜苦甜的,我们在工地做事,除去开支,目前攒了六万块钱,至少不会挨饿了。还有我们孩子成绩不是倒数,尽管是倒数也没关系。"

我感动的是,还有一些人和事,在继续生活着,或许更好,或许更坏。普罗大众,掷地有声。

问: 除此之外,您会出于写作需要而对身边人进行访谈或是询问事件细节吗?过程中有遇到过哪些困难?您有哪些类似的经历可以分享一下。

答: 需要进行访谈或是询问的。关于案件类的稿件其实访谈比较容易,关在看守所的当事人,案件询问是必要流程,失去自由的他们很多人都爱和外面的人交流,会主动找我聊;有些婚姻家庭的当事人,我坐在那里一言不发,他们都能说上老半天。当然访谈过程中也遇到过困难。有询问之前是同意的,后来反悔了,怕对自己形象不好,要求我进行美化,塑造成正能量,就会有冲突——不是每个人都能面对自己真实却有缺陷的过去。

问: 一般来说,您自己完成一篇稿件大概需要多长时间?您会有一些特殊的写作习惯、写作前期准备或是写作环境要求吗?

答：我没有特殊的写作习惯，对写作环境没要求，有空余时间就可以写。写作前期会在脑海里有一个大概的框架。我身体不好，经常生病，身体好的时候写一篇两三天即可。

问：您印象最深的一次写作经历是什么？为什么这么难忘？

答：倒也没有什么难忘的写作经历，反正都是一个人坐在电脑前打字，和时间一起流逝。

问：不论是对于某一篇稿件的书写还是对于您的整个写作经历来说，您有遇到过哪些写作方面的困难或是陷入某种困境吗？当时是什么情况？是什么感受？您是怎样应对的呢？您现在还会有类似的体验吗？

答：身体不太好，是我写作的最大困难。之前有过将近 5 年时间没有写作，是我主动放弃的。总是有很多商人钻营文字，乌烟瘴气，刚好被我遇上了。那时我还小，容易失望。

问：能分享一些您的写作经验或是写作技巧吗？

答：我不是属于那种有天资的作者，算是笨鸟先飞、勤能补拙一类的，同时极度缺乏自信，所以说不上有写作经验或者写作技巧。我是比较勤奋的人，即便生病也能写上千把字。

问：您会回看自己以前的作品吗？您怎样看待和评价自己的写作？您认为自己是一个什么样的写作者？

答：很少回看，更多的精力是投入在下一篇。我足够幸运，能将自己内心里的苦痛、幸福记录下来，而且还有人能看到。关于自己的作品，多少有些不好意思评价。我有一个喜欢的导演叫许鞍华，作家黄碧云评价许鞍华，说她的作品"不能逐一看，逐一看都会有缺点。整体看，就可以看到她的求索"。我想再努力一点，让读者看到我的求索，需要编辑和读者给我时间进步。我想做一个有追求的作者，追求作品整体的完善。

问：您认为一个好的写作者需要哪些能力？

答：基本的文字功底，独立思考，明辨是非，包罗万象，善良悲悯，还要有那么一点骨气。

问：作为一个非虚构写作者，写作对您来说意味着什么？

答：我失去的东西太多，现在写作对我来说，意味着拥有。是治愈，是陪伴，亦是寄托。

问：写作给您的生活带来了哪些影响和改变呢？

答：说实话影响不大。平平凡凡地过着生活，淹没在人海里。

问：您心目中一个好故事的标准是什么？

答：记录历史、开化思想、悲天悯人、梳理情感，我认为做到其中一点，就算是好故事吧。

问： 作为一个故事的讲述者，您怎样看待故事和您自身之间的关系？以及在您看来，故事对于您自己、读者和社会的作用是什么？

答： 故事是我个人的一部分，但我也希望它属于我的读者，能给他们带去一点慰藉就好。

问： 以您的写作经验，您试图通过作品表达和展现什么呢？可以结合您的某些作品具体地谈一谈吗？

答： 上面提到过，主要是想表达人的不同生存状态和内心。我写死刑犯，写被害人，写自己家人，都是想展现不同环境下，人的生存状态。小时候有一件事印象特别深，我眼睛近视，不得不配眼镜，再正常不过的一件小事，我戴眼镜后却被外公骂了，骂我人模狗样，逼我摘眼镜。世上就是有这么不讲道理的事，近视戴眼镜都是一种错。**很多人没有经历过，并不代表不存在。日光之下，总有各种稀奇古怪的事，都是人在承受。能否承受，怎么承受，为什么要承受，这就是人的韧性，所以我的写作是比较贪心的。**

问： 您所写的故事中，您自己最喜欢的是哪一篇？为什么呢？

答： 最喜欢写荻华婶那篇《她若唤我回家，我就回去》(2017年12月8日发表)，她是我惨淡童年里的一抹美丽亮色，第一次有了性意识，梦境里就是她。

问： 您会关注读者对您作品的评价吗？为什么？有哪些难忘的评价？这些评价会对您的写作产生影响吗？

答： 现在我不太关注读者的评价，赞赏或是批评都是他们的权利，谩骂或者无理就直接忽视。我有自己的经历和想写的东西，这点跟读者无关，他们不会对我的写作产生影响。

问： 在您看来，您的个人经历对您的写作带来哪些影响？相比于其他写作者，您觉得会有哪些独属于您个人的风格或特质？

答： 个人的经历只是经历，要写出来，还得看作者如何看待那些经历。其实是一个痛苦的过程，**审视苦难，得看透且能平静地接受，才开始细嚼慢咽地写作**。我尽量避免稿子里有情绪发泄，人一旦发泄就是不理智的，譬如我们骂人、购物、打游戏，甚至蹦极，其实都是理智缺失的，所以**写作于我而言，是良药，是治愈**。实在要找一个独属于我个人的风格，应该就是，我在稿子里经常哭，流过很多眼泪，因为我这些年，就是经常在哭。

问： 在您看来，好的非虚构作品是什么样的？有哪些具体的标准和要素吗？

答： 关于创作本身，我希望是自由的，不想设太多条条框框。我个人觉得当我们看到一篇稿子，发自内心地说"这个好"，那就是好作品，具体的标准和要素编辑应该更能总结。

问： 您个人喜欢什么样的写作者呢？可以分享一些具体的写作者及相关作品吗？他们个人或作品中是什么打动和吸引了您呢？

答： 我喜欢真诚的写作者。我在非虚构写作平台特别喜欢一篇稿子，不记得是谁写的，作者写自己的妈妈是个失足女。那是我唯一一次在别的作者的文章下留言，不过没有被放出来。

我被那篇文章所打动，是文章很坦率，无论是作者面对母亲还是自我，都没有遮遮掩掩。

问： 分享一些近期您比较关注和感兴趣的写作者／作品吧。

答： 最近在看陈寅恪的《柳如是别传》，米开朗基罗·安东尼奥尼的《一堆谎言》，蒋晓云的《掉伞天》以及《民法典》、注册会计师考试书籍。

问： 您想要／会考虑成为职业撰稿人／写作者吗？为什么？

答： 我认为职业撰稿人并不是一定要辞了职才算是，能坚持一辈子的事，就是职业的。

问： 写作会占用您的大量时间吗？您怎样平衡生活中的写作时间？

答： 我没有什么爱好，朋友也不多，是一个寡淡无趣的人。除了工作就是在家，下了班就想着回家，只要进了门就打死都不愿意出去，很少应酬，同事们都知道我很难约出去，平常也就是看书，看影视剧，写作。以前酷爱跳舞，现在偶尔打"王者荣耀"，水平不行，带我的小姐姐们想骂又不敢骂我，很有意思。只要身体没有问题，我是有时间写作的。

问： 近期您有哪些写作计划？有哪些关注到的或是感兴趣的写作话题？目前会尝试写些什么呢？未来会尝试写些什么呢？

答： 写自己想记录的，案件类的，个人经历的。另外有两个小故事，我想以虚构的形式写下来。未来如果还能给我时间的话，应该会写虚构的，剧本之类的，还想写点专业学术性的东西。

问： 您怎样评价非虚构写作平台？

答： 是开放、专业，尊重作者、敬重作品的平台。我好喜欢，我希望编辑守护好它。

问： 对于刚开始尝试或者想要尝试非虚构写作的作者，您有哪些建议吗？

答： 将尝试变成习惯，写下去，一直写下去，反正又没有副作用，写着写着就会发现自己可以的，像我一样勤奋。

北落师门

好的非虚构写作是具传奇情节的真实故事

【作者档案】

北落师门,八〇后,本科毕业,银行职员。从事非虚构写作年限:6 年。

问: 您最早开始写作是什么时候?当时是什么契机呢?

答: 青少年时代我的阅读量还是挺大的。每个人都有表达的欲望,上中学后我开始模仿喜欢的作家,比如爱伦·坡、柯南·道尔等,写很不成熟、很短的小说,只能算是练笔吧。参加工作后我做了好多年的行长秘书,单位人人都称赞我是秀才。但公文材料写作真是一言难尽,可以说毫无成就感。有一天我突发奇想,若干年退休后我的得意作品是什么——"××行长在年初工作会议上的讲话"?于是 2013 年我开始利用业余时间写一部长篇网络小说,到 2019 年停更,大约写了 120 多万字。

问: 从开始写作以来,您的写作内容都是围绕什么?以您自己的感觉,写作过程中的内容有哪些变化？这么多年过来，您在写作过程中的心态有哪些不同？

答： 引导我写作的明灯是阅读。起初就是模仿，中学时读鲁迅晦涩难懂的《故事新编》，痴迷福尔摩斯，爱伦·坡的侦探、惊悚故事，光怪陆离的科幻小说。读得多了就开始动笔模仿写这类故事。我一直认为写作是需要天赋的，骆宾王七岁的《咏鹅》，很多文人七十岁也写不出来。但达不到曹雪芹的高度，做一个普通的作者还是可以的。

我觉得能读得进去书的人就能写作。很多人在酒桌上把一个段子讲得非常精彩，一让他落实成文字就叫苦连天，其实是一种对文字的畏惧。多读多写，写得丑陋再慢慢修改嘛。起初我难以驾驭较长的故事，凭偶然跳出来的灵感开了头，后面发现难以自圆其说就停了笔，留下不少未完成的故事。后来的作品能够发表了，这让我具有了一定的信心，也更愿意花精力投入到写作中。辞去银行中层干部职务后，写作让我的生活平添了另一种实现自我价值的希冀。

问： 是什么动力支撑您持续写作呢？

答： 以前的工作很繁忙，偶尔有精力打打游戏。随着年龄越来越大，游戏玩不动了，职务也辞去了，多出不少空闲时间。我这人不抽烟，不爱喝酒，不喜欢嘈杂的娱乐场所，除了写作真不知道自己还能干点什么。**如果颈椎保护得当，写作可是一个非常健康的爱好呢。写作又经常碰到自己的知识盲区，不得不持续学习充电，深度思考也能帮我体悟人生。** 我常常想，要是读大学和工作的前几年一直坚持写作就好了。

问： 您有经历过专业的写作训练吗，能分享下当时的经历吗？您觉得此类经历对您自己的写作有哪些影响和启发?

答: 我没有经历过专业写作训练。我的学生时代是靠大量阅读,作文写得还行。工作后我当过六七年的秘书,给领导写材料,所有的材料都有固定套路,跟写作小说、故事没有什么可比性。我无论是当学生还是做秘书都是一个不那么规矩的人,总爱加入一些另类的元素。后来写网络小说没什么成绩,但写了一百多万字让我对写长篇不那么畏惧,也养成坚持的习惯。发表多篇非虚构作品让我觉得自己的写作还是能够被人认可的,让我很欣慰。

问: 您是通过什么途径知道非虚构写作平台的?第一次投稿是在什么时候?还记得当时是怎样的心情吗?之前有过其他平台的投稿经历吗?

答: 我从高中时开始接触网络,大概是 2000 年左右时申请第一个四位数户名的 163 邮箱。2017 年我在办公室习惯性浏览新闻时发现一篇文章《1986,生死漂流》,立即被吸引住了,一口气读下来感觉荡气回肠。当时我的业余时间已经开始被短视频、直播侵蚀,好久没有看过如此雄文。但并没有给平台投稿的想法,因为这篇文章反而吓住了我,觉得自己难以达到如此高的水平。

2018 年刷到虫安先生写的监狱系列,恰巧我一个朋友在看守所待了一个月,出来时被剃的头发还没长起来,就迫不及待讲在里面那些事,和虫安的描述非常接近。我能共情到朋友倾吐的强烈欲望,觉得他善于写作的话或许也能在非虚构平台发表文章。回想自己常听见朋友、同事在酒桌上把一个经历或传闻讲得有声有色,引得众人哄堂大笑或唏嘘不已,如果能够落实到纸上应该都是不错的故事。

2018 年我刚辞去银行中层干部职务,有很多空闲时间,于是大胆萌生了自己动手写的念头。很荣幸的是我的第一篇投稿就被唐糖编辑关注，在她的指导下完成终稿并赶在自己生日前发表了，当时非常高兴。很快第二篇也发表了，对我的激励很大。之前我只发表过网络小说，除了单位内部刊物，几乎没有投过稿。

问： 您第一次投稿时是怎样的沟通过程？对于稿件，编辑给了您哪些建议？沟通过程中，您有哪些印象深刻的事？

答： 我第一篇稿子投到公共邮箱，收到过初审的通知，中间隔了春节假期，我又投了第二篇，不久就收到唐糖编辑的回信。加了微信，唐糖编辑指出我故事中的一些薄弱之处，比如故事的社会意义、人物行为的心理成因。我才明白不仅是要把故事写出来、写得好看，还要有更深刻的现实、社会意义。经过修改，稿件很快就发表了。沟通过程中，唐糖编辑非常专业，非常有耐心。在我从前的认知里，专业者往往有暴躁的脾气，显然唐糖编辑不是，后来发现这里的编辑们好像都很和蔼，相处起来很舒服。

问： 最初投稿的时候，您是怎样理解和看待"非虚构写作"的呢？现在又是怎样看待和理解的呢？过程中发生哪些变化？有哪些具体的生活经历和写作过程对您产生了这些影响？

答： 小时候看电影、电视，屏幕上出现一行字：根据真实事件改编，我觉得非常有震撼力。很多时候我幻想如果有天大屏幕上出现"根据××（自己的名字或笔名）同名小说改编"，我正坐在观众座位里，将是一种多么奇妙的体验。后来我开始非虚构写作，对其有了更深刻的体会。

在我看来非虚构故事的结局往往是令人遗憾的。我的童年和少年时代接触的艺术作品大多是"王子和公主从此过上了幸福的生活",或"坏狐狸被猎人打死了"之类善有善报、恶有恶报的结局。而非虚构就不同了,我发表的第一篇非虚构作品《被领导惯出来的害群之马》(2019年3月8日发表),有读者评论道:"最终恶人没有受到惩罚……",看来读者读后不解恨,不过瘾。这是非虚构作者的无奈,因为现实就是如此,作者不能擅自更改人物的命运和终局。但恰恰是这种不完美的感觉,才不会让读者一笑了之,而是引发更深的思考,去思考怎样做才能避免再发生这种不好的事,努力完善这个社会,这是非虚构写作的胜利。

问: 后来为什么再次给平台投稿?

答: 我觉得这个编辑团队,都很和善,和作者的距离很近,虽然隔着网络,但讨论起作品和我与身边的挚友喝茶聊天差不多,一种很舒适的感觉。是个怀揣梦想的团队,并且会尽量为作者的利益考虑。

问: 您的写作主要是围绕职场和您的个人经历,为什么会关注到这些经历或故事,并想要写出来呢?或者说,是什么因素、怎样的故事激发起了您的写作欲望?

答: 相比祖辈和父辈,我们八〇后没有经历过波澜壮阔的动荡。主要经历就是学校、工作单位。非虚构写作显然不能超过作者的认知,所以我写的大多是关于校园、职场的故事,或是亲友经历的故事。

当遇到一个值得写的故事,我的初始反应是喜悦、兴奋,这是命运的馈赠。尽管有些故事令人唏嘘,比如这篇《全年无休的临时工》

（2019年5月3日发表）。郝师傅和我私人关系很好，他的去世令我有一种莫名的愤怒，但这种愤怒无从发泄。我上中学时被外校小混混侮辱了，总惦记找回场子，就去人家学校门口堵人。**但命运是个概念，无实体的东西。我的朋友被命运殴打了，怎么还手呢？没法还手。把故事忠实地记录下来，让读者知道还有这样一个普通人如此热烈地活过，是我的抗争，也是我唯一能做的。**

问：您是因为写作而会去主动回忆或关注很多自身经历和身边人的故事，还是只有在经历某些特别的事情、听闻身边人的经历、感受到某种特别的情绪后才会去记录和书写的呢？

答：没正式开始写作前只是谈资，觉得有些故事很有趣，讲给朋友听。开始写作非虚构后，我开始格外关注身边人和身边事。不但是我，我的好几位好朋友都养成帮我搜集故事的习惯。

问：作为一个非虚构写作者，您会怎样看待自己叙述中的真实性？对于所记述的事情，尤其是自身回忆或多年旧事，您会怎样保证其中细节的真实、还原呢？在沟通的过程中，编辑对稿件的真实性有哪些建议和要求呢？

答：我觉得非虚构写作就像是拨开一幅被雾遮盖的画，作者要还原它本来的样子。这也是我觉得非虚构故事要比虚构小说容易写的原因。虚构小说要给人物设计不同性格，语言风格，甚至要虚构一个世界、宇宙法则，且能自洽，这就需要深厚的功力了。

而在非虚构写作中，A的性格就是火爆，C本来就是自私小人，事件发生、经过、结局都是真实发生的，无需思考其中的合理性。一个大英雄被一个小兵杀死了，一位神一般的谋士在一件小事上翻了船，

这是真实带来的震撼感。 对于如何还原陈年往事，有个先决条件是，非虚构作者要有很好的记忆力。我能够回忆起四五岁时胡同口臭水沟的味道，中学第一次逃课是谁带的头，上大学第一天寝室哥们进来顺序以及他们都怎么挑选上下铺。但人的记忆偶尔也会出错的。

我觉得非虚构的编辑对故事有着相当敏锐的洞察力，或许是在常年的专业工作中修炼出来的。他们能够很容易指出我作品中偶然出现的记忆失真问题，因为那是不合理的。

问： 完成写作后，您笔下的描述对象会看您发表的稿子吗？他们怎样评价您笔下的他们和您的作品呢？除此之外，您会出于写作需要而对身边人进行访谈或是询问事件细节吗？过程中有遇到过哪些困难？您有哪些类似的经历可以分享一下。

答： 有几位非常要好的朋友会看关于他们自己的故事。有的朋友本来就是善于自嘲的成熟的人，表现得很宽容，我把他的一些不足、失败、失态的事情写出来也不会不高兴。

非虚构写作之初，我的几位好友都读了我发表的作品，甚至包括我的两位领导。除了称赞，我隐约感觉到他们对我担忧，觉得个人经历总是有限的，怕我昙花一现，之后难以找到好的题材。我觉得既然有个良好的开端，就应该坚持下去。我保持了积极的心态，个人的经历，同学、朋友、同事的经历，哪个人在人间几十年没有三四个值得讲述的故事？所以我觉得这些素材写五六十个故事不成问题。几位最好的朋友见我并非昙花一现，且以很认真的态度采写故事，慢慢也习惯帮我搜集一些不同寻常的人和事的线索，经常找我说："我从谁那又听到一个事，值得你一写。"

在写作中我不了解的事情或细节是一定会问的，甚至同样的问题我可能还会问另一个知情人。有的人会不愿意谈，或是回避一些问题。有的朋友会担心有熟悉的人看到，会对号入座。有人会要求把自己修改成人设完美的样子，但我不会照做。这是个棘手的问题。

问： 一般来说，您自己完成一篇稿件大概需要多长时间？您会有一些特殊的写作习惯、写作前期准备或是写作环境要求吗？

答： 一万字左右的短篇，写作状态良好时会非常顺畅，大约五六天就能完成初稿。但我也常碰到各种各样的困难，拖一个月左右一般也能完成。

问： 您印象最深的一次写作经历是什么？为什么这么难忘？

答： 写《二十年前，苍老师是怎么成为我们老师的》（又名《20年前，我与青春的缠斗》，2021年6月7日发表），我特意回到老家的县城重新走了一遍小学、初中、高中上下学的路。原来感觉很遥远的距离，似乎没走几步就到了。原来感觉很慢的时间，现在流速飞快。人老了，就不容易获得快乐了，人生的经历变多，是好事，也是坏事。

问： 不论是对于某一篇稿件的书写还是对于您的整个写作经历来说，您有遇到过哪些写作方面的困难或是陷入某种困境吗？当时是什么情况？是什么感受？您是怎样应对的呢？您现在还会有类似的体验吗？

答： 困难有三种。一是没有好的题材或是点子，我很少发生这种情况。就像是莫言先生说的，常常一个故事没写完，许多冒出来的灵感像是村里的狗在我身后不停地叫。二是写到一半就觉得写不下去了。我最多的时候有一天写一万三千字,浑然不觉写了一夜,一回头惊觉清晨的阳光从窗帘透射出来。也有几天只写几十个字的时候,感到自己很废物,觉得明明有很好的轮廓,却无法下笔千行。好不容易写出一段,读后感觉可以送到村东头厕所去了,一怒之下删成白板。幸运的是最后大多数还是写了出来。三是被退稿,比较伤自信。稿件刚写出来时作者往往都会有一种盲目的自信。像看自己生的孩子,怎么看怎么完美。冷却一段时间再读,一般会发现一些问题。要吸取失败的经验,下次注意。

问: 能分享一些您的写作经验或是写作技巧吗?

答: 我写作时一种情况是从头开始(我写开头比较容易,或许是从前写了太多烂尾开头的缘故),比较顺畅地写到结尾。一般是我非常熟悉的领域,非常熟悉的事,同时也是长时间腹稿积累的结果。另一种情况是只有一些碎片,我不知道该把哪一部分先说,哪一部分后说,我就把心中所有的东西都写出来,再慢慢调整、补充,形成一个比较顺畅的故事,像是拼图游戏。最后一种就是我知道应该写,但写不下去的情况。这时我就读,读别人的,读自己之前的作品,还是静不下心来,就去公园、校园走走,揣上个小本子,散步时有什么想法就马上记下来。我知道如果我在工地搬砖,拼命干就完了。**但写作需要进入一种状态,可遇而不可求,有时尝试像海明威那样站着写作,或许有奇效。**

问: 您会回看自己以前的作品吗?您怎样看待和评价自己的写作?您认为自己是一个什么样的写作者?

答：当我写作毫无灵感、毫无状态，觉得自己无法完成眼前这篇文章时，我会回看自己从前的作品。它告诉我，我曾经做到过，写出了一个完整的故事。当初也曾觉得写不动、不行了，但终究还是完成了。

问：您认为一个好的写作者需要哪些能力？

答：非虚构作者尤其是从自己身边写起的作者需要有良好的记忆力，另外一点是要会判断出哪些故事值得写。2019年我和朋友去丽江旅行，当时我的第一篇非虚构故事还没发表，我将注意力放在"艳遇"的话题上，结果证明走错了路。现在回头想想，当时我们的摩梭族导游，他们的走婚习俗在现代社会的境遇，以及那些脖子上挂着收款码，游客一下车就围上来兜售果干、晒得跟泥蛋似的孩子，才是该访谈的内容和对象，或许能写出一个较有深度的系列来。

问：作为一个非虚构写作者，写作对您来说意味着什么？

答：增加了一定程度的社会责任感，培养了丰富的共情能力，反思自我，反思时代、环境对故事中人的影响。我的那篇《全年无休的临时工》，对于郝师傅之死，很多人表现得非常冷漠。我却觉得非常忧伤，有必要，甚至必须立即写下来，否则这个情感慢慢就会被磨灭。**人的生命是有限的，通过非虚构写作能更深刻地感受别人的经历、遭遇、处境，从而深思、校准自己的人生**，有点像是我的"第二次时光旅行"。

问：写作给您的生活带来了哪些影响和改变呢？

答：在相当长的一段时间里我觉得自己什么都不擅长，无法把一件事做到极致，写作对我无聊的生活是一种很好的慰藉。写作可以让人慢慢磨炼技巧，一支笔，一个15块的键盘，没有年龄要求，任何时候开始都不会晚，这样的好职业或兼职上哪找去？在东北城市，多数人发到手的工资是不高的，一篇稿子的稿费，往往超过我到手的工资。

一些亲近文字、文学的同事、朋友还挺羡慕我的。如果我不写作，时间也都花到玩游戏、刷短视频上了。在银行大家终日都是什么营销、任务、报表，认识一个活蹦乱跳能发表作品的朋友，他们还经常一顿吹嘘呢。还有一点显著变化就是，坚持写作后，我读一本书、看一部电影时，也会比较关注创作者的表达方式，情节如何展开等技术层面的问题了。

问：您心目中一个好故事的标准是什么？

答：我给别人讲一个故事，情节非常离奇，那人多半会问："真的假的？"这几乎是一种本能反应。所以我认为好的非虚构作品应该具有非常离奇、曲折的情节，简直让人不敢相信，但那一切确实是真的。当然如果这个故事还能深深打动读者，带来美妙的阅读体验，引起读者的共鸣，涌起与人分享的强烈愿望就更完美了。还有一种则是从较为平凡的故事中掘出深思来，使人未必恍然大悟，添些生活的智慧也是好事。

问：作为一个故事的讲述者，您怎样看待故事和您自身之间的关系？以及在您看来，故事对于您自己、读者和社会的作用是什么？

答：我自认为写作中的我是比较客观的，也是比较冷静的。对于自己的缺点和做过的错事不掩饰，也不担心读者对我某些行为的斥责。我觉得我是可以被批判，也应该自我批判的。通过一场写作，能够让我重新审视故事中的"我"，像一个旁观者那样客观。而通过我的故事拨动读者心弦，引发读者思考，丰富社会知识，更深刻地认识人生，要能做到的话那更是很了不起的事情了。

对我来说，"写作是翻越心灵的群山"。群山是没有尽头的，而写作则是一场战胜自我、洞察自我的修行。

问： 以您的写作经验，您试图通过作品表达和展现什么呢？可以结合您的某些作品具体地谈一谈吗？

答： 我笔下主要都是小人物的故事。在统计学上他们是如此类似，单拎出来看人生却又大不相同。往小里说我想将这种不同展现给更多的人，往大里靠，或许可以说通过历史激流里的一片树叶，管窥一个时代对底层民众的影响和烙印。比如《二十年前，苍老师是怎么成为我们"老师"的》这篇文章，所述段超的问题到底是当时社会、家庭的观念造成的，还是其自身造成的，或是两者皆有？

问： 您所写的故事中，您自己最喜欢的是哪一篇？为什么呢？

答：《二十年前，苍老师是怎么成为我们"老师"的》，这篇叙述了我从少年到青年令人眷恋的旧时光，也是平台公众号我的所有作品中阅读量最高的一篇。我觉得这篇文章写出了那个时代的一些风貌，我是一个恋旧者，觉得"钢铁时代才是黄金时代"。

问： 您会关注读者对您作品的评价吗？为什么？有哪些难忘的评价吗？这些评

价会对您的写作产生影响吗？

答：会的，我会尽量看每一个读者的评价。我在《全年无休的临时工》下看到这样一句评论："谢谢你，一个有良知的人，还能为这么普通的劳动者写篇文章纪念一下。"我深受感动，被鼓舞了。**我知道我的作品触动了这位读者，他的评论也感动、激励了我。那一刻两个素未谋面的陌生人心灵连通了。**

问：在您看来，您的个人经历对您的写作带来哪些影响？相比于其他写作者，您觉得会有哪些独属于您个人的风格或特质？

答：我小时候除了出去野外，娱乐项目太少了。外公的书、父母的书我读不太懂也硬读，大量阅读使我的学生作文成绩还不错。后来工作没几年就当秘书，起码训练了我把一段文字捋明白、把领导的口述落成书面语言的能力。在非虚构写作中，我的银行经历显然占了便宜。很多人认为银行业很神秘，能从我的作品中看到一些相对专业的东西，一些行业的门道。在特质上，我觉得我偏爱把一些东西讲得很细，这既是优点也是缺点，恐怕有时会让读者觉得繁冗。

问：在您看来，好的非虚构作品是什么样的？有哪些具体的标准和要素？

答：非凡的真实。就像是《1986，生死漂流》，绝大多数读者是不可能有这样的经历的，震撼人心的故事用平静的语言讲述，更引发了"一言难尽"的思考，让读者久久难以忘怀。

问：您个人喜欢什么样的写作者呢？可以分享一些具体的写作者及相关作品

吗？他们个人或作品中是什么打动和吸引了您呢？

答：很有写作才华还极具个性的作者。我看过一篇报道说《生死漂流》的作者之一陈楚汉去修车了，干自己想干的事，无视别人的议论，也不被世俗观念所绑架，真是值得人敬佩。还有那种将毕生总结的真理融入作品的作家，比如写《基督山伯爵》的大仲马或是写《红楼梦》的曹雪芹。当然对大师只能高山仰止，仅是崇拜和赞叹而已。

另外我还非常佩服那种高产的作家，比如阿西莫夫、阿加莎·克里斯蒂，还有左手打麻将、右手写稿的张恨水，难以想象他们是怎么做到的。

问：分享一些近期您比较关注和感兴趣的写作者／作品吧。

答：《太平洋大逃杀》。之前我只看过网上一些作者写的"鲁荣渔2682号惨案"，找到杜强先生的原版，读了好几遍感觉很厚重，有深度，真不愧是顶级的非虚构作品。最近还重新捡起从前读大部头的习惯，搞了本纸质的《堂·吉诃德》看。

问：您想要／会考虑成为职业撰稿人／写作者吗？为什么？

答：这是我最主要的梦想之一，对我来说这条路并不容易。很多职业作家很有天赋，一动笔就大师级的，自然也就不担心温饱。普通的写作者很难放弃有稳定收入的工作，搞不好是要饿死的。除非通过自己的作品获得相当可观的收入，足够覆盖他原来的工作收入，才有安全感，我也概莫能外。

问： 写作会占用您的大量时间吗？您怎样平衡生活中的写作时间？

答： 确实占用很多时间，但并不是说这些时间我都在敲键盘。我在上班的路上可能在打腹稿，构思或者完善一些情节。我每周有五六天，每天花费三四个小时写作，空闲且有状态时连续作战十个小时也是有的，但很少。写到午夜是常事，如果第二天上班，我会收敛一些。当然也有连续两三天写不到几百字的情况，我的一位同样热爱写作的领导说"你不吸烟，会少很多灵感"。其实在花费精力写作前，我就爱喝咖啡，每天一杯，现在控制在每天两杯。最难得的是我的领导知道我写作的事，给予我很多照顾，分配给我的工作不繁重，这也是我的幸运，对此我非常感激。

问： 近期您有哪些写作计划？有哪些关注到的或是感兴趣的写作话题？目前会尝试写些什么呢？未来会尝试写些什么呢？

答： 除了非虚构短篇，我也想尝试半虚构、纯虚构、科幻小说。近期我计划写一部以银行金库盗窃案为背景的半虚构中长篇小说。现在非虚构写作对我来说不那么困难了，虚构和半虚构小说比较难搞定，有时会出现难以自圆其说或者不好解决的情节，就暂停下来，这样的半成品太多了，多到令我有些恼火。

问： 对于刚开始尝试或者想要尝试非虚构写作的作者，您有哪些建议吗？

答： 敏锐的观察力，好的故事，文笔并不是非常重要。

温手释冰

真实与自由的表达给予我顿悟和疗愈

【作者档案】

温手释冰,六〇后,中专毕业,餐饮行业从业者。

从事非虚构写作年限:6年。

问: 您最早开始写作是什么时候?当时是什么契机呢?

答: 最早开始写作是中专毕业参加工作以后。单位总局有一份《武汉港口报》,是企业报纸,每周一期,每一期都有一个版面的文艺副刊,散文、诗歌、小说都有刊发,作者都是整个总局下属各单位的职工,以年轻人为多数,喜欢文字的我就试着写稿、投稿,写的只是一些日常的生活感悟,编辑老师将它归类为"散文"。感恩我的第一任编辑老师,几乎没有枪毙我的任何一篇投稿,几乎每一期副刊都会采用一篇我的文章,并且从文章的遣词造句和框架结构方面,都给予了很多的指导,让我了解和学会了什么是真正的写作,对写作有了更多的自信。

问: 从开始写作以来,您的写作内容都是围绕什么?以您自己的感觉,写作过程中的内容有哪些变化?这么多年过来,您在写作过程中的心态有哪些不同?

答: 给企业报纸写稿和投稿,贯穿着我恋爱、结婚、生子的过程。那时岁月静好,写的都是风花雪月的心情,现在看来多少有点"为赋新词强说愁"的样子吧。后来的生活多磨难,提起笔来又有一种"却道天凉好个秋"的淡然。

  这么多年过来,文字成为我记录生活的最重要方式。我从关注自己内心,到关注周遭的生活,写作的过程也是我人生历练的过程。我用文字表达生活中的自我,也在真实的生活中经由这些文字的指引,去做更好的自我。

问: 是什么动力支撑您持续写作呢?

答: 在生活最困顿的时候,因为时间与精力不够用,我曾经数度放下写作。每当一段困顿的阶段过后,我发现我必须用文字将内心的种种情感宣泄出来,并且在文字中找到深埋在心底的对生活的不肯放弃,然后才能以比较平和的心态,去继续后面的生活。而当这些文字发表出来的时候,读者共情的反应让我觉得我在这个世界不是孤单的,文字是我与世界联系的最好方式。

  写作对于我来说,是一种治愈。对于读者来说,阅读也是一种治愈。文字最终的意义,便是记录、表达,以期共鸣,这种文字与生活相濡以沫的存在,让我无法舍弃对于写作的热爱。

问: 您有经历过专业的写作训练吗,能分享下当时的经历吗?您觉得此类经历对您自己的写作有哪些影响和启发?

答：很遗憾因为家庭的原因没有能够上大学。我所有的写作学习，都是从阅读和投稿时每一位编辑老师的指点而来。十多年前，我先后加入了武汉市作家协会和湖北省作家协会，并连任两届武汉市作协签约作家，经常有机会参加作协组织的专题活动。2015年5月，在一次为期二十天的创作笔会上，我有幸听取了几个大型文学期刊编辑老师的讲课，也与真正的作家老师朝夕相处，交流颇多。这次笔会也许是我为了写作而做的一次尽情的投入，使我对于文字的记录与表达，有了一种顿悟：它完全可以更加唯美与细致一些。

于是我开始尝试学习写小说，以《肤如凝脂》这篇短篇小说投稿《芳草》杂志。我一直偏爱"肤如凝脂"这个成语，认为它其实代表着一颗未染世尘的初心，然而一颗初心总要经历痛苦，在不断的自我包容与劝慰下，才能渡过红尘中某些劫难，让人生豁然开朗。于是我写了一个女孩子的故事。感恩《芳草》杂志选用了这篇小说习作，在当年年底武汉市作协的一次会上，我遇到了它的编辑老师。她说，《芳草》为什么要用你这篇作品，因为你是在走心地写，而现在真正走心写字的人，不多了。

在发表了几篇小说之后，我又陷入了困惑：这种技巧诸多的写作，又有对现实生活多大的直观记录与表达的功能呢？

问：您是通过什么途径知道非虚构写作平台的？第一次投稿是在什么时候？还记得当时是怎样的心情吗？之前有过其他平台的投稿经历吗？

答：之前没有给其他平台投过稿。2019年底身边一位写作的老师推荐给我一个约稿征稿公众号，平时也没怎么关注里面的消息。2020年1月，武汉关闭了离汉返汉通道，人们有太多太多的经历需要记录，有太多太多的情绪与情感需要表达。而这时，那个公众号上，发出了一个名为"我们的战争"的特辑征稿启事:"这是一场战争,在新年的伊始,爆发在每一个普通的,平凡的中国人身边。"作为武汉人,作为受影响最大的餐饮行业的经营者,在那些足不出户、只能通过网络和电视看见外面世界的最恐慌的日子里,仿佛是在黑暗中找到了一个可以倾诉的出口,我一口气写下了我的家庭和餐厅在这场灾难中所遭遇的一切。

经历的时候,人的思维是麻木的。用文字写下来的时候,才发现,每一个武汉人的心,一定是很痛很痛的。

问: 您第一次投稿非虚构写作平台时是怎样的沟通过程?对于稿件,编辑给了您哪些建议?沟通过程中,您有哪些印象深刻的事?

答: 第一次是投到平台的投稿邮箱里,第二天跟我对接的是唐糖老师。她说她在刷邮箱的时候,看到了我的投稿,觉得这个选题好,她希望通过这篇文章,让读者能够更多地了解到这次疫情对中小型餐饮业的影响,所以建议多加一点有关餐饮的细节。比如华南市场供货商的命运,比如钟南山院士公布人传人的第二天,店里客人退单的具体情况,比如闭店以后对库存原材料的处理问题,等等,等等。我按照唐糖老师提示的思路,进行了大篇幅的修改。

稿件过审以后,唐糖老师又给了一个建议:"我明白你是想写你作为餐厅老板在疫情后的工作和家庭生活,但如果你是从一个行业亲历者的角度来写的话,可以再加强一些对疫情后餐饮行业受到冲击的叙述,以期引起读者更多的反思和关注。"于是我又进行了第 N 轮的修改,也让作品完成了从关注小我到关注众生的升华。

现在想来,我的初稿充其量只是一个非常主观的以时间为轴的流水账。从 1 月 31 日投稿的第二天开始,到 2 月 7 日正式发表出来,唐糖老师以敬业与专业的精神，几乎是手把手地指导成就了这篇作品，为读者呈现了武汉餐饮人在这场疫情之中的伤痛与希望，也使我在一次次修改的过程中，学习了非虚构作品的写作方法。

问：最初投稿的时候，您是怎样理解和看待"非虚构写作"的呢？现在又是怎样看待和理解的呢？过程中发生哪些变化？有哪些具体的生活经历和写作过程对您产生了这些影响？

答：在没有投稿之前，我在阅读学习时了解到"非虚构写作"这个词，以我肤浅的理解与认识，非虚构写作无非是对生活原原本本的记录，一字一句都是对某些细节的真实还原，是一种类似于纪实文学的写作。第一次投稿发表后，我关注了平台每一天晚上九点零五分的更新。同时在接下来一篇又一篇给它写稿投稿的过程中，**我对"非虚构写作"的理解有了一定的深化：相对于小说和散文可以虚构的自由，非虚构因为必须直面真实的生活场景，作者需要有一个更加强大的内心，去走向生活的更深处。**

写作《这人世间所有的春天，都属于汉口二表哥》（又名《汉口二表哥的春天》，2020年5月22日发表）这篇作品时，一开篇便是对二表哥那间老房子结构的描述。我初稿写的是"房子是逼仄的"，但是唐糖老师画了一个房子的平面图，拍了发过来，问"房子的结构是不是这样的"，希望得到更加细致的描述。于是我用文字还原了房子结构的每一个细节。完稿后才发现，这真实的房子结构的描述，为后来每一个有痛感的情节、细节的展现，提供了无须赘述的载体。非虚构写作，如果足够真实，会比虚构更精彩。

问：后来为什么再次给非虚构写作平台投稿？

答：第一篇非虚构作品发表的时间是 2020 年 2 月 7 日，武汉疫情最残酷的时候。一夜之间超五万的阅读量和上百条满是"加油"字眼的温暖的读者留言，治愈了我。转发到做餐饮的微信群里，也治愈了大家，让我感受到非虚构文字的力量。2020 年 4 月 8 日武汉解封以后，我陪母亲去看望在这次疫情中失去二儿子的姨妈，听到了二表哥的故事，于是写了出来，投稿给了唐糖老师，希望通过这个故事让读者能够更多地了解平凡的生命在这场灾难中的遭遇。

问：我们注意到您的非虚构写作主要是围绕疫情，近期有一篇是关于您之前另一本书的读者韦丽，为什么会关注到这些经历或故事，并想要写出来呢？或者说，是什么因素、怎样的故事激发起了您的写作欲望？

答：关于武汉疫情，写了三篇，最后一篇写的是复工复产的事情。也不是刻意为之吧，毕竟疫情蔓延的时间太长了，其间发生的事情太多了，有一种不写不快的感觉。感恩平台对于武汉疫情的关注，给我作品发表的机会，让更多的人了解武汉这座英雄的城市。

韦丽是我为儿子写的那本书的读者。因为同是母亲，因为同病相怜，又因为同是湖北人，我们在微信成了无话不谈的朋友。几年前我们一家人去广州看医生的时候，我们还在医院里见过一面。她显得比实际年龄年轻很多，很漂亮，很有气质，第一眼我就感觉，她除了像我一样是一位含辛茹苦的母亲，一定还是一个有故事的女人。后来有一次聊天，她给我讲了她与一位比自己小六岁的博士生的婚外恋情，讲完以后她问我是不是认为她是一个不正经的坏女人，我说不是的，这是一段有着前因后果的自然发生的感情。她发过来一个流泪的表情，说这段往事她从来不敢跟任何人说起，就是怕受到世俗的谴责。再后来，她会更多地讲这段感情发生的前因后果，包括她先生的出轨在前。

她不断地自责,又不断地宽慰自己。然后我就问她,是否介意我把她的故事写出来。其实我对这个故事的讲述,也是在对她作一种劝慰。**这篇非虚构作品,是我第一次全程听取主人公隔空讲述写出来的。当我写出最后一个句号的时候,我想,每个生命存在的状态是不一样的,无须苛刻每一个人。这种写作经历,其实是让我更加宽容地理解了生命的存在状态。**

问: 您是因为写作而会去主动回忆或关注很多自身经历和身边人的故事,还是只有在经历某些特别的事情、听闻身边人的经历、感受到某种特别的情绪后才会去记录和书写的呢?

答: 不会因为写作而去主动回忆或关注很多自身经历和身边人的故事,只是当这些经历和故事正在发生或者已经发生,对我的内心产生了前所未有的冲击的时候,我才有一种将它们记录下来的冲动。或者是与身边某个人相处的时候,感觉他一定是一个有故事的人,才会去关注。

问: 作为一个非虚构写作者,您会怎样看待自己叙述中的真实性?对于所记述的事情,尤其是自身回忆或多年旧事,您会怎样保证其中细节的真实、还原呢?在沟通的过程中,编辑对稿件的真实性有哪些建议和要求呢?

答: 从第一篇非虚构投稿开始,编辑老师对真实性的要求,就让我在以后所有的写作中,自觉地遵守着这一原则。因为所写的事件都发生在自己身上,变成文字只是一种记录。现实的离奇与戏剧性有时更胜于虚构,我认为生活的细节环环相扣,回忆的时候哪怕任何一个环节出现恍惚,后面的表达都会有一种接不上的感觉。

比如写《广州打工20年,徒留一场廊桥遗梦》(又名《她的广州版"廊桥遗梦"》,2021年1月28日发表)的时候,由于时间跨度比较大,对广州火车站、地铁站以及东方乐园这些地点投入使用的时间记录比较模糊,唐糖老师逐一进行了核实与纠正。如果是一篇虚构作品的话,也许某一个地点的误差并不影响故事的讲述,但是作为一篇非虚构作品,地点与时间的高度一致,恰恰可以向读者证明故事的真实性,同时也体现了非虚构写作平台对真实性的尊重。

问:完成写作后,您笔下的描述对象,像是您的亲人、韦丽,这些描述对象会看您发表的稿子吗?他们怎样评价您笔下的他们和您的作品呢?除此之外,您会出于写作需要而对身边人进行访谈或是询问事件细节吗?过程中有遇到过哪些困难?您有哪些类似的经历可以分享一下。

答:我会在作品发表的第一时间转发给相关的亲人和朋友看,也想知道他们对我的记录会有怎样的反响。比如同行业的朋友,比如二表哥的兄弟们,比如韦丽,他们有的是会心一笑:"这下好,全中国的人都知道我了",有的会哈哈一乐:"原来你认为我是这样的啊",韦丽说的是:"谢谢你帮我留下了这段记忆"。只有写抑郁症小妹的那一篇,我没有给任何身边的人看。我觉得父母亲年纪大了,已经接受了既成事实,那也是我心底的伤痛,无需再与身边人分享。

写二表哥这篇作品的时候,因为有一半的故事是听二表嫂讲述的,所以有时候是一边写一边电话或者是微信询问。那时武汉刚刚解封,亲人们刚刚完成了安葬事宜,二表嫂正处在一个需要倾诉的时间段,有时说着说着就哽咽直至失声痛哭。她不回避那些细节的回忆,甚至唯恐忘记了那些细节,这让我对于这篇作品的写作有了一种责无旁贷的悲壮感与使命感,行文的过程很顺利。

问：一般来说，您自己完成一篇稿件大概需要多长时间？您会有一些特殊的写作习惯、写作前期准备或是写作环境要求吗？

答：完成一篇稿件大概需要一周的时间。在准备写一个故事之前，我会花比较长的时间，在脑海中确定想要呈现的是一个什么样的主题，一遍又一遍地搭建一个比较完整的框架，然后在处理完手头近期必须处理的生活和生意上的琐事之后，留大概一周相对有闲的时间，每天大概两三个小时用来写作。每次打开电脑，我会从头开始，将前面写出来的内容修改一遍以后，再接着往下写。也就是说，一周后结束稿件的时候，第一天写的内容至少已经被检查了七遍。我认为这样会让自己更迅速地回到故事里，更好地写下去。稿件发出之前，我会加一个夜班，在相对安静的环境和安静的心境之中，对稿件作最后的打磨。而这时，常常会出现日后我自认为的点睛之笔。

问：您印象最深的一次写作经历是什么？为什么这么难忘？

答：印象最深的一次写作经历，是写二表哥的时候。因为二表哥的故事，与之前所看到和听到的许多不幸被感染新冠病毒的武汉人的遭遇，有着太多太多的相似之处，写一个人，就像是在写一群人。他的音容笑貌与我童年温暖的记忆有着太多的交集，而那些活着的亲人，还需要面对漫长的怀念和遗忘的时光，常常是写着写着，就流泪了。**而流泪的写作，总是令写作者难忘的吧。**

问：不论是对于某一篇稿件的书写还是对于您的整个写作经历来说，您有遇到过哪些写作方面的困难或是陷入某种困境吗？当时是什么情况？是什么感受？您是怎样应对的呢？您现在还会有类似的体验吗？

答：写得最困难的应该是投稿的第三篇稿件《闭店98天以后，与城市一起重生的武汉餐饮人》（又名《一个武汉餐饮人的闭店98天》，2020年10月5日发表）。五月底，在我的三个餐厅重新开业近一个月的时候，我就给唐糖老师投稿了。但是唐糖老师认为整个大的餐饮形势还未定格，特别是某些公众所关注的点和面仍有待转机，所以并没有很快给出回复。作为一名作者，当然是希望作品早日面世；作为一名餐饮从业者，在疫情并未完全结束的情形下，内心也确实有一种前途未卜的茫然。等待稿件的面世与等待生意的稳定，其间反反复复地修改，文字与生活水乳交融的感觉，从来没有如此体验深刻。

直到10月4日，这篇稿件才得以发表，而这时，也是重启正常生活过后，武汉餐饮生意恢复最好的时候。由此我更加深刻地领悟到，**严肃的非虚构写作对于社会是有一种责任的，它需要有一个时间沉淀的过程。**如果要说困境，应该就是对写作态度的一种高度约束的煎熬，一种对写作素质自我提升的痛苦磨炼。

问：能分享一些您的写作经验或是写作技巧吗？

答：我对写作最深刻的体会是，**能够打动作者自己的文字，就一定能够打动读者。**如果一个故事、一个人物让我怦然心动，那么，就赶紧写出来吧。我力图以诚实的态度、朴实的语言，去完成一篇有痛感的文字。另外在非虚构的写作中，我还会借鉴小说和散文写作的技巧，力求达到语言的美感。

问：您会回看自己以前的作品吗？您怎样看待和评价自己的写作？您认为自己是一个什么样的写作者？

答：我最常做的事情就是回看自己以前的作品。我觉得我的写作是一种比较感性的写作，还原着理性生活的本真面目，我希望让读者看了我的作品以后，觉得人生很美。我认为自己是一个认真勤奋的写作者。

问：您认为一个好的写作者需要哪些能力？

答：**我认为一个好的写作者首先最需要的是有一种能够被生活中某一个瞬间，某一个人的一句话、一个动作甚至一个眼神感动的能力。心若不感动，文字如何得以启程？**其次需要有一种强烈的想要把这种感动表达出来的冲动，一种不吐不快的气势。最后我认为写作者需要有一种对生活执着热爱的能力，无论顺境或者逆境，一个好的写作者应该都能从中发现生活之美。

问：作为一个非虚构写作者，写作对您来说意味着什么？

答：**作为一个非虚构写作者，写作对我来说，意味着我和我身边的人每一天的生活都是有意义的，它值得去记录，去表达。**我在写作中回顾过往，审视自己。在前面我已经说过，写作对于我来说是一种治愈，非虚构写作则让我更加勇敢诚实地直面生活。我在这些文字里看见自己和别人的悲伤与软弱，也在这些文字里寻求某种人生智慧和经验。好的非虚构写作意味着，人们在这个有着各种各样生存困惑的人间，可以有着一种真实与自由的表达，可以有着一种怦然心动的顿悟，从而有勇气继续行走在人间。

问：写作给您的生活带来了哪些影响和改变呢？

答：我帮助我先生做了近二十年餐饮生意，主要管理财务方面的事情，如果没有写作，现在的我会像很多生意场上这个年龄的女人一样，在锱铢必较的日子里把金钱当作衡量很多东西的唯一标准。写作使我成为一个天真的理想主义者，特别是近两年的非虚构写作，使我对身边的人和事更多了一种悲悯的情怀。在发表作品需要自我介绍的时候，我始终不变的一句话是：一手铜臭，一手墨香，笃信有文字的人生是不一样的。

问：您心目中一个好故事的标准是什么？

答：在我心目中，一个好故事的标准是能够真实地记录事件和人物，用平淡有力的语言，呈现故事需要表达的情境；无论故事是幸福抑或悲伤，呈现一种人性之美，即便其中有恶，那也是我们应该摒弃的。

问：作为一个故事的讲述者，您怎样看待故事和您自身之间的关系？以及在您看来，故事对于您自己、读者和社会的作用是什么？

答：作为一个故事的讲述者，我认为我笔下的文字是对自己或他人经历的一种忠实的记录。这种记录或许会带有某些主观色彩，但是至少表达着我对这个世界的一种态度。在我看来，故事对于我的作用，是在某种经历过后对自我的一种审视。对于读者来说，是通过阅读我所讲述的故事，体验一种不一样的人生，获得某种启示。**对于社会来说，我希望我的故事是对人生百态的一种美的表达，不管这种美是幸福的还是悲伤的，人生海海，人生很美。**

问：以您的写作经验，您试图通过作品表达和展现什么呢？可以结合您的某些作品具体地谈一谈吗?

答:我总是试图通过我的作品,表达一种生命与生命之间永恒存在的温情,展现一种人性之美。比如写在2021年春天的那篇《与一只猫的久别重逢》(2021年4月6日发表),这是即时发生在我家的一个故事。我的先生曾经因为对猫的不喜欢,抛弃了女儿从同事家领养回来的猫咪豆豆,而当时女儿因为对父亲的爱,容忍了与猫的别离。后来先生因为对女儿的爱,接纳了猫咪,如果他不接纳,便会使猫咪再次无家可归。豆豆重新回到家里,而女儿因为父亲对猫的接纳,对父爱有了更深层次的理解。猫咪豆豆是人类情感交流的载体,我试图通过这篇作品呈现给读者的,是一种在生存的困境与困惑之中,生命对生命的原谅、包容与爱护。

问:您所写的故事中,您自己最喜欢的是哪一篇?为什么呢?

答:在我所写的故事中,我最喜欢的是《这人世间所有的春天,都属于汉口二表哥》,它呈现了普通人在一场突如其来的灾难中的真实遭遇。这是我写得最动情的一篇作品,没有太多遣词造句上的功夫,完全是对生活一种行云流水般地还原,也最好地诠释了我对于非虚构写作的认知。我认为它10万+的阅读量不仅是对我写作的一种肯定,也让我认识到读者需要看到什么样的非虚构作品。

问:您会关注读者对您作品的评价吗?为什么?有哪些难忘的评价?这些评价会对您的写作产生影响吗?

答:从稿件发表的那一刻起,我会一直关注读者的评价,直到几天后没有更新为止。我认为一篇作品的价值，就是与读者产生共鸣。这种共鸣有时候是一种共情，有时候是一种质疑，有时候读者甚至能够完全一针见血地指出我的困惑之所在。比如写抑郁症小妹的那一篇《抑郁15年才确诊的她，毁了父母的好晚景》，有读者指出，其实正是包括我在内的亲人早年对于抑郁症的无知，没有在小妹发病最初给予很好疏导，才导致小妹的人生悲剧。这个评价令我反思良久，从主观的记录走向客观的自我批评，进而走进自我内心深处对于不幸生活的审视。我会全盘接受读者的评价，读者的评价越广泛，便说明这篇作品越接近真实的生活，会让我在下一次的写作中，更加忠实于生活。

问： 在您看来，您的个人经历对您的写作带来哪些影响？相比于其他写作者，您觉得会有哪些独属于您个人的风格或特质？

答： 我自觉个人经历比较简单，但是经历过上世纪末的国企改制，成为下岗工人，继而做了十几年的全职妈妈，然后重新走上社会成为餐饮行业从业者，其中有几年还经历了孩子生病绝处逢生的磨难。这些经历都成为我写作的素材，每一次作品的发表，都引起很多有相同经历读者的共鸣。相比于其他写作者，我想我最大的不一样，就是当我在记录这些遭遇的时候，我的情绪底色一直是积极的，态度底色一直是坚韧的，我深深地爱着我所经历的一切。

问： 在您看来，好的非虚构作品是什么样的？有哪些具体的标准和要素吗？

答： 在我看来，好的非虚构作品一定是要打动人心的，令人读后有所受益的。没有具体的标准，但是它一定是对生活最真实的记录。至于要素，那就是它的语言，一定要有一种厚重的美。语言的厚重，是对所记录的生活的一种尊重。

问：您个人喜欢什么样的写作者呢？可以分享一些具体的写作者及相关作品吗？他们个人或作品中是什么打动和吸引了您呢？

答：我个人喜欢生活在市井之中并且有悲悯情怀的作者。在非虚构写作者群体中，我比较喜欢索文和蔡寞琰的作品。索文的作品充满了人间烟火气，翻看了他的很多文章，都是以吃食串起人生百味，细节很有味道，所谓"人间烟火气，最抚凡人心"，比如那篇《红酒杯里的三个故事》（2016年6月25日发表）。蔡寞琰的作品总是在理性与感性之中寻求一种平衡，他的文字接近于虚构之美，但是他的故事却比非虚构还要非虚构，某些细节，读来令人触目惊心，比如那篇《两个保洁阿姨，带我逃出抑郁》（2021年2月25日发表）。

问：分享一些近期您比较关注和感兴趣的写作者/作品吧。

答：近期在看王鲁彬的散文集《如果有一颗心是自由的》。作者是央视女记者，她以这本书回顾了自己的成长经历，以及对这些经历的感受和思考。这本书自始至终贯穿着自由的主题。坦然诚实地面对自己，自由永远是自己创造的，而不是别人给的，只有拥有一颗自由的心，才能抵达自己想去的任何地方。我以为，其实这也是一部非虚构作品，那些感悟，在我的生活中似乎无处不在。

另一部比较喜欢的书是沈从文先生的非虚构作品集《我在温习你的一切》。这是一部记录了先生生命中某次湘西之行的文集，其中的文字有写给妻子的书信，也有描写湘西美景的散文，呈现了先生对自然风光和健康人性的赞美，以及对人生更温存的体验和更慈悲的认知，值得反复阅读。

问：您想要/会考虑成为职业撰稿人/写作者吗？为什么？

答：成为职业撰稿人，对于一名文字爱好者来说，是梦寐以求的事情。我曾经也是如此，但是现在不会考虑了。特别是学习非虚构写作以来，我体会到，在生活的深处凝视所得到的文字，比在远处围观所得到的文字，更有力量。

问：写作会占用您的大量时间吗？您怎样平衡生活中的写作时间？

答：因为做生意的缘故，写作占用我时间的比例是不确定的。忙的时候，也许好几个月开不了电脑，不忙的时候，也许每天会有两三个小时用来写作。特别是有约稿或者是灵感来临的时候，写作时间不会让步给做生意的时间。写作已经成为我生活不可或缺的一部分，再忙也会坚持。

问：近期您有哪些写作计划？有哪些关注到的或是感兴趣的写作话题？目前会尝试写些什么呢？未来会尝试写些什么呢？

答：在我看来，永远不会找不到写作的主题，因为生活的每一天，都会发生着令人意想不到的故事。

问：您有什么话要对编辑部说的吗？

答：你们搭建的平台是一个讲着俗气故事的大雅之堂，我有很多朋友都通过我的关注而关注了它。想对编辑部说的是,希望通过你们的努力,让更多的普通人有通过文字表达自我的愿望,因为普通人有了表达的愿望,才能够更加心平气和地活在尘世,看见人间,人间才会更美好。

问: 对于刚开始尝试或者想要尝试非虚构写作的作者,您有哪些建议吗?

答: 不敢说建议,只能说是一种体会吧:**身处这样的世界你会发现,你殚精竭虑的虚构,远远赶不上现实裂隙扩张的速度。生活本身是充满诗意与烟火的,相比这些况味,所谓想象力之类的东西,都是黯然失色的。**

问: 您还有什么不吐不快想要分享的吗?

答: 最后想说的是,感恩这个有着无限写作可能的时代,让普通人能够以非虚构写作的方式,表达自我,记录时代。我会做一个努力的写作者。

思思妈妈

写作像面镜子，使我不断梳理着自己

【作者档案】
思思妈妈，七〇后，法律界民工。
从事非虚构写作年限：8 年。

问： 您最早开始写作是什么时候？当时是什么契机呢？

答： 2000 年在成都的报社。当时我 25 岁，是记者。报社的计酬机制是 40 元一个稿分，完成 25 个稿分有 900 元底薪，比末位淘汰制还要残酷。小记者们看见新闻线索都要两眼发光，跟饿狼一样，在选题会上能直接抢起来。采访完成后大家围坐在大桌子旁边，在稿签纸上沙沙沙地爬格子。

那时候我们把写稿当成像吃饭睡觉一样正常的事情。"卡文""没有灵感"都是不存在的！有线索就赶紧写吧——凡是等灵感的都被末位淘汰了。

问： 从开始写作以来，您的写作内容都是围绕什么？以您自己的感觉，写作过程中的内容有哪些变化?这么多年过来,您在写作过程中的心态有哪些不同?您有经历过专业的写作训练吗,能分享下当时的经历吗?您觉得此类经历对您自己的写作有哪些影响和启发?

答: 前十年都写普法类和房产类稿件。用当时主编的话来说,普法是永远不会过时的。报纸就算是出本书给购房者,购房者还是会问最基础的问题。我记得有一次,我和另一名记者卡稿子了。那年我们参加了房交会开幕式,写了一篇开幕式稿子交上去要当头条,新来的责编拉长了脸,给我们打回去。他说:"这写的是什么!你们叙事的逻辑根本不对!"两个姑娘垂头丧气,把这稿子翻来覆去写了四五遍。一遍比一遍差,责编是欲骂无词,我们是欲哭无泪。眼看着就要开天窗,我们两个榆木脑袋突然地悟了——"这个责编是某某报过来的,他去年铁定也写房交会开幕的稿子啦!走,去抄!"我们两个摸进资料室,翻出去年今日的某某报,痛快地抄了一遍,除了时间和讲话人换一换,所有的结构都照旧。于是责编含笑过稿:"这个稿子怎么一下就顺了呢!"我们吃着凉了的馄饨,报以他一个谦虚的微笑,腹诽着:因为这是您老的手笔呀,每个人都看自己的结构最顺眼!

20 到 25 岁,我在律师事务所工作了 5 年。小律师也是爬格子的,证人证言,各种法律文件,我都是拧巴着写,引经据典,根据各种尺牍范本,不用四五个从句不放弃。每次交上一沓厚厚的稿签纸,别提多有成就感了。有一天老律师翻着我写的一篇"答辩状",大怒:"来!你给我读一遍!不喘气地读一遍!"我读不断句——一个句子半页纸。老律师恨不得扑上来把我脑袋里的水控出去:"你这样折磨法官,还指望让法官听你的?"那以后我慢慢明白,**真理都是简洁的。无论是法律文书,还是报社稿子,写作者总得说人话,并且对人说话。**但我从没有看过文学理论类书籍,也没有经过写作训练。

我想"叙事结构"不限于正金字塔也不见得是倒金字塔，它是你对着一群人讲故事。大到政府汇报，中到一本小说，小到一篇新闻稿，你如果能写得让别人愿意看下去，那就是还可以的结构。你如果能写得让人家眼睛亮起来，那就是好的结构。如果你能写得让读者们孜孜不倦，挖作者的祖坟，挖人物的祖坟，再考据搞出个"红学"，那就是前无古人后无来者的结构了。

问：最初投稿的时候，您是怎样理解和看待"非虚构写作"的呢？现在又是怎样看待和理解的呢？过程中发生哪些变化？有哪些具体的生活经历和写作过程对您产生了这些影响？

答："非虚构写作"就是写真事。这些年我在一家加拿大中文报社工作，也写人物专访稿件。写的时候真叫个痛苦呀，因为华人一旦要上报纸登专访，那简直，变成了"移民之光"。采访对象讲的全是伟光正的事，写出来让人顶礼膜拜的那种。但华人社区很小，我所在的城市只有 40 万华人，谁不认识谁呢？孔雀开屏调门太高，容易露出尾巴。常常是我在埋头打字，同事悠悠地甩出一句"他呀，我知道……他曾经……"，黑历史就出来了，让我打字歌颂得心虚理亏。

只有一个讲述者，只有一个视角的故事是虚弱的。它不能转动，经不起质疑，当然也没人有兴趣质疑它。除了被采访对象的家人和员工，恐怕没人想看第二遍。而非虚构写作不是这样的。不能只靠采访，因为人的言辞总是容易粉饰自己的，单一的眼光是无法穿透真相的。

问：我们注意到您的非虚构写作主要是围绕移民、豪门纠纷等，为什么会关注到这些经历或故事，并想要写出来呢？或者说，是什么因素、怎样的故事激发起了您的写作欲望？是什么动力支撑您持续写作呢？

答：疫情期间，加拿大政府出钱让停工待岗人员在家隔离。我当时很幸运地考进了一个公立学院，可以读一个加拿大的婚姻家庭法的文凭。加拿大是海洋法系，靠案例，背法条是没法通过考试的，只有读案例。其法律的逻辑是"法律规定了A，案例说BCD，所以我们要EFG"。法条是灯塔，案例是航道。

读案例真的是拷问灵魂啊！每天早上一睁开眼睛，啊，老天爷，老师又砸过来一大坨证人证言法庭笔录加判决。老公告老婆，老婆告老公，两人各说各的，把公公婆婆往里拽，还请律师，传证人，亲友过堂……法官们纷纷表态，下笔如有神，一写就是几万字。拿着这一大堆材料，要写概要，要谈自己观点，还都是英文的——我想去上吊。

我独坐愁城，椅子要把地板戳出个坑来。而且，班上没有一个中国人！这个专业不收国际生。我也不敢去问老师——万一暴露了实际水平被开除了怎么办？我有个笨办法，吭哧吭哧，先把它们翻译成中文，再用中文写概要，再把概要翻译成英文。

而这样也过不了学校的关！系主任魔音穿耳，就像20岁那年老律师在办公室里的咆哮："你给我说说，你这写的是啥！谁看了能一下子看懂！你再像这样写概要，就算你的专业课都过了，你的英语这个表达水平，我也不给你毕业！免得你去丢我们学校的脸！"如果学校同意退款，我真的想马上退学！为了我的学费，我只有坚持下去。

我像白居易一样，找我的西人邻居来看我的概要，当我的审稿人。一周四次，西人老夫妻在zoom上等着，我给他们讲案例："这个事，男的是个富二代，女的是个移一代，于是，然后，但是，终于……"我感到我在说评书。老爷爷和老奶奶不时打断我："这个男的有问题！""这个女的不该这么做！"在讲法官的判决理由时，我不得不共享屏幕，因为好些个拉丁文，我读不出来啊。

啊，法官大人，你为啥不肯用英语好好写下去呢？你为啥要从这个案例，引入那个，还要写拉丁语？看老爷爷和老奶奶，也是一脸的懵，也一样地读不懂，我心里好过多了。

有一天我突然发现，啊呀，这是好些个不同于"移民之光"的故事呀。法庭上，是不容单一视角的。法庭上，证据是会揭破灵魂的。法庭上，故事是可以转动的。那，为啥不把它们写成稿子呢！这才是非虚构呀。

问： 您是因为写作而会去主动回忆或关注很多自身经历和身边人的故事，还是只有在经历某些特别的事情、听闻身边人的经历、感受到某种特别的情绪后才会去记录和书写的呢？

答： 讲故事是个很好玩的事，常常我坐着打了几千字，感觉不到自己在工作，还以为刚才在玩。

问： 作为一个非虚构写作者，您会怎样看待自己叙述中的真实性？对于所记述的事情，尤其是自身回忆或多年旧事，您会怎样保证其中细节的真实、还原呢？在沟通的过程中，编辑对稿件的真实性有哪些建议和要求呢？

答： 要真实，就不能靠口述。当事人的口述，难免会美化自己的。就算是小说，大多数时候作者一写角色内心独白，真实性就崩了，要被主角牵着鼻子跑了。主角要往自己脸上涂粉打胭脂，会搞得故事一边倒。我只能凭借着大量的法庭材料，结合偷偷摸摸的律师采访，复原真相。还原的人物，不是"移民之光"，只是你在超市里，海边，公园里碰到的寻常富豪。

在加拿大，《刑法》里是没有致富之路的，致富之路都在《民法》里。法庭故事里聪明人可多了，关键是你一眼还看不出来，常常是读了十几万字,写故事,写着写着,我的一万字完成了,都交上去了。午夜梦回,突然想起:"我的天,这个人当年这样做,原来可能是这么想的!"**草蛇灰线,伏脉千里。如果没有法律的眼睛来洞察幽冥,又怎么能看穿世道人心?** 只有把稿子撤回来,重新再写,重新再编。通过写作,我感觉我的智商有了显著提高……

问: 完成写作后,您笔下的描述对象,像是厨师老金,他们会看您发表的稿子吗?他们怎样评价您笔下的他们和您的作品呢?能结合具体稿件说说吗?除此之外,您会出于写作需要而对身边人进行访谈或是询问事件细节吗?过程中有遇到过哪些困难吗?您有哪些类似的经历可以分享一下。

答:《一个厨师的移民梦,错在哪一步》(又名《一个中国厨师的短暂移民梦》,2020年6月4日发表)的主人公老金,他把我拉黑了。在他看来,他是老老实实要打个工,只是性子急了一点,谁知道就被奸诈的加拿大海关诈了!他希望我写个曝光稿,让他自己的故事像匕首投枪,直插海关的心窝子。结果读者们纷纷表示:"哈!哈!哈!活该。"老金怪我立场不对,把我拉黑了。老金打工的那家店,我也再也不能去了。"这写的是什么玩意儿!"老板的眼睛估计要把我扎个洞,"你还想吃白切鸡?自己做去!"写作者是活该要断六亲的——张爱玲为啥人缘那么差,她常年出卖亲戚!

我的笔并不是匕首投枪,也不是讲述者的传声筒。这样写下去,只有破帽遮颜过闹市。《贱卖了北京的房,我在温哥华养了俩吞钱楼》(又名《在温哥华倒腾房子,我越买越穷》,2020年7月14日发表)的主人公于工,也看文,也看评论。他怒发冲冠:"这些读者才是精神上的加拿大人,个个都说政府好,该出空置税打击房价!我就投资要赚个钱,他们就是仇富。"房产经纪Tomas被自己的顾客追着问:"我看这个就像你呀!"他们两口子不敢给我点赞。我曾经写道,于工自己周末去给出租屋割草,一堆读者留言是:"骗我吧,这么富还自己割草……"其实,于工非但自己割草,还自己学会了修楼梯。他把出租屋的楼梯重建,发了过程图片过来,希望我去发到读者的脸上。

唯一对我的写作表示还满意的,是《在加拿大撵租客的45天》(2020年12月11日发表)的陪读妈妈。她可能是故事里唯一的正面人物,唯一没有被评论区喷的。但陪读妈妈的女儿表示不满:"阿姨你一点也没有写我。好像我一点用也没有,什么忙也没帮似的!我也帮着打扫了卫生的呀!"可是,姑娘,你的妈妈挺起了薄薄的肩膀,挡在你和世界之间。那些恐惧,她确保你一点也不曾知道。

问: 一般来说,您自己完成一篇稿件大概需要多长时间?您会有一些特殊的写作习惯、写作前期准备或是写作环境要求吗?

答: 读案子要很久,写故事就只需要一两天。常常是锅子上炖着东西,法律课上挂着一堆作业的截止日期,我在埋头写稿子,感觉自己是偷空在玩。我喜欢看编辑的修改稿,每次存一个,琢磨着编辑的思路。我也喜欢看评论,有时候读者的评论也是戳破了我没发现的真相。

问: 您印象最深的一次写作经历是什么?为什么这么难忘?不论是对于某一篇稿件的书写还是对于您的整个写作经历来说,您有遇到过哪些写作方面的困难或是陷入某种困境吗?当时是什么情况?是什么感受?您是怎样应对的呢?您现在还会有类似的体验吗?

答: 有时候我的稿子会被枪毙掉,我恨不得到后院去给它开个追悼会。有一次我写一个山东女商人,她兴致勃勃到卑诗省来置业,结果被坑了。我讲啊,讲啊,西人老爷爷和老奶奶会主动上线催我"后来怎么样啦?"但这个故事写了一万四千字,无法进行下去了。编辑无限惋惜,我比无限还加两倍的惋惜。这个故事里面,太多敏感的细节,法官并没有挑开。所以故事是真的,结果是真的,但是没有了过程的真实。我和西人老爷爷奶奶都有很多猜测,我们猜测几乎还原了整个故事,但猜测不是"非虚构"。

我的稿子就像一个做砸了的提拉米苏,手指饼干不脆,奶油不甜,腻腻歪歪的一堆。这件事告诉我:下次遇到法官绕道真相的,我也绕道走!

问: 能分享一些您的写作经验或是写作技巧吗?您会回看自己以前的作品吗?您怎样看待和评价自己的写作?您认为自己是一个什么样的写作者?

答: 我不是一个专业的写作者,只是喜欢玩着写故事而已。会常常看自己发过的故事,有的稿子,我看着想:"编辑把这件衣服的腰身裁出来啦!"有的稿子,过了很久我再去看会感慨:"其实这里还有个细节可以填进去的!"我仍然在中文媒体工作,从不敢用思思妈妈这个笔名。万一,有一天和我的法庭故事男主女主狭路相逢,我一定会板起一张脸:"谁,谁是思思妈妈?也是写稿子的?不认识!"

问: 您认为一个好的写作者需要哪些能力?

答: 说人话,对人说话。

问: 作为一个非虚构写作者,写作对您来说意味着什么?写作给您的生活带来了哪些影响和改变呢?

答： 有时候我想，如果系主任就是不肯给我发文凭，我怎么办？我还怎么给思思做榜样呀？都说人过三十不学艺，我这么大岁数还读书！思思妈妈有点自卑，因为在加拿大四年了，我并没有能够做到收支平衡。转念一想——很多老移民也没有做到呀！我翻开"思思妈妈合集"，顿时有了底气："思思妈妈是个作家！还是非虚构的那种！"我这辈子是没法变成"移民之光"了，但是我创造了精神财富呀！

问： 您心目中一个好故事的标准是什么？

答： 玛格丽特·米切尔的《飘》。它在北美的文学地位有点高，这边的孩子，毕业论文都要写《飘》，图书馆里一排各种出版的同人作品（中国只出版过一两本，不如这边的粉丝狂热）。亚特兰大有一堆景点，网上有同人社区，作家们给思嘉丽和白瑞德写了无数种和解方案，都出版的话能绕图书馆一圈。《飘》是一个真正的好故事。这个故事是作者在"出卖外婆"，如果女主复生，她会掐死作者的。作者并没有高深的写作技巧，也没有晦涩的词组，似乎就是流水账的结构，但主角活了——他们穿越政治正确，轻松挣脱了作者为他们设定的命运。

问： 作为一个故事的讲述者，您怎样看待故事和您自身之间的关系？以及在您看来，故事对于您自己、读者和社会的作用是什么？以您的写作经验，您试图通过作品表达和展现什么呢？可以结合您的某些作品具体地谈一谈吗？

答： 移民加拿大的人，朋友圈就是岁月静好，跟《读者》似的。在他们眼里，加拿大是个花更香，人更善良，风和日丽的国度。但加拿大有一套建立在法律之上的严密逻辑，不懂就要吃亏上当，不懂就要付出代价。例如，在加拿大没有明目张胆的种族歧视，种族歧视远不如阶层歧视严重。一个送外卖的白人，他能去歧视一个开跑车的、住豪宅的中国富豪吗？但当他们有了足够的选票，只需要一个法律出台，一个税出台，中国富豪们就会被撵得满山跑了。华人富豪就像三岁小孩手持黄金过闹市，不被抢全靠运气。西谚有云"**铁手上要戴上天鹅绒手套**"。是的，风和日丽是天鹅绒手套，我的文字，就是掀开这手套的一角，瞥一眼铁手。

问： 您所写的故事中，您自己最喜欢的是哪一篇？为什么呢？

答： 我很喜欢《他有很多房子，但是没有一个家》（又名《霸道总裁的妻离子散之路》，2021 年 3 月 3 日发表）。在中文媒体上我做过这条新闻，彼时时间紧张，没有深入地读案件材料，后来我把整个案子深入地扒了一遍，为霸道总裁默哀。这个故事里，每一个人的悲伤都是真的。人可以有很多的钱，有很多的房子，但是没有爱就没有了家。我缺钱的时候就去翻翻这个文，安慰自己："没有很多的钱，有很多的爱也是可以的！"

问： 您会关注读者对您作品的评价吗？为什么？有哪些难忘的评价？这些评价会对您的写作产生影响吗？

答： 有一篇文，一个读者冒出来，留言："你某个法律程序写错了！"她的头像上有电话，于是我打电话过去："我没写错！"然后甩过去一个法庭文件。接下来我们一对身份，哎呀，原来她也是中国当过律师，她也是在加拿大另一个公立大学，也读着婚姻家庭法！她也是凳子要把地板坐穿的痛苦，她也是班上没有个中国同学，问都不知道问谁。两朵苦菜花终于找到了组织！我们两个相见恨晚，约茶约饭，交换了课本和读书笔记。

问： 在您看来，您的个人经历对您的写作带来哪些影响？相比于其他写作者，您觉得会有哪些独属于您个人的风格或特质？

答： 写作就跟讲话一样的。

问： 在您看来，媒体人的从业经历对您的写作有哪些影响？

答： 媒体培养了我一个习惯，就是写作是个和吃饭睡觉一样的事儿，真不必沐浴焚香，家人肃静。我们在桌子边上写，边吃土豆片边写，边吃馄饨边写，边聊天边写。总之就是写就是了——先写了才有得改。

问： 在您看来，好的非虚构作品是什么样的？有哪些具体的标准和要素吗？

答： 一个故事，靠口述是没法真实的。有证据来还原，有对抗方来挑战，有法律的眼睛来审视，才是真实。

问： 您想要/会考虑成为职业撰稿人/写作者吗？为什么？

答： 当职业撰稿人，需要搜索枯肠找素材。**文学得来自生活，而生活又得来自工作，没有别的工作，故事从哪里来呢？**另外，我的老同事说，我工作过的媒体，已经15年没有涨工资了！稿费还是那个稿费，稿分还是那个稿分，但这个城市的房价，涨了五倍。我不知道新一代记者/职业撰稿人怎么活下去？文学需要有所依附——它得依附于某个产业，例如，影视，抑或房地产。思思妈妈如果当职业撰稿人，我祈祷上帝开金手指。

问：写作会占用您的大量时间吗？您怎样平衡生活中的写作时间？

答：写作是个娱乐。我喜欢写作，就像是放空了在娱乐一样。

问：近期您有哪些写作计划？有哪些关注到的或是感兴趣的写作话题？目前会尝试写些什么呢？未来会尝试写些什么呢？

答：我会继续写婚姻家庭、遗产继承之类的文章。我希望有一天能够出本选集——让大家看到真实的加拿大——思思妈妈的加拿大。

问：您有什么话要对编辑部说的吗？

答：如果100年后的人类要了解现在的生活，他们不会是去看晋江网，也不会是去看起点网（思思妈妈为自己的阅读习惯汗一个），他们无法错过你们守护的非虚构写作平台。我希望这个平台长长久久地办下去，越来越好。

问：对于刚开始尝试或者想要尝试非虚构写作的作者，您有哪些建议吗？

答：先写，莫想这么多了。写了投过去，写了才有得改。

齐文远

写作让我的内心平静和丰盈

【作者档案】

齐文远,七〇后,大学本科,曾为公司职员,现为自由职业者。
从事非虚构写作年限:9 年。

问: 您最早开始写作是什么时候?当时是什么契机呢?

答: 最早开始写作是在 1991 年,高中,写诗歌。当时学校里有一个"潮"诗社,认识了很多热爱诗歌的朋友。但严谨地说,真正写作是在 1998 年,我大学毕业,在一家地处偏僻的大型国企工作,用了半年晚上时间,写了一部六万多字的中篇爱情小说。后来停笔了很长一段时间,直至 2016 年。

问: 从开始写作以来,您的写作内容都是围绕什么?以您自己的感觉,写作过程中的写作内容有哪些变化?这么多年过来,您在写作过程中的心态有哪些不同?

答：我的写作，自 2016 年起，基本是在记录自己以及周边人的生活。所以，写作内容和心态都没有较大变化。

问：是什么动力支撑您持续写作呢？

答：**记录这个时代，写出有价值的文字。**

问：最初投稿的时候，您是怎样理解和看待"非虚构写作"的呢？现在又是怎样看待和理解的呢？过程中发生哪些变化？有哪些具体的生活经历和写作过程对您产生了这些影响？

答：最初投稿时，我认为"非虚构写作"就是将一件事情原原本本地写出来。现在对于"非虚构写作"的理解，和之前并无大的改变，但在一些细节上，**需要更加审慎对待**。比如第一篇在非虚构写作平台发表的文章《父亲的保健品之旅》，之前我用的题目是《父亲的白洋淀之旅》。另外，我曾在一篇文章中用了真实的村名，但这个村名在好几个地区都存在，这引起了一些歧义和读者争议。后来写作中，在涉及地名时，我全部采用了模糊化处理。

问：我们注意到您的写作主要是围绕家庭、身边人的，您为什么会关注到这些经历或故事，并想要写出来呢？或者说，是什么因素、怎样的故事激发起了您的写作欲望？

答：我所写的故事主要就是记录身边普通人的人生经历。**我一直认为，每个人的一生，都是历史长河中独一无二的一滴，是有价值的，是应当被记录下来的。**

问：您是因为写作而会去主动回忆或关注很多自身经历和身边人的故事，还是只有在经历某些特别的事情、听闻身边人的经历、感受到某种特别的情绪后才会去记录和书写的呢？

答：两者兼有。以后者为主。

问：作为一个非虚构写作者，您会怎样看待自己叙述中的真实性？对于所记述的事情，尤其是自身回忆或多年旧事，您会怎样保证其中细节的真实、还原呢？在沟通的过程中，编辑对稿件的真实性有哪些建议和要求呢？

答：真实性是非虚构写作的灵魂。必要时，翻阅旧年日记或和亲历者共同回忆。编辑要求**在写作一些非亲历的第三者转述情节时，落笔要克制、克制、再克制**。我深以为然。

问：完成写作后，您笔下的描述对象们会看您发表的稿子吗？他们怎样评价您笔下的他们和您的作品呢？能结合作品具体说说吗？

答：我是中年人，笔下记录对象大多也已人过中年。生活中的我们，相聚时，通常都是沉默，或是各自点燃一支烟。或许他们看到了我发表的稿件，但从未有过深入交流。

问：一般来说，您自己完成一篇稿件大概需要多长时间？您会有一些特殊的写作习惯、写作前期准备或是写作环境要求吗？

答：1—2个月。我晚上不写文章。

问： 您印象最深的一次写作经历是什么？为什么这么难忘？

答： 2007 年，我写了一篇 2000 字左右的短文，发表在《读者》（原创版）上。当时的《读者》风靡一时。我过年回家时，发现母亲枕下压着那本杂志。母亲脸上那开心的表情，我至今仍能记得。做人儿女的，能让父母为你骄傲，那是一件对于双方都非常美好的事情。

问： 不论是对于某一篇稿件的书写还是对于您的整个写作经历来说，您有遇到过哪些写作方面的困难或是陷入某种困境吗？当时是什么情况？是什么感受？您是怎样应对的呢？您现在还会有类似的体验吗？

答： 我遇到的最大困难就是常常问自己："你写的这篇文章真的是有价值，有意义的吗？"如果答案是否，那么我会停止书写。只有说服了自己，才能继续写作。

问： 能分享一些您的写作经验或是写作技巧吗？

答： 生活细节描写很重要。你的生活经验和阅历，决定了一篇文章的基调。

问： 您会回看自己以前的作品吗？您怎样看待和评价自己的写作？您认为自己是一个什么样的写作者？

答： 会的。我认为我的写作和作品，都是遵从了自己的内心。我认为自己是一个努力的写作者。

问：您认为一个好的写作者需要哪些能力？

答：多倾听，善观察，勤记录。

问：作为一个非虚构写作者，写作对您来说意味着什么？

答：实现自己的人生价值，不辜负自己。留下一些有价值的文字，让自己内心平静和丰盈。

问：写作给您的生活带来了哪些影响和改变呢？

答：写作给我的内心，带来了平静和愉悦。但它确实降低了家庭总收入。我感谢妻子。

问：您心目中一个好故事的标准是什么？

答：读起来酣畅淋漓，读后感慨万千。

问：作为一个故事的讲述者，您怎样看待故事和您自身之间的关系？以及在您看来，故事对于您自己、读者和社会的作用是什么？

答：作为一个故事讲述者，作者的影子不可避免地会或多或少照进自己所写的故事中。我也不例外，但世事苍茫，我会尽力将自己从故事中剥离，将故事记录客观。在我看来，故事对于我自己而言，就是一次人生经历的反刍；对读者，我希望能有所触动；对社会，希望它能带来一束光，哪怕微弱如豆。

问： 以您的写作经验，您试图通过作品表达和展现什么呢？可以结合您的某些作品具体地谈一谈吗？

答： 通过作品，我希望能客观地展现这个复杂的世界。它有光，也有影；有爱，也有恨。例如《世间又少了一个善良人》(2020年3月26日发表)，在梁老师短暂的一生中，他的善良和正直，被很多人误解为迂腐和不合时宜，但在更多人的心里，他的品格就是光，能刺穿黑暗和浓雾，带来希冀和温暖。

问： 您所写的故事中，您自己最喜欢的是哪一篇？为什么呢？

答： 我最喜欢《世间又少了一个善良人》。在读者留言中，很多人为下面这条留言点赞。"现在的我还读师范，毕业后也将走上三尺讲台，希望彼时的我依旧记得文中的梁冰心老师，永远做一个正直善良的人。不忘初心——送给未来的我！"

问： 您会关注读者对您作品的评价吗？为什么？有哪些难忘的评价？这些评价会对您的写作产生影响吗？

答： 我会关注读者对自己作品的评价，因为我希望我的文章能有一定的社会意义。《我真希望，女儿没那么会读书》(2018年10月29日发表)、《世间又少了一个善良人》文后的留言，读后令我感慨万千。这些评价既是鼓励，也是鞭策。

问： 在您看来，您的个人经历对您的写作带来哪些影响？相比于其他写作者，您觉得会有哪些独属于您个人的风格或特质？

答：我的很多文章，都来自个人的生活经历。我很感谢我的生活。有一个朋友，说我写的文章年代感很强，烟火味很浓。我认同他的说法。

问：在您看来，好的非虚构作品是什么样的？有哪些具体的标准和要素吗？

答：我眼中好的非虚构作品：真实、有力、文笔好。无论篇幅多长，都想一口气将它读完。读后感慨万分，愿意第一时间分享给别人。

问：您个人喜欢什么样的写作者呢？可以分享一些具体的写作者及相关作品吗？他们个人或作品中是什么打动和吸引了您呢？

答：我比较喜欢有丰富生活阅历的写作者。比如蔡寰琰，他的很多文章我都读过，我很喜欢《金三角大山里的修路人》（2020年5月31日发表）。兀龙的老警系列，读来酣畅淋漓，又觉得特别真实。小杜的文章，个人化烙印很强，有疏离感，也有一些小幽默，很别致。

问：分享一些近期您比较关注和感兴趣的写作者/作品吧。

答：陈年喜的作品，《活着就是冲天一喊》，读起来触目惊心。他的诗歌也很有力。那是个有才华的人。

问：您想要/会考虑成为职业撰稿人/写作者吗？为什么？

答：如果心中还有想写的故事，条件也允许，那就继续写下去。如果没有了，那我可能会去做一份全职的专业工作。

问： 写作会占用您的大量时间吗？您怎样平衡生活中的写作时间？

答： 会占用大量时间，每篇文章都需要很多时间来回忆、构思、写作。但生活中做每件事都有一个最后时间，那个度不能突破。

问： 近期您有哪些写作计划？有哪些关注到的或是感兴趣的写作话题？目前会尝试写些什么呢？未来会尝试写些什么呢？

答： 目前，我会集中写几篇我在职场中遇到的各种事情。未来如果有可能，想写一些现实题材的小说。

问： 对于刚开始尝试或者想要尝试非虚构写作的作者，您有哪些建议吗？

答： 多倾听，多阅读，善观察，勤记录。

选篇及编辑推荐

选篇 1

囤起粮食，我终于理解了外婆

作者｜曹玮

1

冰箱里存着一把带青叶的胡萝卜。在我妈的监督下，我再次检视一遍自己囤积的食物。

这个十余平米的房间，是我在法国疫情封城期间每日的居所。冰箱只有半人高，塞了又塞，挤了又挤，冰箱门一拉开，那些实诚耐久的白菜、卷心菜、萝卜恨不得手拉着手、兴高采烈地蹦出来；冷藏室就是个小抽屉，买来肉，去掉包装，分类切好，盒子都怕占地方，只用保鲜膜包住，一块接一块塞进去，把肉垒成了冰砖墙。

然后就是柜子了。不需要保鲜的食品和干货——面粉、大米、花生、平时根本不怎么吃的豆子，这时都存起来——万一到了实在没有新鲜蔬菜的那天，或许可以发豆芽呢。

柜子塞满以后，还有地板。那些能放在地上的蔬菜：洋葱、生姜、蒜、芋头、土豆，各按其类堆放着。看着这些还带着泥土的根茎类食物，我有一种要去火星上生活的幻觉。如果一直这么囤下去，可能没过多久，整个房间都会变成我的冰箱那样——门一开，蔬菜水果手拉手和我一起滚出来。

即使这样，我妈仍觉得不够。

法国疫情一开始，她就在国内远程监督我囤积食物。平时，不管我买多少新鲜蔬菜，她总会盯着我买不到的："我的娃可怜啊，香菜吃不上！"买来香菜，她又会叹一声："我的娃可怜啊，韭菜吃不上。"如果一周内我都在吃食堂，没买菜，她的哀叹就更加悲伤，几乎要落下泪来："我的娃可怜啊，饭都吃不上。"我妈说这话的时候，就好像法兰西共和国是一片荒漠，而我则一直在挨饿。

于是，每次视频，这样的话都会成为我妈最后的总结陈词，长此以往，我难免觉得烦躁扫兴，也实在难以理解她为何独独对食物忧思如此。

眼下，检视完预备封城的囤货，我妈终于发现我没有买绿色蔬菜，"我的娃可怜啊，连绿叶子菜也吃不上……"她又开始了。

"有啊，胡萝卜叶子是绿的啊。"我辩道，"这叶子好吃，必要的时候还能救命呢。"

"胡萝卜叶子不是兔娃儿吃的吗？这咋吃啊？"

我的心下一动，看来，胡萝卜叶子怎么吃，妈妈是不记得了。

2

胡萝卜叶子，原本是外婆的食谱。

我还记得一个早秋的午后，那时我六七岁，外婆坐在院子里，面前是一大堆胡萝卜叶子，堆得那么高，都快到我腰部了。外婆坐在木凳上弯着腰，不遗余力地将细叶择下来扔进一只巨大的铝制洗衣盆——这样的盆子，彼时常常是各家孩子的洗澡盆。盆里的叶子都是碧绿色的，上面覆着一层细小的白色茸毛，摸起来有点痒。

那时候，每天下午，外婆都会带着小板凳去巷口坐着，看看过往的行人，和几个老邻居聊天。只要农民拉着板车来巷内售卖东西，她也总愿意和他们话话农事，顺便买些新鲜的蔬菜。那天，农民拉来一车胡萝卜，出门走得急，萝卜从地里拔出后直接扔上车，叶子都没来得及摘。买家只好先选萝卜，拔了叶子再称重。外婆一边帮农民拔叶子，一边问这些茂盛碧绿植物的去处，听说一会儿就要都倒掉，外婆急了："你别扔、别扔，都给我吧，我家养着兔娃儿呢！"

农民乐得轻松，将半板车胡萝卜叶全都倒进了外婆的院子——可外婆家哪儿有兔娃啊，能算得上"娃儿"的，也就只有我了。

我蹲在那堆胡萝卜叶前，看外婆手速飞快地处理着叶子。过了半晌，所有嫩叶都已入了铝盆，外婆就像浣洗衣服一样，一遍遍地淘洗："这萝卜是沙土里长的，叶子里面有细砂，要淘干净呢。"远处看去，她藏青色的后背在银盆前起起伏伏，好像一只奋力喝水的小兽。

胡萝卜叶子怎么吃呢？我不知道。但等天色将晚，外婆递给我一个搪瓷碗，碗中高高冒起粉绿色的叶子饭，一股奇香迎面而来。那味道好像要把早秋刚降下的、暧昧的夜色撕破一个口子，是那种阳光照在一些芳香植物叶片上所散发出来的尖锐而清凉的气息，其间混杂着熟了的麦粉焦香。

碗里细小的胡萝卜叶片上裹了面，被大火一蒸，变成淡黄色，叶片软软的，叶筋则柔柔的。再把这胡萝卜叶饭和着小葱一起炒，饭中又间以油香和葱香。我抱着搪瓷碗一口接一口地吃，外婆远远坐在廊下的板凳上,也端着一个搪瓷碗,边吃边问我:"这个饭你还没吃过吧?我跟你说过胡萝卜叶子好吃吧?"她眯眼笑着,吃上几口,继续唠叨:"哎呀,这么好的叶子为啥要扔了呢?"

3

  在外婆眼里,这个世界上有许许多多的东西都能吃,不能随便扔。我上到小学高年级,外婆的院子被拆了,搬到郊区的一个小公寓里,从前每天都要去巷口遛弯儿的她更是坐不住了。中午一吃完饭,总会提着小板凳去小区花园旁坐着,有时去老邻居家看电视,有时不知所踪,回来时手里总提着一些市场上不常见的蔬菜。

  不出意外,春天总是各色野菜:蔓菁、苦苣、苜蓿、蒲公英,这些春天的野菜,都是要煮熟后,放进一口褐黄色薄釉的大瓷缸里。

  搬家时,外婆扔了很多东西,只有这口大缸,千方百计运来,放在客厅最显眼的位置,一进门就能看到,高到可以把我装进去。缸里存着的,是她奉若珍宝的酸菜。

  酸菜是我所在的城市常年的吃食,旧时几乎是家家户户保存时令蔬菜的方法,而它的质量与温度和制作工序有关:一不小心,就会发酵失败,全部坏掉。重新做时,必须找来酸汤作引子,投入新菜,以待发酵。

  外婆制酸菜素有令名,以格外酸爽、汤底清澈著称。以前住院子时,就常有邻人来讨要引子,搬了新居后,也时不时有人上门来要,老邻居带来新邻居,每次敲门,外婆脸上的笑容都会荡漾开来,像是做了一件普度众生的事情。而那口大酸菜缸就好像一口魔法缸,从来都没空过,也没坏过,永远也舀不完似的。

  很多回,外婆将带来的野菜煮熟投入缸中时,我就趴在缸口,望着碧绿色的菜叶在缸里漂浮、下沉,"过三四天就好了",她乐呵呵地大声说。我知道,当这些酸菜发酵好时,家里准会吃一顿酸菜面。野菜制成的酸菜变得黄澄澄的,各有不同的口感和香味,在锅中用蒜片和干辣椒一炝,只需几小勺,就将香味显尽。再买些韭菜,炒熟浇在面条上,又细又白的面条沉在清澈的酸菜汤中,这样的饭,家中隔几日就要吃一次,仿佛永远也吃不腻似的。

4

除了投进酸菜缸,还有几种野菜会被外婆做成凉拌菜或者晒干。

一种是白蒿,是味中药,又名茵陈。每次她只拿回来一小袋,据说是在野地里挖的。一到春天,白蒿就冒了银针一样纤细的绿芽,细小的绒毛微微泛着白光,轻轻一掐,就会闻到叶茎散发出强烈的蒿草味。外婆将它在热水中一滚,再将泡好的粉丝拌进去,只需一点油盐,就是一盘极为清爽的凉菜。外婆说,白蒿新芽细小,隐没在青草间,很容易认错。平时穿针引线都要我代劳的她,采的时候费工夫极了。也是因此,外婆专门仔细教我辨认过这种野菜的样子。

一年春天,学校组织同学去山上植树,休息期间,老师和同学们一起在田野边吃饭,我一低头,突然看见地上好多白蒿,几乎是不自觉地就动手挖了起来,将它们全部装进我装过午饭盒的塑料袋里。那天回去时,我已经筋疲力尽了。一进外婆家的门,就极其自豪地将袋子甩到桌上:"外婆,看我上山植树带啥回来了?"

外婆笑盈盈地打开袋子,"哎呀!是白蒿!我的娃没摘错,一点儿杂草也没有!"她兴奋地提高了嗓门:"我的娃长大了,知道挖菜了!"这是我生平第一次,得到外婆如许的表扬。带野菜回来,仿佛比得了100分回来都要荣耀风光了不知多少倍。

春天快要过去，掐着春天的末尾，外婆便开始筹备晒野菜。接连几个下午，她又不知所踪，回来时手中总提着大塑料袋，里面装了被她称为"灰灰菜"的野菜。每次带来一袋，就将它们铺在阳台半臂宽的水泥护栏上，阳光照射下，整个阳台都充斥着介于肥皂水和新割青草之间的味道。只是这些灰菜，她从来不吃，晒干后就装进一个大袋子里。

　　一天，外婆终于说要带我去挖野菜。外婆提着袋子，飞快地在小区各个楼间穿梭，我跟在她身后，几乎都追不上她了。出了小区一角小门，跨过一些被扯断的钢丝网丛，钻进一个围墙上破洞的地方，眼前便是一大块围起来的河边农田。大概是要盖新楼，缺了资金，几座废弃的简易平房大门紧锁着，地上的野草长得都将我的腿淹没了。"你看，这长得最高的就是灰灰菜。"外婆捉来一茎灰菜，我仔细一瞧，植物叶秆上灰色的经络在碧绿色中向上延伸着，每片叶子背面都是灰色，植株顶部也泛着一层薄薄的浅灰。

　　越往田中央走，那里的草就越长，我整个人几乎都要陷进灰菜绿油油的深流中，站都站不稳了。回头看看外婆，她弯着腰，一手提着袋子一手掐下叶尖最嫩的部分，粗糙而灰黄的指尖仿佛一台小型收割机，好像不加快速度那块土地就要消失了一样急迫。

　　"外婆，你掐这么多灰菜干啥呢？"

　　"灰菜好吃，冬天做凉菜，掐多一点，你二舅来的时候带回去。唉，我的老二可怜啊。"

　　外婆口中的二舅，一直在边远的小县城工作，家中清苦，负担重，是她最担心的孩子。

　　春末夏初，外婆就这样日复一日地在阳台上晒野菜，又日复一日地继续去采，装满干灰菜的塑料袋在阳台上垒了一个又一个，然而，她口中的二舅却一直都没有回来。

5

上了初中，学校离外婆家近，中午我都在外婆家吃饭。

每天放学回来，我趴在桌前做作业，头顶或是突然砸下一只西红柿，稳稳落在本子前，或者不知从哪儿抛来一只苹果，保龄球一样滚到钢笔边，再或者，是一把五香花生瓜子的混合物，天女散花一样从我脸颊边洒落，激起一片盐雾。等我回过头，外婆已风似的穿过房间趴到了阳台上，佯装不看我，好像刚才的一切和她无关，只留给我一个深蓝色老式夹衫的背影。

有时天降吃食惊到了我，我大叫一声，还没飘到阳台上的她立马回过头来，见我皱眉瞪眼，她就"嘿嘿"笑了，好像做了件特别得意又有点不好意思的事情，长此以往，乐此不疲。

年纪大了，外婆住惯了楼房，和小区外售卖食品的小贩也熟络起来。一熟，买起蔬菜，就渐渐不以个数和斤数计算，而以麻袋和板车来衡量。有好几次，她进门时，身后常常跟着小贩或从前老院里的邻居大叔，背上必扛着一两袋东西。人一走，外婆就"哗"地一下，把麻袋推倒在客厅里，萝卜土豆滚了一地，堆成一座小山。

有次她买了一箱西红柿，大如拳头小似樱桃，红如旭日，绿如翡翠，趁我妈还没回来，就塞给我一把："赶紧吃，不吃就坏了。"

已经吃了五六个的我实在招架不住："外婆，我真的吃不下了。"

"得空了就吃。"外婆一边走远，一边继续把西红柿抛过来，"你妈问起来，就说给你买的。"

于是，我硬是把一箱西红柿全部吃完了，好几天都吃不下饭。

而那些连我也无法帮忙"解决"的蔬菜，外婆都会晒干：茄子、豆角、萝卜……吃不完又舍不得扔，累积起来，再加上晒干存积的灰菜，没多久竟快堆到了阳台房顶。

每次我妈喊着要扔干菜时,外婆就急了,双手护住身后的干菜麻袋,说话声音也高起来:"扔啥呢?这是留给老二的!你们不吃老二吃!"

可二舅一直没有回来,只是偶尔收到他托人捎来的包裹,都是些深山老林的山货,有时是干木耳,有时是核桃,有时是野生猕猴桃。外婆舍不得吃,但会特意保存那些袋子,放到阳台上,晒了干菜,再一把一把默默塞进二舅的麻袋里。

6

有一样东西,外婆买的时候从来不需要借口——每次前脚刚拿到舅舅们送来的赡养费,她后脚就会出门,回来时,身后必跟着一个扛着50公斤面粉的小贩。外婆开心地指挥他把面放到家里尚存的空位,门背后、书桌旁,两袋、四袋、六袋,很快就堆成了一座面山。天一热面粉就容易生虫,常常我写着作业,虫子们就在眼前的白墙上做爬行比赛,爬着爬着,就结成茧,再过一阵化为蛾,绕着我翩翩飞舞。坐在面山旁边,时间好像变得很长很长,我仅做着作业,便把许多虫子的一生都看尽了。

家里囤的面越来越多,我妈下班回来,看到面山又大了一圈,必然情绪失控,大吵大闹。可这根本不管用,外婆照例"嘿嘿"一笑,转身又是一袋面粉。

怎么说都没用,我妈便怂恿我爸劝劝外婆。我爸说话,外婆素来都听,他对外婆说:"现在生活好了,米面多得很,菜也多得很,吃多少买多少,别再买这么多了,要不然出虫,最后都浪费了。"

外婆就和颜悦色地点着头:"好好好!"

被我爸这么一说,外婆准会消停一段时间,然后过一阵子,趁我爸不注意，又会暗中"偷渡"一袋面粉回来。

如今想起来，购买粮食对外婆来说，仿佛是在准备诺亚方舟一样。每次带着粮食进家门的时候，外婆饱经沧桑的脸都在发光，好像冒着刀光剑影，从几近沉沦的黑暗世界里，又救出一个喊叫着的、挣扎着的粮食的命。这时的她是安心的，似乎因着食物生命的囤积，我们全家的命也能得以延续一样。

7

外婆口中的1960年，她36岁。那一年春天，她最小的孩子出生了，加上这个新生儿，她已经是6个孩子的母亲了。也是在这一年，家里没有吃的了。

1960年的春末，外婆刚生下孩子不久，家中一口粮食都没了。外地工作的外公音信全无，捎回家的接济也断了许久。外婆抱着刚出生的婴儿，坐在床头，床上还躺着除了新生儿以外最小的孩子，我的小舅舅。

可家里除了桌子柜子土炕，空空如也的碗碟，一根根木头筷子，衣服、被子这些不能吃的以外，还有什么是可以饱腹的呢？

这也许是外婆人生中第一次，体会到缺粮的绝望。

在人祸天灾面前，她也成了什么也不懂的小孩子。

8

60年过去了，那一代人一批批老去、死亡。河流般的时间，冲毁带走了一茬又一茬其间生长起来的人们，饥荒的创伤故事也渐渐被人删除、淡忘，绝口不提。外婆不在，也已经20余年了。

如今消费社会中万花筒似的丰富物资，让我以为它就是昔在永在的人类盛景。

法国封城前两天，当我拖着箱子，背着背包，和黑压压的人群一起在超市抢购食品时，当我努力在自己的记忆模式中寻找那些易于储存的蔬菜，保存食品的办法时，外婆淘洗胡萝卜叶时那一起一伏的背影就好像一个启示，又一次出现在我眼前。

封城不到一周，法国超市货架上所有谷类粮食和酵母就全部脱销了。待在家里的人们，终于恢复了先前的手作传统，自己做面包、甜点，对面粉的大量需求一度导致供应中断。面粉的断货让很多人感到大事不妙，特别是华人社群。

华人的饮食习惯和法国人不同：法国人用面粉做面包，仅作为前菜，是主菜和奶酪的伴侣。而华人以米面为主食，又有"民以食为天"之传统，主食买不到，即使其他供应仍然充足，也有种天塌了的感觉。人们纷纷开始囤米、囤豆子，以及各种各样能够饱腹的粮食，附加以鸡蛋、牛奶等。

封城后每次购物时，一早进入超市，就能看到货架上空空如也的粮食区。周围的人们，有的像疯子一样，加快速度将成堆的食品塞进自己的购物筐中，有的甚至可以扫掉半个货架的库存，让人不禁更紧张了。就连网购，面粉也是瞬间被秒杀。就像外婆一样，准备着末日降临。

我妈得知我只买到2公斤的面粉时，几乎每次视频都要落下泪来："面买到了吗？这点咋够啊，我的娃可怜啊，要挨饿了。"

虽然我奋力解释我其他储备充足，不会挨饿，可我妈总像没听见一样，不断重复着那句话。

"我的娃可怜啊，没有饭吃。"这句话，何尝不是那时外婆对着襁褓中的新生儿，一遍又一遍念叨着的话；又何尝不是她每一次择野菜、囤粮食、晒干菜的时候，念着、想着那些挨饿的孩子时心中迸发的语言——不论时间过去多久，作为母亲的她在未来面前准备得好像永远不够，不论孩子多大，她好像永远也没把他们喂饱似的。

而今，那个襁褓中的婴儿——也就是我的妈妈——早已长大。面对灾祸，她也一遍又一遍、无意识地重复着外婆曾经说过无数次的话，只是时移世易，她或许都没有发现而已。

9

外婆在的时候，总喜欢趴在阳台上吃水果，边吃边等妈妈下班。吃完，就将果核埋到花盆里，从不丢弃。每隔一天，就像给我丢吃的一样风风火火端一瓢水，"哗"地浇下去，整个花盆都下起了雨。

饶是如此，花盆中还是次第长出了梨、樱桃和苹果苗，从小苗越长越大，又细又高，阳台容不下，只好移到小区花园里。直到如今，每逢夏天，小区孩子们总爱在那些树上爬上爬下，摘新果子吃。外婆吃过的水果，不知为何特别容易长成树苗，而那些面孔新鲜的孩子们，恐怕不知道自己手中的果实，其实来自一位曾经挨过饿的母亲。

封城后，当我开始认真观察邻居阳台上的生活，看着他们给一丛丛毛竹、一盆盆三色堇和玫瑰浇水，我才意识到自己的窗台上，竟只种了齐全的食物：小葱、欧芹、香菜和大蒜，如果需要，可以随时剪下来调味；家里的盆景是一只菠萝头，也只是每两天浇一次水，最近还发了新芽，或许将来可以长出菠萝；而我同时开始了水培生菜计划，为买不到绿叶菜积极准备着；至于胡萝卜叶子，更是小心搜集起来，做成胡萝卜叶饭，就连腌酸菜的玻璃瓶也准备好了。

纵使过了这么多年，纵使我走了这么远，我竟也不知不觉承继了外婆的习惯和创伤，一点点搜集食物，一点点预备着灾祸来临。

我也才明白，历史可以被人为删除，故事可以被轻易忘记，然而食物短缺带给人的身体和情绪记忆，却永远不会消失，它会代代相传。而疫情封城缺粮就好似一个催化剂，触动了我基因深处与食物相关的恐惧记忆。我仿佛看见一个连接过去和未来的纽带被续上，沿着它，我重新认识了外婆的创伤，也终于理解了妈妈的哀叹。可同时我又感到无名的疼痛，这疼痛一身霜雪，脚步敞亮，来自三代人重叠错合的历史，来自历史遥远而沉默的深处。

【推荐词】

时代背景，以食物的故事为小切口，亲情/家庭主题，代际关系

【写作方式】

个体思辨

【编辑推荐】

《囤起粮食，我终于理解了外婆》一文是《人间有味》栏目大型长期征文最为典型的篇目之一。像大多数作者一样，生活工作在法国的曹玮在疫情期间第一次体会到了何为"囤粮"。在四处抢购食物、放满冰箱的那一刻，她想起了自己曾经经历过饥饿年代的外婆。

作者细致地刻画了自己童年时期，外婆一直保持着的"囤粮"习惯，不论家人有多么不理解，但外婆自始至终都不敢忘记"饿肚子的滋味"。

在外婆离去多年后，在作者成年很久以后，她忽然在疫情到来的彼时，回想起了童年的点滴。时光的流逝弥合了三代人的分歧，隔着时空、隔着生与死，对家人、对孩子的爱，让一切已经逝去的过往重新富有

光彩。

  而这正是"人间有味"这个系列的初衷。食物能够抚慰人心,而食物的背后,深藏着的,往往都是爱。这是不论时光如何流转、时代如何变迁,总会停留不变的东西。

选篇 2

人世间所有的春天，都属于汉口二表哥

作者 | 温手释冰

二表哥在 2020 年 1 月 29 日早上 8 点去世，享年 63 岁。这一天是农历庚子年正月初五，离立春还差 6 天。

1

二表哥是姨妈的二儿子。

姨妈家房子窄小，不足 50 平，进门是个小厅，集厨房、客厅、饭厅功能于一体，小厅右侧是这屋子的"豪华"所在——一间将好放下一张床和一只衣橱的卧室。卧室顶上是一间专门供 4 个表哥睡觉用的小阁楼，得需一架"吱吱咯咯"作响的楼梯才能上去。

即便是这样的一间房子，在上世纪 70 年代，也是我心目中走亲戚

的好去处。因为它在热闹繁华的汉口五彩三巷里,而我家则在距武汉有两小时水路的小镇上。通常,亲戚们在说起姨妈时,总要在前加上"汉口"二字,以显郑重。

姨妈没有女儿,对我这个外甥女很是稀罕。我学龄前,姨妈回娘家时常把我带到她家去住些日子,等下次回娘家时再带我回来。中途若是我吵闹着要回家,姨妈必定会派一个表哥送我,送我次数最多的,便是二表哥。

记忆中二表哥身形瘦弱,比同龄人矮不少,人木讷老实。那时大表哥已经参加工作了,不住在家里,三表哥和四表哥是双胞胎,只大我四五岁,常常捂着各自脸上长在不同位置的胎记,来逗我区分他俩谁大谁小,每一次都让我急得直哭。只有好脾气的二表哥有耐心牵着我,去六渡桥那里去买冰棍或者豆腐脑吃,对我百依百顺。因此,我与二表哥感情也最深厚。

上学后,我便很少去姨妈家了。只听说除了二表哥,另外3个表哥相继各自成家,离开了老巷子,只有二表哥仍然跟着姨妈一起,还住在那个窄小的老房子里。

再往后面的故事,就都是二表嫂讲给我听的了——今年4月8号那天,武汉在经历了76天的疫情、解封了"离汉返汉"通道以后,我开车陪着母亲去汉口看望姨妈,也是第一次与二表嫂照了面。

2

不知是因为自己二婚的身份还是别的原因,二表嫂总是回避亲朋间来往,表现得极其低微。这么多年阴差阳错的,我对她便只有耳闻,不曾见面。

姨妈拉着我母亲在小厅谈话,二表嫂便邀我上了小阁楼。她比二表哥小十几岁，长得小巧斯文，腔调、做派不像是从农村出来的人，倒似地道的武汉嫂子。

到阁楼坐下，她第一句话就问："你二表哥是不是天生就蛮笨啊？"说话时，眼神柔情万种，仿佛她说起来的这个人就在眼前。

我说："二表哥不笨，是那种心里有数不说话的人，说他天生不喜欢读书倒是真的。"

1977年，留级了几次的二表哥高中毕业，撞上恢复高考的第一年，竞争颇为激烈，成绩吊车尾的他自然没考上大学。好在作为职工子女，二表哥被安排进了姨妈所在的一个国营食品厂做机械维修工。厂子离家不远，出了老巷子，坐两站路就到了，每天上班下班，循规蹈矩。

一晃就到了90年代初，食品厂倒闭了。二表哥便在大表哥的安排下去一所小学当保安，工资不高，但足以糊口。

这期间姨夫因病去世，姨妈像一只守着旧巢的老鸟，眼看着大表哥、三表哥、四表哥一个个离开小窝成了家，30多岁依然还单身的二表哥就成了她的心病——以二表哥这样的个人条件，要找一个武汉女孩做老婆是不容易的。

这时，姨妈遇到了还是别人老婆的二表嫂。

二表嫂和她的前夫是云梦农村人，带着不到1岁的儿子刘浩，到汉口来给开餐馆的亲戚做帮手。那个亲戚跟姨妈是邻居，后来开餐馆赚了钱在武昌买了新房，老房子就腾出来给二表嫂一家三口住，一直住了七八年、刘浩都上小学了。二表嫂和男人平时忙，刘浩放学了就往姨妈家跑，做作业、吃晚饭，他喊姨妈"奶奶"，喊二表哥"李伯伯"，好得就像一家人。

不幸的是，1998年夏天，二表嫂的前夫帮餐馆采购青菜的路上，骑着的三轮车钻到了大货车底下，当场人就没了。二表嫂不愿意拖累亲戚,想带着刘浩回乡下娘家。亲戚劝她不要回去,让她尽管放心地住在老房子里——城里好歹都比乡下强,再煎熬几年儿子就大了。

二表嫂便留在了武汉。她从亲戚的餐馆里出来,自己在巷子口摆了个炸面窝的摊子,旁边是一桶热豆浆,一天赚上四五十块钱。她那时只盼着刘浩早点长大,考上大学,然后自己就回乡下老家一个人过日子去。

姨妈同情她,帮她接送刘浩上下学。二表哥也同情她,早起上班前都帮她出摊子——那桶热豆浆也只有男人的力气才好端起来。二表哥虽然瘦小,但他端着那只沉甸甸的豆浆桶,"一步一沉地走到巷子口的样子,就像一座行走的大山"。

2000年"三八"节,姨妈做媒,二表哥娶了二表嫂,没有大办酒席,只请了他们亲兄妹一起吃了顿饭,我们这些亲戚也是过了很久才知道。二表嫂说,她也不在乎这些形式,觉得只要二表哥对她和孩子好就够了。

这一年二表哥已经43岁了,他工资低,交到二表嫂手里的存折上只有两万元存款,满脸歉意。二表嫂不无感叹地说:"你二表哥啊,都不怎么用钱,常年穿着不合身的旧衣服,可总笑脸盈盈,满眼都是善意。"

3

二表嫂带着刘浩从亲戚的房子里搬到了姨妈家,跟二表哥二人住阁楼。姨妈把卧室让给刘浩,自己则在小厅里支了张床,每晚闻着油烟味睡觉,还笑呵呵地说:"总算有孙子挨着睡觉了,多享福,那几个孙子都不如这个孙子招人疼。"

二表哥花了一个周末,专门去家具市场转悠,买了一张当时流行的书桌和台灯放在卧室里，对刘浩说："好好念书，争取考上武汉的好大学，让你妈过上好日子。"

刘浩从前喊二表哥"伯伯"时，不知道有多亲热，可真成了一家人，亲近还是亲近，倒是很少张口称呼了。

刘浩小升初时，二表哥对二表嫂说，想花些钱把孩子的户口转到武汉来，免得上初中还得交借读费。那时子女的户口大多是随女方的，也就是说，要转就得转两个人的，得花好几万元。

二表嫂不同意，她知道那几万块钱就是二表哥的半条命，她一直是鼓励刘浩要好好念书，听说考上大学就能转成城里户口了。不过，二表哥执意要转："不能让我儿子因为农村户口让人看不起。"

户口落定后，二表嫂想让刘浩改姓李，她认为这是对二表哥最好的回报。二表哥不同意，他说男人的本姓不能随便改："姓什么不重要，重要的是要做一个有出息的人。"

人总是有自私心的。姨妈总想让二表嫂再生一个孩子，无论男女，总归是二表哥亲生的就行。老人家无数次明示、暗示，二表嫂就是不表态。拖了三五年，眼看刘浩上了高中快要考大学，二表嫂还是没应允，姨妈心里就对儿媳妇有了隔阂，认为她跟自己的儿子不是一条心，又觉得是自己的儿子太老实，说服不了她。

无论姨妈怎么说二表嫂的不是，二表嫂都不生气，姨妈前脚唠叨不停，她后脚就喊"妈"。只是二表哥总是沉默，好像这事与他无关。

刘浩天资不算聪颖，但好在读书特别用功，武汉伢会玩的娱乐项目他一个都不会。饶是如此，他的成绩也始终处在班级的中游，几乎全无拔尖的时候。好在这孩子性子憨，总是不着急的样子，让二表哥看他是一百个信得足的眼神。

刘浩高二那年，下晚自习回家，在巷子口被一辆小车撞倒在地。待二表哥两口子闻讯赶过去时，肇事车辆已逃之夭夭。二表哥站在路边拦车，路过的出租车一看血淋淋的现场，都不敢停留，旁边有人提醒打120，二表哥说等不及了。当下一辆的士驶过来时，二表哥在路边"咚"地一下就跪了："师傅，帮个忙，救救我儿子，再不去医院，他这腿就废了……"

的士司机是个好人，不但停了下来，还帮忙把刘浩往车上抬。二表哥怕血弄脏车座，脱下身上的汗衫，包住了刘浩受伤的左腿。的士一路飞奔到了最近的医院，一场大手术后，刘浩的腿保住了，但是由于天黑，巷子口路灯昏暗又没有监控，想要找到肇事车是不可能了，大几万块钱的医药费只能自己掏。

那段日子里，二表嫂总是暗自落泪，觉得拖累了二表哥，"特别是那一跪，伤了他多少男人的元气"。然而除了事发当晚，二表嫂再也没在二表哥脸上看见着急的样子。刘浩在医院里洗澡、上卫生间的事，都是二表哥一手操持，每当邻床的病友家属夸刘浩脱了他的代、长得又高又帅时，二表哥那瘦削的肩膀总是挺了又挺，显得无比骄傲。

刘浩因此耽误了高三年级一个月的课，回到学校以后学习更加拼命了，临近高考的那一两个月，简直成了一部学习机器。高考考完填录取志愿的时候，他填的都是武汉的大学。

姨妈从刘浩上高三后，几乎每个月都去寺里拜佛，不知道花了多少香火钱。武汉人都说汉阳归元寺的菩萨最灵验，但姨妈年纪大了，腿脚不便，平日连巷子都很少出。于是她选择了离家近一些的汉口古德寺，说"菩萨都是一样的，心诚则灵"。到了2009年刘浩高考前一个月时，姨妈按照寺庙里面师傅的要求，吃了整整一个月素。

刘浩最后考取的是武汉大学土木工程专业，所有老师都说，以他平时的成绩来看，他简直是一匹黑马中的黑马。录取通知书送达时，刘浩还在老巷子口帮他妈炸面窝，他拿着通知书飞一般地跑回家，因为他的奶奶已经望眼欲穿了。二表哥下班回家，姨妈颤颤巍巍地把录取通知书递到他面前,二表哥"笑得最少有五分钟合不上嘴"。

吃晚饭时,刘浩突然提出,自己要改姓李。他毕恭毕敬地放下碗筷,起身对二表哥说:"爸,我觉得只有等我考上大学了,我才能有资格跟您姓。"

二表哥望着二表嫂,不敢相信眼前的一切,他那又想哭又想笑的表情,令二表嫂终生难忘。而姨妈则当场老泪纵横。

当晚,姨妈亲自给我另外3个表哥一一打了电话,说:"浩浩考上好大学,叫李浩了,做伯伯叔叔的,要随个大礼祝贺一下。"老太太一呼百应,第二天,那3个表哥各自拖家带口,十多口子人从四面八方赶回五彩三巷,各出5000元大红包。二表哥请一大家子人在六渡桥附近的一家大酒店吃了顿饭,从来不会喝酒的他跟兄弟们每个人干了一杯,喝得两腮粉红,那笑脸像春天的花儿一样好看。

从此,这个家庭的一年只有一个季节——每一天都是这一家四口的春天。

4

在接下来的行文中,我就应该称刘浩为李浩了,这个喊我"表姑"的孩子,我感觉他此时真的已经与我血脉相连了。

李浩在整个大学期间几乎没跟家里要过生活费,奖学金和勤工俭学的收入就是他的经济来源。拿到第一笔奖学金时,他给二表哥买了一件浅色的夹克衫,因为他认为二表哥皮肤白,个子小,适合穿浅色衣服。

姨妈对李浩说:"这是你爸长这么大岁数第一次穿新衣服。以前总是捡你大伯和叔叔们的衣服穿,他长得又矮,穿着总是不合身,现在他也有儿子疼了。"

那一年是 2010 年，二表哥 53 岁，仍然在小学当保安，每天一大早出门上班前，先帮二表嫂出面窝摊子、端豆浆。有一天，他对二表嫂说，他要给儿子在武汉买套好房子，以备将来娶儿媳妇。

　　那两年武汉房价正在飞升，均价在 7000 一平米左右。二表哥说他想在武昌东湖旁边买房："那里离武汉大学近，有省政府机关，以后我孙子就要住在这样有文气的地方。不像汉口，太热闹了，总让人静不下心来。"

　　这想法把二表嫂吓了一跳——她从来没有想到过买房子，以为这老巷子就是一辈子，支撑着供李浩念完大学，已经是尽她最大的努力了。

　　二表哥没有跟任何人商量，在他自己认为充满了文气的东湖边，订下了一套 92 平的三室两厅，首付 20 万元，贷款 45 万元，20 年还清，月供 2000 元。他是在办理最后手续的时候，才通知了李浩过来签字。李浩在接到二表哥电话的时候，才知道买房子的事。

　　回家的路上，二表哥心平气和地告诉李浩："首付当中有 15 万是我们家这么多年的积蓄，有 5 万块钱是找你大伯借的，以后就用我和你妈妈炸面窝卖豆浆的钱慢慢还，你大伯说不用还，但是你妈妈说一定要还。月供的 2000 元，我现在一个月的工资就够了，过几年我退休后还可以领退休费，那时我还可以找另外一份工作，说不定工资会更高，73 岁的时候，我就可以把贷款还清了。那时候，我孙子都有十来岁了吧，啊？你说呢？"

　　后来李浩回忆说，二表哥从没有跟他说过这么多的话，以后也没有了。他知道这时候自己说什么话都是多余的，其实他从没想过离开汉口，他觉得他的根就在五彩三巷里。

　　李浩大三时，喜欢上了同校一个来自湖南农村的女孩子。女孩子家姐妹 5 个，她最小，家里的条件可想而知。与此同时，有一个同系的武汉女孩子喜欢李浩。有一天，李浩问二表哥，应该怎么选择。

二表哥说："肯定选你自己喜欢的。"李浩说："不，肯定是要选你觉得行的，因为这关系到你后半生的家庭幸福。"二表哥说："那就选你喜欢的。"

二表嫂避开李浩，对二表哥说："应该选择武汉的女孩子，家里条件好，我们娘俩从农村来的，这么多年拖累你够多了啊。又去找一个农村来的媳妇，这以后有多累？"二表哥瞪了二表嫂一眼，脸色从未如此难看。

越来越多的高楼，把五彩三巷包围得严严实实，巷子里住的人慢慢地都老了。他们的下一代当中有很多人都住进了高楼，有的房子就租给了从农村来武汉讨生活的人们，这让二表嫂的面窝豆浆生意一直持续兴隆，在李浩大学毕业的那一年，就还清了为了买房子借的大表哥的钱。这让二表哥长长地吁了一口气。

"亲兄弟，明算账。"他总是用这样一句话来拒绝兄弟们的帮助。

老房子裸露的红砖黑瓦以及"吱吱咯咯"作响的阁楼楼梯，像他们的日子一样平静温润。

2013年李浩大学毕业，放弃了保研资格和一家深圳房地产公司的高薪招聘，进了本地一家省级建筑设计院。他说只想待在武汉，早一点工作赚钱。唯一让他遗憾的是，单位不在汉口，而是在武昌——当年二表哥为他买的房子就在离单位两站公交车的地方，相比同事们每天辗转一两个小时的上班路程，他觉得自己太幸运了。

不过，李浩并没有立即住到武昌的新房子里面去，刚开始上班时，仍然每天往返武昌与汉口之间，只不过他让奶奶搬进了卧室，自己睡在小厅，一如奶奶当年对他的守护。

二表哥当年买房时准备贷款还到73岁的计划，被李浩工作3年后的一大笔进账提前结束了。这一年二表哥正好退休，有了退休费，还可以继续在小学做保安，拿跟从前一样多的工资。

一时间，二表哥的生活发生了翻天覆地的变化，宽裕到他直感叹："这样的好日子，觉得活到100岁都不够。"

李浩喜欢的女孩子终于成了二表哥的儿媳妇。2019年12月份，李浩媳妇怀孕5个月的时候，检查出来是双胞胎，这让80多岁的姨妈喜不自禁："李家隔代一对双胞胎，哼！那几个孙儿孙女都不替我争气，还是浩浩的媳妇踏我的代！"（踏代，鄂中方言，原意指后辈的长相、智商方面遗传像长辈，后也延伸指行为、能力方面的"像"，还有"接班"的意思，反之则为脱代）

二表哥承诺李浩，过完年就让二表嫂到武昌的房子里专门照顾怀孕的儿媳妇，他就留在老巷子里，也不去小学上班了，接下二表嫂的面窝豆浆摊子，每天赚多少是多少，还能照顾姨妈。等姨妈百年归世了，他就去武昌的房子里住，一心一意接送两个孙子上学放学，二表嫂在家里做饭，让李浩夫妻俩好好工作，"争取都在单位做个领导"。

二表哥跟李浩说这番话时，是2020年元旦那天，李浩夫妻俩一起回老巷子吃饭。在二表哥的心里，新的一年得有一个新的打算，何况他的日子是这么美好。

二表哥问李浩什么时候吃年饭，腊月二十八还是腊月三十？在家里吃还是在外面吃？

尽管吃年饭上酒店已经是武汉人的习惯，但因为姨妈的坚持，二表哥一家人一直是在老巷子里吃年饭。李浩就说："我们单位二十九才放假，那就三十吧，听奶奶的话，我们回家吃。"

5

小学放寒假了，为了拿值班工资，二表哥主动申请了留校值班。

几天后，他感觉身体不舒服，咳嗽不停，浑身没有力气。这是武汉一年中最湿冷的季节，二表哥以为是感冒，可买了药吃，也不见好。跟他对班的同事看他脸色实在不好，就跟学校保卫处的领导反映情况，让他回家休息。

二表哥回家的那一天是1月17日，农历腊月二十三。二表嫂说吃药没有效果，那就去医院打针。他们去了离家最近的一家医院，只见候诊室里坐满了人，有部分人戴起了口罩。

等了整整一个下午，医生快要下班时才叫到二表哥的号。验了血，说有炎症，打针消炎看看情况再说。医生说，现在病人太多了，他给二表哥开的都是一些常规的消炎药，一般社区门诊室都有，叮嘱："把单子留好，今天这一针打完，后面两天就在社区诊所照单开药打针就行，如果过两天没有什么好转，再来看看。"

消炎针打了3天，二表哥咳得更厉害了，还开始有些低烧。1月19日晚上10点，上班忙了一天的李浩得知情况后，第二天一大早赶在上班前回到了老巷子，催促二表哥赶紧住院治疗。他自己戴着口罩，也带过来一大包口罩，嘱咐奶奶别出门，嘱咐父母出门一定要戴口罩。他觉得跟老人们三言两语说不清楚，只是说现在生病的人都是有传染性的。

李浩的心揪得紧紧的。他看到了媒体上关于医疗专家小组武汉之行的报道，但是他不敢断定，只是一个劲地催促二表哥赶紧住院。

然而这时，医院已经没有病床了。

单位放假之前实在是太忙了，从20号到22号，李浩穿梭在武昌与汉口之间，打了不知道多少个电话，找了他在武汉为数不多的熟人的熟人、朋友的朋友。

22号晚上10点钟，李浩从武昌赶到汉口，又从汉口赶回武昌。这是父子俩最后一次见面。

武汉在一夜之间封城，所有的交通工具都停止运行，李浩从武昌再也到不了汉口。穿城而过的长江，跨江而过的大桥，横穿三镇的地铁，四通八达的环城路，一切曾经的坦途，都成为他此时无法逾越的天堑。

不，这些都不是天堑。真正的天堑，是二表哥在1月23日那天给他在电话里说的话："你再也不要跑来跑去了，我晓得我这病是怎么回事。你要是真为了让我放心，就莫再来了，照顾好你媳妇，你要是不听话跑过来看老子，老子还死得快些。"

第二天是大年三十，二表哥开始高烧不退，躺在床上时而清醒，时而糊涂。为了方便躺着打吊针，姨妈让二表哥躺在小厅的床上。

此时的武汉，街上冷冷清清，社区诊所的医生据说也病了。姨妈只能搬张靠椅，坐在二表哥床边，抓着他的手，"儿啊、乖的"，一遍又一遍地唤着。

每个人都知道最后的结局将会是什么。对于二表嫂来说，那几天仿佛是一百年那么长，又仿佛是一秒钟那么短。李浩先是一天几个电话，后来连打电话的勇气也没有了。他从来不敢忤逆二表哥的话，就像没有考上大学之前不敢姓李。

1月29日是正月初五，那一天的阳光很好，照在老巷子的红砖黑瓦上，那么温暖。早上8点，二表哥很平静地离开了这个世界，没有后来人们所说的像溺水一样的挣扎。二表嫂说，那一定是他舍不得他的老母亲和老婆难过，忍住了他自己的难过。

二表哥走了，社区的人在他家的门上贴上了封条，说按规定与他密切接触的人必须居家隔离，如果过几天检查被感染，必须去医院。几天后，社区的人和医生上门做排查，姨妈和二表嫂的核酸检测都是阴性。医生说，这简直就是一个奇迹，有多少家庭都是一人感染，全家连带受累。

二表嫂说:"你二表哥把这一家人的罪都背在他自己身上受了,是他保佑了我们这老老小小的平安。"

直到社区的人陪着李浩去汉口殡仪馆领骨灰盒,这当中的68天,姨妈和二表嫂没有走出这老巷子窄小的老房子一步。婆媳俩相依为命,一直在絮絮叨叨地回忆着二表哥的种种事情。仿佛只有这样,他才能跟她们在一起,捱过冬天的最后几天,捱过春天的每一天。

二表嫂唯一没有告诉她婆婆的是,不是她不愿意为二表哥生孩子,而是医生说二表哥这辈子没有福气生孩子。

4月7日那一天,细雨纷纷。李浩捧着骨灰盒出了殡仪馆,大表哥开车带着二表嫂等在停车场里。社区的安排是出了殡仪馆直接去公墓安葬,李浩要求,能不能绕道一下武昌,他想让他媳妇抱着刚满月的一双儿子等在他家所在的小区门口,让他的父亲看一眼孙子,也让他的儿子看一眼爷爷。

陪着李浩去的社区工作人员是老巷子的老邻居,点头答应了。车在小区门口停了5分钟,大表嫂带着李浩的媳妇,抱着双胞胎等在那里。李浩的媳妇一手抱一个孩子,恭恭敬敬地跪在地上鞠了三个躬。

二表嫂在车里失声痛哭。

后　记

二表嫂痛哭的声音,在低低矮矮的阁楼里显得很压抑。

姨妈在楼下大声音说:"二媳妇呀,莫哭了,莫惊动了你男将(武汉人对丈夫的称呼)的魂魄。"

姨妈一直认为二表哥的魂魄还在这屋子里,陪着她们婆媳俩。其实姨妈自己也总是在流眼泪,只是不出声音地哭。

姨妈终于同意住到大表哥家里去,她觉得自己也不能一直拖累二表嫂,而是应该让二表嫂一心一意地去照顾她那一对重孙子,就像二表哥当初许诺李浩的话一样。

这样一来,老巷子里的房子就空着了。大表哥当家,说这老房子以后怎么处理就是李浩的事情了,李家人谁也不准有意见,理由只有一个,那就是——这房子是二表哥的。

二表哥仿佛一直活在2020年的老巷子的春天里。

他把他心里的春天,在那些平常的日子里,以简单的姿态送给了身边的亲人。他把2020年的春天,在那十几天艰难的日子里,以决绝的姿态留给了活着的亲人。所以,这人世间所有的春天,都属于他。

【推荐词】

个体与时代,家庭/亲情,普通人的普通故事

【写作方式】

观察,直击灵魂的好故事

【编辑推荐】

二表哥出生在汉口五彩三巷里,他在70年代末高考失败后,经历了国营厂工作、下岗、艰难再就业,像那个时代的大多数人一样。而在这个普通人身上,却又集中体现着我们对一个"中国好人"的全部想象,他勤劳善良,不因命运和挫折而自怨自艾,对母亲、妻子、没有血缘关系的继子以及亲朋都倾其所能给予最大的善意。而难能可贵的是,他的善意得到了善待,亲人们都给予了他同等的回应与尊重。

残酷的疫情带走了二表哥,但他带给家人的温暖将会像春天一样,在这片大地上一次又一次重生,也鼓舞着这片大地上勤勉、善良的人们。

选篇 3

人到中年的行长大秘,倒下了

作者 | 北落师门

1

我初次与陶处长打交道,源于一个不光彩的念头。

2012 年市行举办文秘培训班,要求各支行分管文秘的行长、主任集中培训两天。市行办公室主任陶铎是带队的最高领导。他长得高大帅气,有一副宽阔的肩膀,笔挺的白衬衫袖口卷起,眼睛如孩童般闪亮,像个阳光大男孩。

在开班仪式上,陶处长作了严厉的讲话:"本次培训班纪律严格,任何人不准请假,凡有事离开的人,座位空半小时以上,我就给你的分管副行长打电话!"

我闻言心里一揪——新城支行管文秘的是宋行长,他根本就没打算来培训,只吩咐我替他请个假。当时的顶头上司秦主任曾教导过我:省市行大领导和本行行长指示冲突时,要以自家领导为准,这叫"县官不如现管"。于是,我只好硬着头皮往枪口上撞,单独去找陶处长说:"陶处您好,我是新城支行办公室的,宋行长去见个贵宾客户,让我跟您请个假……"

"行!"他好像忘了刚才说了什么,锛儿都没打一个,笑呵呵地对我说。

讲台上一位老先生黏黏糊糊地讲起公文写作技巧,课程索然无味,什么从各类报纸、刊物上摘抄金词金句,如何随时随地记录领导口述的老生常谈……我脑海里浮现出穿长袍的教书匠摇头晃脑吟诵八股文的情景,心里浮出一股奇痒——有这时间去网吧打几局"魔兽",岂不快哉?——可宋行长请得下来假,估计因为陶处跟他都是有头有脸的领导,相互给个面子,我这小兵能借上啥光呢?再说,我走了,新城支行就等于没人参训了。

我刚强行摁下请假的念头,就收到哥们发给我的消息:"上 VS 平台,2V2!"(大约是他休班才起床)。逃课的念头像是一条毛毛虫在我胸口爬来爬去,屁股完全坐不住板凳了。我伸长脖子往前瞧,竟然发现了搞笑的一幕——坐在第一桌的陶处长正捧着手机在玩俄罗斯方块,模模糊糊能看见方块下落的速度,还是个高手呢!

想到他公开讲话时和私底下对宋行长请假时的态度反差,我忍不住猜测:他的严厉或许只是为了吓住我们不逃课装出来的。我大着胆子悄悄挪到他旁边编瞎话说:"陶处,我们主任刚才打电话说有个表想让我回去报一下。"

果然,陶处长狡黠地看了我一眼,轻声说道:"快去吧。"

领了赦令,我如出笼之鸟般飞出大门,拐到附近的网吧去了,大赚的窃喜洋溢全身——自从一年前接任新城支行办公室副主任兼行长秘书岗位后,我整天忙得要死,越忙,偷懒的快乐越加倍。

第二天,我壮着胆子也没去上上午的课,只掐着时间回去参加了结业式。陶处长正在台上讲话,与开班仪式上判若两人:"……咱市行有个秘书,第一天上任,机要文员把一摞文件放到他办公桌上。这秘书是个菜鸟,刚从业务口调到办公室管文秘,没人教过他批公文,他抹不开脸说不会,就学原先自己收到传阅文件时的样子写了批文。当天下午,一位副行长拎着文件进门问他:'给行长的文件呢?''送他屋里去了。''你看你这是咋批的?'副行长指着的签批栏上面赫然写着:请某行长阅处!'上级对下级才是'阅处','看后办'的意思,你好大的官啊,敢支使行长干活?!'好在通常行长办公室钥匙都会扔在秘书那儿一把,副行长领着他到'老大'办公室门口,先侧耳听了几秒,又往锁孔里看了一眼才说'开门',秘书开了门,把还没看过的文件赶紧取出来,换掉'门帘',重新写上'阅示'(请领导阅后指示)方才长长出了一口气……同学们,那个菜鸟秘书就是我啊!"

教室里的学员们哄的一声大笑起来。

"所以,你们当'大秘',材料写得好是第二,第一是别办错事。不懂就问,否则出了岔更麻烦。"陶处长也笑着说。

我忽然觉得虽然逃了两天课,却没错过该学的真本事。

2

培训班结束后,我从秦主任那得知,陶处长才35岁,是全省行系统内最年轻的正处级干部——人家只年长我5岁,已是正处,而我才副科;人家年薪25万元左右,我也就5万元,不啻为天壤之别。

但我们的晋升路径相同,都是不走寻常路。

小白进入银行,想升职通常有两条路,一是走业务路线:柜员—

会计主管—运营副经理；二是营销路线：柜员—客户经理—大堂经理/副主任。另外，还有一个捷径：笔杆子硬。

起初我走的是营销路线，从柜员做到了分理处代理副主任，平时因为在支行征文比赛获过几次二等奖，被人冠了个"文笔好"的虚名——2011年原办公室副主任跳槽，机关没了写"大材料"的人，我就被宋行长"钦点"进了办公室。

写总结、讲话和写征文大大不同，我想学习一下，却发现办公室电脑里前几任大秘写的稿件存档似乎都被剪切走了。我任办公室副主任写的第一个"大材料"足足盘了两周才呈到宋行长面前，他把薄薄几页纸掀起来瞄了几眼，忍俊不禁道："原来你不会写材料啊！"

我脸上顿时火烧火燎地发烫起来。宋行长若无其事地拿起钢笔，悬停几秒后，在稿子的空白处行云流水："年初以来，我行认真贯彻执行省市行××精神，扎实践行××的重要指示……"我恍然大悟，原来写公文的开头是有固定套路的。

宋行长又把我写的正文全部圈起来标上删除符号说："第一部分写各项任务完成情况，数据朝运营财务部要；第二部分写营销都干成了啥事，朝客户部要；第三部分不用说了，是你们后台部门办公室的事；第四部分谈不足与今后的努力方向——这就是以经营为主体的材料写法。至于年终总结、班子述职，你把所有部室的总结合起来，不就是'全行总结'吗？……"

我心里仿佛开了一扇天窗，立马亮堂起来：合着好多东西都不用我自己写，让下面部门报，自己做整理就行啊！

经过宋行长点拨后，我能够驾驭一般的材料了。码字久了，我发现在实际工作中最难的不是写，而是催各部室上交材料——各部室能把句子写通顺的"选手"就那么一两个人，还经常埋在自己的条线工作里，我连番催促，东西也交不上来，交上来写得也惨不忍睹，一看就是应付了事，改起来比重写还费劲。有时气得抓狂，我就会想：不知道陶处长有没有同样的烦恼？

身为行长大秘，学习上级行工作总结、领导讲话是必修课。我写支行的总结、领导讲话都是10多页，1万字左右，可看市行的"大稿"就有点吓人了，足有30多页，3万多字，拿在手里沉甸甸的。正文大标题套小标题，甚至有第四、第五级标题——汉语数字、括号汉语数字、阿拉伯数字、括号阿拉伯数字，都快不够用了。市行"大材料"的捉刀人当然非陶处长莫属，我对他的写作功力佩服得五体投地。

2012年秋，总行工会主席要来视察新城支行"职工之家"建设情况，省、市、支三级认真准备，新城支行作为示范点，要拿出一篇像样的汇报材料。我埋头写了好几天，交给宋行长修改后，将材料上报市行工会。翌日，市行工会干事老傅给我打电话斥责道："你这写的都是些啥？乱七八糟的不得要领，让我怎么改？"

这让我很是犯愁——新城支行写稿的最高水平就是宋行长，通常经他改过的定稿就不能再动了，我要是和他说，经他把关的材料在市行那边没过，不就等于说他写稿的水平也不咋地嘛！就这样拖了两三天，我也没想到好对策，正如蚂蚁爬热锅之时，忽然内网邮箱收到一封邮件，打开一看，竟是我那篇汇报材料，通篇被修改过了，读起来又顺滑又有高度。我赶紧打电话感谢老傅，他"哼"了一声说："我找人家陶处帮忙大改的，简直和重写差不多了。"

两周后，总行工会主席莅临新城支行视察，省、市行的一把手带着工会、办公室相关人员浩浩荡荡30多人前呼后拥，我想照张相都挤不上去。总行工会主席对新城支行"职工之家"建设非常满意，慰问了几名员工、在营业大厅发表了简短的讲话后，就直奔外地市分行去了，压根儿就没有去会议室坐一下的意思。众领导站在大门口挥手送别总行领导的车，我听见陶处长当着省、市、支三级行长说道："张林的汇报材料写得挺好,可惜没用上……"却只字没提他帮我大改的事。

我跟陶处不过萍水相逢,他能如此提携一个微不足道的后辈,让我心里感激万分。

3

宋行长是我大学的老学长,"大秘"当久了,我和他混得熟了,唠起嗑来也就比较放得开了。他对我说:"你当一回'大秘',不能领导让你写啥就写完了事,自己得多上点心,搞点成绩出来,以后往上聘、演讲时也有点说得出口的荣誉——比如你给总行刊物投稿,能发表那才叫真本事呢!就算是几十个字的豆腐块,我也给你设个奖金。"

总行刊物是周刊,有全国统一刊号,主要版面刊登领导和经济、金融专家的文章,剩下的版面给全行几十万员工中的写作能手们竞争。南方经济发达城市的支行是我们业绩的10倍以上,靠业绩上版面那是关公面前耍大刀,我只能另辟蹊径,从挖掘先锋模范人物入手,采访了分理处一位身患癌症、坚持奋战在一线20多年的老大姐,写了篇几千字的稿子。宋行长看了大加赞赏,第一次一字未改。他说:"稿子写得非常好,但直接投还是有石沉大海的风险,找人推荐稳妥些,陶处长是总行通讯员,你跟他联系一下。"

我有点犯难——银行有个潜规则:电话联系讲究层级对等,兵对兵,将对将。上对下、平级间才打电话,如果科长有事找处长,就得请支行正、副行长帮联系。

宋行长见我站着不动,回过味来说:"没事,你就说是我求他帮忙。"

我忐忑着拨通陶处长的电话,把宋行长教我说的叨咕了一遍。陶处长给我一个外网邮箱地址,让我先把稿子发过去给他看看,整个通话过程，他又热情又客气，完全没有架子。没过两天，他就给我回了一封热情洋溢的信，夸奖说，好久都没看到过这样感人的稿子了，言辞过誉得令我不敢直视——他竟然还称呼我为"哥们"。

我兴奋地把邮件打印出来拿给宋行长看，他淡定地点点头说："不错，不错，从今以后你私底下就管他叫'大哥'……"

陶处长没再和我联系说修改稿子的事。一个月后，他打电话要我留意最近邮局送来的总行刊物——没过几天，我就看见那篇人物文章被刊登出来了，从标题到结尾，几乎通篇都被修改过，我那些激烈的、偏文学化的表达都变成了冷静的叙述，符合一篇事迹报道的要求了。

我方才意识到，自己的初稿虽然写得激情四射，但搞得太像小说，并不符合总行刊物的风格，想必陶处长又是花费了大量精力帮我修改的，真是感动至极。

尝到甜头后，我照猫画虎又写了一篇稿子发给陶处长，他将稿子删去了 2/3 的内容，变成了一篇 500 多字的通讯，再次登上了总行刊物。

在总行刊物上连发两篇作品，我被拉入"全省（行）通讯员写作业务交流群"，结识了很多新朋友。新城支行的名头出现在总行刊物上，宋行长脸上也有了光，真的兑现了私下的承诺，在业务推进会上宣布："凡在总行级刊物上发表作品的，无论字数，每篇奖励 3000 元。"当时我一个月工资到手才 3000 元左右，奖励着实让我喜不自胜。

但我清楚，光凭自己的本事是不可能在总行刊物上发表文章的，成功的关键，一是靠陶处长的修改，二是靠他"总行通讯员"的推荐，功劳人家最少占七成。可我又不好把奖金分给陶处长，正好那阵子我淘到一枚"大清龙洋评级币（当时价格不到 2000 元）"，就赶春节前夕专程去到陶处长办公室。我俩像是老友般一番长谈，陶处长非常热爱文学，说起名家名著来眉飞色舞。

眼看到了中午吃饭时间,我站起身来告辞,摸出那枚银币。可陶处长说什么也不肯收,一场腕力角逐后我败下阵来,被他干净利落地推出门外,白花花的光绪元宝,愣是没送出去。

几次与陶处长打交道,令我如沐春风。对比有人当上科级干部就立马端起"人上人"的架子,我简直不敢相信世上会有如此完美的领导,还让我遇到了。虽然处级干部的位子对我来说还远在天边,但我暗下决心,如果有朝一日真能有个一官半职,也要做陶处长这样让别人背后挑大拇哥的领导。

"结交这样的领导机会难得,别怕人家烦,多和领导学习,多向领导请教,才能快速进步嘛。"宋行长对我的"点拨"很隐晦,机关几位和我要好的大哥大姐就直截了当多了,他们掰着手指头给我算账——陶处长才三十五六岁,口碑好,学历高,还离大领导近,40岁聘上市行副行长,45岁干到地市分行一把手,就是副厅级干部了;副厅是普通人走仕途迈过副处后的又一道大槛,升到副厅级,就是真正组织部备案的国家干部,等同于公务员,前面的路一下就宽敞了,陶处长磨到50岁出头当上省行一把手,也不是不可能。"这棵树八成是要长成参天大树的,可得抱紧喽。到时候你不仅是乘凉了,聘个副处是手拿把掐的事!"

我假装恍然大悟,点头赔笑。大家是为我好才这么说,说得也都在理,有朝一日若能乘上陶处长的东风当然好,但我也不会千方百计为了结交某个人就去巴结。

4

然而我做梦也没想到,像我这样的小人物,也会有一天帮上陶处长的忙。

2013年1月初，陶处长给我打电话，说有件私事能不能帮他个忙。以市行办公室主任的道行，既然来找我，他自然是掂量好的，也必是我力所能及之事，所以我想都没想，一口应承下来。

陶处长见我如此干脆，反倒有些犹豫起来："你最近忙不忙？会占用你很多时间和精力……"

我笑道："大哥，有事您尽管吩咐，我上班时做不完回家去干。"

陶处长这才为难地说，能否帮他把市行领导班子述职的初稿写出来——市行办公室负责起草材料的文秘专员请长假，他最近又被各种事务缠身，实在是忙不过来了。

我被吓了一跳——原以为是让我帮跑跑腿或者是哪位领导的朋友来我们支行办业务关照一下之类的事，没想到竟然是给市行班子写年终述职初稿！

30多页厚厚的稿子在我眼前飘来飘去，我犹豫了一下，还是咬牙应承下来。陶处长好像还有些不放心，连连叮嘱我：千万不要和任何人说，在单位也别写，回家后再写。我保证严守秘密后，他又连说好几遍："辛苦了，兄弟。"

放下电话，我的心情很复杂，终于有机会为陶处长出力了——但那可是一直让我叹为观止的市行"大材料"，初稿写得不给力，修改起来比重写还费劲，掉了链子反倒会耽误陶处长的宝贵时间。

不一会儿，20多个文档发送到我的私人邮箱。市行班子的年度述职果然和支行不是一个水平的——支行述职是以4个部门的年终总结为基础组织而成，可市行处室足有20多个，每个处室总结1万字，都不亚于读篇小说，从里面拣出能用的内容就要大费一番周章，且不说还有很多东西是支行这个层级接触不到的。

我每天下班吃过晚饭就开始写，熬夜弄了七八个晚上，材料总算有成型的模样了。但作为支行"大秘"，我的眼界和思想高度不够，

"存在的差距和问题"写得浮皮潦草,"新一年的工作思路"更是一个字没写出来。我把稿子的进展跟陶处长说了,他连连称谢,说这样已经可以了,让我把稿子发到他个人邮箱,又叮嘱了一遍,不要和任何人说起此事。

邮件发过去的当天下午,陶处长发来一条信息:"哪天我张罗顿酒,咱哥俩喝点。"我心底涌出一阵欣慰和轻松——他应该是把稿件浏览了一遍,较为满意了。

市行行长若是知道"大学生求小学生帮写作业"这事,虽然不会给陶处长什么处分,但肯定会影响陶处长在领导心中的印象。我为陶处长保守秘密,关系想不铁都不成。

不过这事也让我第一次觉得,陶处长耀眼的职业光环,掩盖了我们做秘书的很多难言之隐——就拿写材料来说吧,有时我刚在办公室里伸个懒腰,那边领导一个电话,就得两三天内写出篇上万字的大稿。至于怎么写,领导撂下只言片语,完全不得要领。还有些领导头脑灵活,思维跳跃,每次改稿都有新的脑洞冒出来,然后时空穿越埋怨你不把他"之前"说的当回事。

除了工作相关的稿子,我还给行长的各种关系户们写过汇报稿以及各种竞聘讲演稿,甚至还给中学生写过作文……讽刺的是这些关系户明明自己在 Word 上一句囫囵话都敲不出来,却火烧眉毛般地催行长说:"几页稿子,半个小时怎么也写完了……"

写材料熬精神、费心力,点灯熬油加班是家常便饭,布置"材料任务"撞车更是常有的事——年初那几天,一正两副仨行长都让我写述职,班子和一把手的材料还好说,两个副行长谁先谁后,就是个难题,搞不好没少花力气,最后还得罪了领导——市行那边行级高管是一正六副,想想都害怕,真不知陶处长是怎么摆平的。

无论市行还是支行,行长"大秘"少有专职的,都是负责很多条线。条线工作和写稿的平衡，是最令我们犯愁的事。我自认为算是比较强硬的中层，敢拒绝领导一些不合理的安排，可支行中层不过是芝麻粒大的官，而市行等级森严，我猜陶处长肯定不敢像我这样放肆。

往后的两年，陶处长对我关照有加，条线监管检查现场落下几条"底稿"，转过头市行下通报时，总只剩下批评最轻的那一条，新城支行文秘条线考核，常年稳居全市第二。其间还有一次陶处长听说市行工会有位科长想跳槽，让我准备"缺岗借调"的报名材料，可惜后来那位科长又取消了跳槽打算，我也没能迈进市行门槛。

5

2015年1月一个再平常不过的早晨，我上班换好行服，拎着电水壶去水房接水。前面有几个同事排队唠嗑，我听见公司部何经理说："陶铎死了……"

"谁？"我以为自己听错了。

"陶铎。"何经理转过头，好像生怕我听不清楚似的补充道，"市行办公室主任。"

我立时像梦魇着一样呆住了，大脑一片空白。

何经理说，前一天下午，陶处长的车停在街边，大白天开着车灯。一个行人路过时觉得奇怪，上前看见陶处长趴在方向盘上，以为是司机为避免疲劳驾驶要小憩一会儿，就没当回事。这个路人几个小时后往回走又路过那里，发现车子还开着车灯，司机也还是以同样姿势趴在方向盘上。他敲玻璃，司机没反应，才意识到可能出事了，打电话报了警。民警来后，又叫来120。陶处长被送到本市医大二院，被判断为心源性猝死——而陶铎的妻子，正是该医院的心血管内科主治医师，当天休息。

一种难以名状的不适感如潮水般向我涌来。我没再多问，回到办公室陷在椅子里，久久不能平静——我无法理解，陶处长常年垄断市行越野长跑青年组第一名（讽刺的是，青年组没人能跑过中年组前十名），看起来身体倍儿棒，怎么就突然撒手人寰？

在陶处长去世几个月后，我和时任新城支行一把手、也做过市行"大秘"的郑行长聊起此事。

郑行长说，陶铎身体的定时炸弹恐怕是早早就埋下了，只是积累到一定程度才突然炸裂。出事几个月前，市行一次会议上，陶铎突然摔倒在地上，吓了所有人一跳。当时他很快就缓了过来，说是自己没休息好。还有一次竞聘市行副行长，所有人都认为陶铎必成，他自己也是信心满满，甚至手下副职都央求他在上任前给自己多放几天假，没想到结果出来，他榜上无名，听到消息后，陶铎刚出办公室门就呕吐起来……但可能这些事无论旁观者还是他自己都认为"年轻，没事"，也未必告诉过他的妻子。

郑行长说："竞聘方案不都有一句'身体健康，能够胜任拟聘任岗位'嘛！不舒服也得咬牙硬挺，不然竞聘几道关口都过了，到考察谈话时哪位领导冒出一句'这同志哪都好，就是身体不行'就麻烦了。"

郑行长说，他以前做"大秘"时和陶铎一样，既负责写材料，又要陪喝酒。这边稿件刚写一个开头，那边行长就喊他去陪酒。酒桌上一场鏖战喝得天昏地暗，午夜散场后别人都是回家睡觉，转过天不上班领导也不会怪罪。但"大秘"还得回单位，顶着酒劲，熬下整个后半夜把材料赶出来——第二天上午也不能休息，布置会场，开会时记录，连着36小时不合眼是常事。行长在台上读稿子，下面的秘书比上面的领导更紧张，领导哪句话打个锛儿，秘书心里就咯噔一下，心想：完了完了，自己给写错了。

就算写材料的时间充裕，但只要材料写不完，心头总有一块大石头压着，干啥都不消停。郑行长把多年的糖尿病也归咎给了他的"大秘"生涯："没看见我中午吃饭前都扎个'肚皮针'吗？行长是当上了，我也变成了'小糖人'喽。"

我知道陶处长的两位副手一位是女同志，一位向来自称"酒精过敏"。两人都是"六〇后"，是"大哥大姐"级的人物。陶处长负担办公室的绝大部分工作，也是少数既写"大材料"又陪领导喝酒的"选手"。

"市行办公室养那么多人，挑个能喝的去陪不行吗？"我说。

郑行长嘴角一撇："哪能啥人都上桌呢？不到一定级别，大领导介绍起来没面子，再说，小喽啰在场，大领导该说的话都不敢说了——处级干部，觉悟就高了，嘴也严。"

我无言以对。回想自己当行长秘书5年，喝了大酒再回去写材料，简直是平生最难受的事。后来我给自己立下规矩，凡是有"大材料"没写完，酒局一律不参加，就算是大行长的面子也不给，实在推不开，几杯啤酒下肚就"尿遁"。但市行等级森严，讲究多，处级干部政治觉悟高，陶处长肯定不能像我一样动不动就开溜，恐怕只能硬挺。

"永远都是秘书适应领导，而不是领导适应秘书。领导是不会换位思考的，不然领导就没法当了。"郑行长说。

6

陶处长的英年早逝，在全市行范围内引起强烈反响。

很多人把责任归咎于"工作狂人"岳行长。岳行长每天早晨6点多就到办公室，下班时间不固定，固定的是差不多每天都加班，双休日也总来，更不要说休假了。

岳行长还经常"连续作战"，上了一天班，晚上要陪大客户喝酒打麻将到凌晨，第二天还能若无其事地再工作一整天。一次在食堂吃过午饭，他对二把手请假说："我出去办个事，两三个小时就回来。"后来才知道，赶午休的工夫，他竟然去医院做了个小手术——下午照常回来上班，晚上还加班开会。

陶铎作为"大秘"，一把手不走，他也得陪着，更别提休假了。因为有些机密的事无人能替他干——常有人在领导办公室扔下"心意"就跑，"大秘"得负责及时替领导把这些"心意"退回去。

据说陶处长去世前不久，一次把写好的稿子给岳行长看，岳行长浏览了一遍材料，把几十页纸往地上一摔吼道："写的什么破玩意？驴唇不对马嘴！"

陶处长眼泪汪汪地去找纪委陈书记，委屈地说岳行长摔了他写的稿子，只说写得不行，没说哪里不行，也没说怎么改。陈书记让他别急，陪他改了一整夜，第二天稿子在岳行长那总算是过了关——不是因为前一稿写得差，后一稿改得好，而是岳行长运作去南方发达省份任副行长的事遇挫，前一天将一股无名火倾泻到陶处长身上而已。

市行很多人私下议论，说这事可能就是引发陶处长猝死的导火索。郑行长却说："岳行长算是好的呢，省行周行长有一次把秘书写的30多页的讲话稿撕得粉碎，扔了一地。省行、市行一把手都是副厅级干部，能当大领导，哪个不是有脾气的？谁像我，自己当过秘书，你初稿写完，差不多的话我自己闷头就改了。碰到我这么好的领导你就偷着乐吧。"

陶处长去世后，我的大学同学吴远辉从市行公司业务部紧急调到办公室负责写"大材料"，成了岳行长的"大秘"。他还是正科级别，有点低，就给安了个"单元经理"的帽子。

私底下喝酒时，他对我说："市行大机关的生态就是向上搏杀的战场，陶铎聘上正处级时是年轻，他是占了那个年代大学本科学历的便宜，其实背景并不深厚。升到正处级再想往上，原来的资源就借不上力了,得全靠自己折腾。如果两轮市行副行长聘不上,就过了'年轻干部'的'黄金期'了。'新星'有的是,时间长了就成了'繁星'中的一员,被光芒更盛的'新星'所掩盖。像咱们这样根儿不粗壮的,前途命运就在领导一念间,咋能不战战兢兢,如履薄冰?"

他还告诉我,尽管岳行长对陶处长去世很自责,但陶处长的死,还真未必是给岳行长气的。

市行第二把交椅汪副行长口碑不太好,很多人私底下都说此人是个笑面虎,明里一盆火,暗中一把刀。他原先在省行机关就不受待见,是被新任的省行行长给"忽悠下来"的,说是派他来市行当党委副书记。可由于市行历来没有"副书记"这个职务,陶处长主持的几次会议上没提这个头衔,"汪副书记"就记了仇,数次刁难。后来经过省行知情人提点,陶处长才恍然大悟,介绍"汪副行长"时又加上"副书记"的头衔。

但"不良印象"已成成见,汪副行长表面笑呵呵,工作中给陶处长的小鞋一个接着一个。陶处长身故前的一段时间,汪副行长报了个什么证书的培训班,不但让陶处长顶替自己在双休日去上课,培训结束后,还让陶处长替他去考试。当时新的《刑法修正案》刚增加了"代替他人或者让他人代替自己参加国家规定的考试的,处拘役或者管制,并处或者单处罚金",陶处长不敢和汪副书记说不去,硬着头皮上了两个月课,最后替考时被监考发现轰了出来。

其实陶处长过虑了,那是个一点含金量都没有的证书,完全算不上是"法律规定的国家考试"。汪副行长报班,是为了让以前老领导的亲戚赚那每人2万多元的学费。但陶处长担心他代学代考的事在市行机关人尽皆知,成为暗中竞争者攻讦、狙击他的把柄——在竞聘公示期间,这事足以一击致命。

吴远辉和我碰了一下杯子,若有所思地说:"陶哥这人有点讨好型人格，生怕别人对他有一点点不满，到头来自己遭罪。不管什么人材料写不明白找他，他都不好意思拒绝。"

"比如工会的老傅？"我说。

"嗐，老傅我也得帮……"吴远辉笑着说，"你可能不了解，市行员工卧虎藏龙，你知道为啥你们新城支行每年联欢会都在龙胜酒店办？"

我摇了摇头。

"全市十几家支行都在龙胜酒店办，这酒店就是老傅家开的……"

后　记

在陶处长的遗体告别仪式上，他的妻子从小声抽泣到悲恸地放声痛哭，几乎哭得昏厥过去，连带着市行的几位老大姐也跟着流眼泪。岳行长保持了大领导的庄重和严肃，面色沉沉，自始至终，眉头拧成一个大疙瘩。

数月后，陶处长的家人共收到补助金共计100多万元，远远超出本行职工的工伤、工亡标准。据说这事是岳行长做主，各种该给不该给的全发了。

2015年秋，岳行长交流到外省任职，吴远辉抓住新旧一把手交接的机会，极力运作，脱离"大秘"岗位，重回公司部。朋友们都很费解，觉得"大秘"天天接触新行长，升副处又快又稳。只有我支持吴远辉的决定。

我也开始思考我工作的意义：

新城支行除严肃的年终述职大会外，行长开会前都是在笔记本写上三五行字，全凭一张嘴即兴讲话。"大秘"点灯熬油、彻夜不眠写的稿子，实际上没人看，效用还不如会议桌上的茶杯。

支行连续多年没进大学生了，5年间我连续错过两次升任分理处主任的机会，领导给出的理由都是"大秘"的位置无人能接任。省、市行汇聚各种高学历人才，尚缺乏笔杆子硬的，下面支行就更别提了，有的甚至夸张到内训师、个金部副经理、管库员负责写"大材料"。

我唯一晋升的可能，是接替办公室吴主任的位置，继续分管文秘。但各种迹象表明，吴主任升迁无望，也不会轮岗，恐怕得干到退休，这也就意味着，搞不好我憋在副科位置上写材料也得写到退休。

我终于明白了，听到陶处长去世的噩耗时，紧紧包围我的是兔死狐悲、芝焚蕙叹之感。

我心中的职业明灯熄灭了，连续一段时间都没有干活的热情，吴主任又总是明里暗里坑我。于是，我开始筹划离开行长"大秘"的岗位，不计一切代价"脱坑"。

2017年年初，经过一番几乎撕破脸的折腾，我终于摆脱了新城支行行长"大秘"的岗位，改任个金部副经理。

（文中人物均为化名）

【推荐词】

中国职场观察，中年危机，职场焦虑，体制改革/转型的时代背景

【写作方式】

观察，聚焦同一主题

【编辑推荐】

在当下东北文学复兴的潮流中，北落师门也创作了一系列关于东北银行的非虚构作品，其中融合了东北地区独特的文化元素，以及银行业

不为外人所知的故事。

  在这篇作品中，北落师门讲述了一个行长大秘陶处长的故事。这个没有背景的年轻人凭借自己的才华和辛勤工作，成了全省银行系统内最年轻的正处级干部，是令人羡慕的成功人士。然而，在他的光鲜背后，他不得不周旋于各种事务中，应对各方上级诸多有理或无理的要求。即使如此，他继续向上的升迁之路也不再顺遂，内忧外患下，陶处长在38岁倒在了岗位上。通过陶处长的故事，我们看到了一个疲于奔命的中年人的压力。

图书在版编目(CIP)数据

非虚构写作：公众故事与作者访谈 / 张志安，沈燕妮主编 .— 上海：上海社会科学院出版社，2024
 ISBN 978-7-5520-4352-5

Ⅰ.①非… Ⅱ.①张… ②沈… Ⅲ.①纪实文学—文学创作—中国—当代 Ⅳ.①I207.5

中国国家版本馆 CIP 数据核字(2024)第 070777 号

非虚构写作：公众故事与作者访谈

编　　者：张志安　沈燕妮
责任编辑：王　睿
特约编辑：牛嘉宇
封面设计：宋鹏飞　黄婧昉
出版发行：上海社会科学院出版社
　　　　　上海顺昌路 622 号　邮编 200025
　　　　　电话总机 021-63315947　销售热线 021-53063735
　　　　　https://cbs.sass.org.cn　E-mail：sassp@sassp.cn
照　　排：南京理工出版信息技术有限公司
印　　刷：上海盛通时代印刷有限公司
开　　本：890 毫米×1240 毫米　1/32
印　　张：9.875
插　　页：8
字　　数：264 千
版　　次：2024 年 9 月第 1 版　2024 年 9 月第 1 次印刷

ISBN 978-7-5520-4352-5/I·522　　　　　　　　　　定价：68.00 元

版权所有　翻印必究